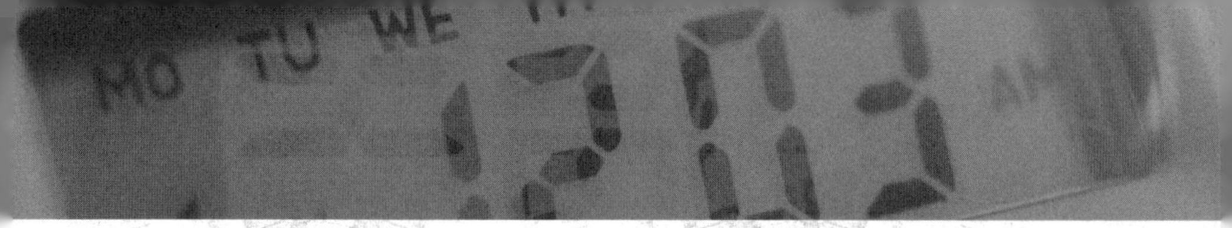

非常人傳奇之

妖偶

·鬼鐘·妖偶

倪匡——著

鬼鐘

妖偶

鬼鐘

一 一個神秘的組織

世界上有許多大大小小的組織，大到北大西洋公約組織、聯合國組織、華沙公約組織；小到邊遠偏僻鄉村小學的同學會。所有組織不論大小，目的其實都是一樣的：集合一個單位以上的力量，使其更容易達到目的。

有一個很有趣的問題：世界上最神秘、最秘密的組織是什麼呢？

這是一個沒有答案的問題。因為就算有了答案，這個答案一定是不正確的。真正秘密的組織，怎會讓你知道？真正秘密的組織，是身在這個組織之中的人，都不知道那是什麼樣的組織！

曾經有一個時期，「非人協會」被認為是最神秘的一個組織。但是世上至少還有人知道「非人協會」這個名稱，羅開就知道「非人協會」，甚至還曾和其中的一個會員有過接觸，可是，羅開就不知道自己現在身在什麼組織之中。

這似乎是講不通的，一個人要參加一個組織，至少應該知道這個組織是什麼性質，宗旨是什麼，最低限度，要知道這個組織的名稱。

尤其像羅開這樣的人，更不應該在他的身上發生這樣的事。

羅開的性格十分多樣化，其中一項，就是他幾乎對任何和自己有關的事，都要追根究柢，弄得清清楚楚。

羅開的信條之一是：只有當你身邊的一切，全都像水晶般澄清透徹的時候，你才是最安全的。

可是他堅持了多年的信條，卻在這件事上完全潰敗，他很清楚知道，自己身在一個組織之中，但是，他卻完全不知道這個組織是什麼。

要從頭說羅開這樣一個特出、非常的人，是怎樣進了這個組織，可能相當沉悶，還是先說他為何參加這個組織每年一度的聚會的情形，比較有趣。

高空纜車順著鋼纜在向上移動，車廂之中人不多，都穿著厚厚的滑雪裝，一雙青年男女拿著雪橇，偎依在一起。

羅開的裝束，看來和普通在瑞士阿爾卑斯山麓這個滑雪勝地的遊客完全一樣，而且裝成很是不耐寒的樣子，不住在雙手上呵著氣。

雖然事實上，他曾在紐芬蘭和當地的土人度過好幾年，習慣躺在冰塊做成的床上。

纜車到站，車廂中的人陸續下車，羅開走在最後，而且可以絕對肯定沒有人注意他；多年來的冒險生活，他早已訓練出了像獵犬一樣敏銳的感覺。

他的臉部經過精心的化妝，又戴了一副可以令他眼珠變色的隱形眼鏡，因為他知道自己快要去的地方，他所看到的人，只能看到對方的眼睛，而他給人家看的，也只是眼睛。

他的身邊，也準備好了一種可以使得聲帶活動略受抑制的藥物，可以改變他的聲音。

這也是他生活的信條之一：當你到了一個地方，你突然不知道你身邊的人是什麼人時，那麼，最好就是也不要讓人家知道你是什麼人。

纜車站中相當熱鬧，初學滑雪的人，一面搖擺著身子，努力平衡自己，一面發出嘻笑怪叫聲來。

羅開走向一家出租滑雪工具的商店，租了一副滑雪工具，雪杖輕輕一點，他整個人已經像掠過水面的燕子一樣，順著積雪的山坡直滑了下去。

等他滑了幾百公尺之後，他才停了一停，套上了頭套，戴上了雪鏡，繼續向下滑去，轉過了幾個危險的彎角。在那些彎角處，都有巨大的告示牌，用各種文字寫著警告：此處極度危險，任何人等，在任何情況下，都不能繼續前進。

當然，告示牌所說的是真的情形，並不是虛言恫嚇。但是再嚴厲的警告，也不是為羅開，或羅開這一類的人而設的。如果怕危險，羅開也不會成為冒險家了。

稱羅開為冒險家，可以說是相當恰當的，羅開什麼事都做，只要這件事是極度的冒險性的，當然，還要有一個重要的附帶條件，做了這件事之後，可以給他帶來巨大的金錢上的利益。

羅開冒險的對象，包括自然現象：高山峻嶺、原始森林、萬里荒漠和千潯深海；也包括人為的現象：防守最嚴的軍營、幾乎不能攻破的保險庫，等等。

對於這樣的一個人，稱之為冒險家，總不會差到哪裏去了。

在轉了一個急彎之後，是一道陡峭成為六十度角的長坡，羅開的滑雪技術，可以輕易在冬季奧林匹克運動會中取得獎牌，但是到了最後一段，由於加速定律，他向下滑瀉而下的速度，已超過了時速兩百公里，他還是很難控制自己，終於身子一個傾側，順著陡坡，疾滾了下去。

這是十分危險的事，隨著人的身子向下滾，積雪會一層一層沾上來，變成一個大雪球，而把人裹在雪球的中心，可能從此再也不被人發現；也有可能若干年之後被人發現，成為一具有相當科學研究價值的殭屍。

所以，當羅開在向下急速地滾下去之際，他不斷地使自己的身子扭動，不順直線滾下去，而且用力揮動著雪杖，使得積雪不會聚集在他的身邊。

他在這樣的情形下，向下滾了十分鐘左右，他自己很清楚地知道，即使是受過嚴格訓練、合格的太空人，也支持不了那麼久，而會在三分鐘之前昏過去。而在這樣的情形下，昏過去，就等於死亡。

在支持了十分鐘左右，山勢變得平坦，羅開立時掙扎著站了起來。

他十分高興自己盡量放鬆肌肉的結果，連足踝也一點沒有扭傷的跡象。

當他繼續向前滑去，看到了前面那幢小房子之際，他不禁咕噥了一句：「很難明白，除了我以外，還有誰能到達這裏！」

羅開是一個相當謙虛的人，但是再謙虛的人，有時也不免會自負一下的。

這時，羅開轉過頭，望向來路崇峻的山峰之際，他真有點自豪，這裏，只怕山中的鷹都飛不到，而他，雖然剛才滾下來的時候狼狽了一些，可是總算到達了，是不是？

他以一個十分瀟灑的姿勢，在那幢用原株松木搭成的小屋前，停了下來。

小屋的門鎖著，玻璃窗上堆著厚厚的雪，根本看不清屋中的情形。

羅開在身邊取出了一張金色的卡來，那和普通的信用卡一樣大小，正面和反面各有三條黑色的磁帶。

他知道這種磁帶是記錄資料用的，只要有適當的儀器裝置使之還原，就可以轉變成文字，通過螢幕讀出來。可是自從羅開有了這張卡之後，他用盡了方法，試用了世界各地大電腦公司的儀器，都無法知道這六條磁帶上記錄的是什麼資料。

可能那是由一種特殊的磁化方法記錄的，羅開雖然一直沒有成功，但是，他也不肯輕易放棄，還在繼續嘗試之中。

他先除下腳上的雪橇，然後把那張卡塞進了木屋門上的一道縫中，等了一會兒，聽到了一陣輕微的「格格」聲，那張卡自動彈了出來，門也自動緩緩打開了一些。

羅開推門走了進去，一股混和著松脂香味的暖氣，撲面而來。

才從雪地中進屋子，令得他在剎那間，什麼也看不見。

像羅開這樣的冒險家，本來是絕不容許有這種情形出現的，一秒鐘視線的阻礙，可能決定一個人是死人還是活人。不過這時，羅開卻並不在乎，因為他知道，小屋子裏不會有別人。

組織十分嚴密，他要去參加聚會，到這裏來，並不是已到了聚會的地點，而只是在這裏，可以得到聚會正確地點的線索——如果你沒有本領到達這裏，早在那幾個轉彎處或是斜坡上摔斷了脖子的話，當然得不到聚會地點的線索。

而到了這小屋子後，如果沒有足夠的智力去解開線索所提供的聚會正確地點的話，當然也無法參加聚會。而一次無法參加聚會，組織就再也不會和你有任何聯絡了。

這樣的一個組織，算得上是神秘之極了吧！

羅開也知道，他可以有三天時間，在這小屋子中解開線索，獨自一個人！

其他的人用什麼方法到達聚會地點，他是不知道的，就像人家不知道他一樣。

這個組織中所有的人，在見面的時候，全是蒙面的，有的甚至連眼睛都不給人看，或者像羅開一樣，戴上可以令眼珠顏色變更的隱形眼鏡。

像這樣神秘而嚴密的組織，自然一切都不能出錯。

羅開也可以確知這間小屋子中，除了他之外，不會有別人，所以一剎間什麼也看不見，他也絕不緊張，他只是把面罩的下端，稍為掀開了一些，露出口部來，先深深地吸了一口氣。

然而就在那一剎間，他覺得事情不對頭了，屋子中除了他之外，還有人在。

他的反應是如此之快，他還是看不清眼前的情形，但是他整個人已像一頭受了驚的羚羊一樣，向後彈了出去。出了那小屋子，隨即又在雪地上打了一個滾，滾到了牆腳邊蹲了下來。

屋子中很靜，只是間歇有松柴被火燒著的劈啪聲傳出來，羅開趴了不到半分鐘，就直起身子來，轉到門口，除下了雪鏡，看清了屋中的情形。

他剛才的感覺一點也沒有錯，屋中有一個人在，那個人同樣地穿著滑雪裝，戴著面罩，只有一雙眼睛露在外面，坐在壁爐旁，用一種十分閒逸的姿勢坐著，相形之下，使羅開感到自己的緊張，變成十分狼狽。

羅開凝立著不動，等對方先開口，可是那人只是望著羅開，一動也不動。

那人的眼睛，是一種奇異的澄藍色。

羅開等了片刻，他已完全鎮定了下來，也可以肯定小屋子裏只有那一個人。

他慢慢地走進去，把門關上，沉聲道：「閣下是不是走錯地方了？」他一面說，一面已在一張搖椅上坐了下來。

二　小屋中的神秘美人

小屋子中有很多地方可以坐，羅開選擇了這張搖椅，是因為他在極短的時間之內，已經弄清楚了屋子中的環境。

那個絕沒有理由出現在屋子裏的人，坐在火爐邊上。火爐邊上有長長的鐵叉等工具，那個人是隨手可以取得到的，所以，他必須和那人保持相當的距離，那張搖椅恰好面對著火爐，而且是在一個攻守皆宜的距離地點。

羅開坐下來後，也看來十分悠閒，甚至於搖動著椅子，使椅子發出「吱吱」聲來。他再度問：「閣下肯定沒有弄錯地方？」

坐在壁爐邊上的那人，還是沒有發聲，也仍然在注視著他，只是忽然伸了一個懶腰，把雙手舉得相當高。

那人穿著厚厚的衣服，又連頭套著面罩，本來是連男女都分不出的。這時，忽然伸了一個懶腰，羅開不由自主吸了一口氣，那麼柔軟的姿態，那一定是一個女人！

那人在伸了一個懶腰之後，又回復了原來的姿勢。

羅開把剛才掀開了一些的面罩拉了下來，又道：「如果妳沒有弄錯地方，那一定是我弄錯了！」他說著，站起身來，已經準備離去。

組織的神秘，羅開本來就已經不是很喜歡，那使他有在眾人面前裸體的感覺，因為他對於誰在指揮這個組織一無所知！而他若不是為了可以得到某種很大的好處，他也決不會身在這個組織之中。

（在這個神秘的組織之中，羅開可以得到什麼好處，以後自然會使各位知道。）

在絕不應出錯的情形下，忽然，應該只有他可以進來的地方多了一個人，這絕不是好現象，所以羅開決定退出。

就在他站起身來之際，那人開了口，用一種甜膩柔軟得使人心醉的聲音，道：「你沒有錯，這裏應該是你的地方。」

羅開怔了一怔，在他三十歲的生命之中，從少年初戀開始，在他的冒險生活之中，有過不知多少次接觸異性的機會；可是，他從來也未曾想到過，一個女人可以發出那麼動人的聲音！

屋子裏相當暖，這時，羅開更有一種溫暖的感覺，在他全身散了開來，他不由自主深深地吸了一口氣。

雖然對方的聲音是那麼動人，羅開自己也承認十分著迷，但是他還保持著鎮定。他立時回答：「既然是我的地方，妳在這裏幹什麼？」

羅開並不問對方是怎樣進來的——那是沒有意義的事，因為對方已經在這裏了。雖然羅開知道，這幢屋子看來只是用松木搭成的，但實際上，只怕堅固得連烈性炸藥也炸不開。而屋子的門，除了他那張獨有的磁卡之外，也不應該有其他的鑰匙可以打得開。

但事實上，對方已經在屋子中了，那證明對方是一個神通廣大的人，至少不比他差，可能比他更高，那倒不如直截了當，問她來的目的是什麼好了！

同樣甜膩的聲音又瀰漫整個屋子：「急什麼，你不是有三天的時間麼？」

羅開不由自主向前走出了兩步，那麼動人的聲音，具有一種無可比擬的力量，使人想接近發出這種聲音的那個人。

羅開在走上了兩步之後，立時驚覺，站定，心中已禁不住苦笑了起來。

他已經來到了和對方太接近的距離了，那實在不是他這種冒險家所應有的行為。

可是情形已經是這樣了，再後退，那更小器了，所以他站著不動，心中迅速轉念著：英語的發音，帶有北歐的口音，眼珠又是那樣的藍色，她是北歐人？她是不是也是組織中的人？為什麼她知道自己可以有三天的時間？

疑問太多，所以羅開的言行特別小心。他攤了攤手：「我沒有接到任何改變安排的通知，妳不應該出現在這裏，所以我還是——」

那人的身子向後仰了仰，甜美的聲音打斷了他的話頭：「大名鼎鼎的『亞洲之鷹』，服服貼貼地接受人家的安排，這不是太委曲了麼？」

羅開陡然震了一下，但立即回復原狀。

他在一見到小屋子裏多了一個人之後，就已經知道事情可能對自己相當不利，但是他也絕未想到，會不利到了這種地步！

「亞洲之鷹」是他的外號，是多年來，他獨來獨往的冒險生活帶給他的一種榮耀，從西西里島上、義大利黑手黨的總部，到國際刑警裏的秘密檔案，甚至蘇聯的國家安全局、美國的聯邦調查局，都有他的若干資料。

資料不可能太充分，但下面那幾句是一定有的：「『亞洲之鷹』，據說是中國漢族和藏族的混血兒，精通各國語言，對各種藝術品有極高的鑒賞力，精於各種冒險行動，應該列為最危險的人物，但在某種情形之下，他又可以成為最可靠的朋友。給予屬下的告誡是：盡可能不要去接觸這個人，一旦和他發生了接觸，應立即用最快的方法向上級報告。」

這樣的「亞洲之鷹」，卻在自以為絕對不可能有人知道他的行蹤的情形之下，被人當面叫了出來，其狼狽程度可想而知！

所以，他儘管立時恢復了鎮定，可是胸脯還是不由自主地起伏著，緩緩地道：

「啊，我看，我是遇上對手了！」

那人發出一串動聽之極的笑聲，羅開知道在這種情形下，自己如果不展開反擊的話，那麼以後情形的發展，將會更處於下風。

他略想了一想，一面除下了面罩，一面道：「屋子裏相當熱！」

對方既然已經知道了他是什麼人，再戴著面罩就沒有意義了，而且，他的臉部是經過精心化妝的，突出一些特徵，使得看到他的臉的人以為已記住了他的真面目，但只要他改變那些特徵的話，他就會變得看來完全是另外一個人了。

他曾用這方法騙倒過很多人，他本來面目是什麼樣的，甚至連他自己都不能肯定了。

這時，他除下面罩來，有兩個用意，一是可以使對方也除下面罩，二是可以令對方以為他化了妝的樣子，是他本來的面目。

那女人澄藍的眼珠立時向他望過來，那種眼光，足以令得任何人心跳加劇。

然後，她「嗯」地一聲：「是太熱了！」

羅開直盯著對方，等待對方也脫下面罩來。可是她卻身子向下一斜，從她坐著的椅子上滑了下來，變成斜躺在壁爐前的長毛地毯上，同時，雙腿先是屈了一下，等到她的雙腿再伸直時，她身上的厚毛運動褲已經褪了下來，直到她的足踝。

羅開呆住了！

任何男人見到了這樣的裸露了的美腿，都會呆住的。別說「亞洲之鷹」，就算是「宇宙之鷹」，一樣會呆住的！

大腿修長而堅實，小腿線條勻稱得比任何人體雕塑更標準，皮膚是如此膩白細滑——

有著白種女人的茸毛，可是看起來細柔，也不濃密，把那雙美腿更襯得令人的視線無法移開。

她的雙腿再屈了一下，把整條長褲都褪了下來，踢開到一旁。

羅開由衷地讚美：「妳有一個女人該有的美腿！」

那女人雙腿交疊著，充滿挑逗地緩緩移動一下，忽然嘆了一口氣。

羅開竭力使聲音聽來不乾澀：「如果妳期待著我會撲過來，那妳不免要失望了。」

他在講了這一句話之後，忍不住又加了一句：「或許妳再感到熱一點的話……」

他沒有把話講完，那女人便發出了一下鼻音，坐了起來，雙臂伸向上，望向羅開。

羅開做了一個「請自己動手」的手勢，那女人慢慢撩起厚毛衣，穿過頭，將整件毛衣脫了下來。

羅開感到了一陣目眩，盯著那女人美好到沒有一點瑕疵的胴體。

半晌，他才道：「還有——」

那女人搖搖頭：「對不起，我沒你那樣精巧的化妝，而我又不想你知道我的面貌！」

羅開的呼吸開始急促：「那是沒有意義的，世上不會有比妳更誘人的身體，我一樣可以認出妳來！」

那女人的聲音更低沉：「人和人相處，裸體相對的機會，總不會太多的！」

羅開嘆了一聲，他已經準備投降了。

他是沒有法子不投降的，這樣美麗的身體，即使戴著面罩，也一樣可以帶來無窮的歡樂！

他深深地吸了一口氣，問：「好，妳要什麼？」

羅開在記憶之中，從來也沒有這樣問過人，他也有了準備，在問了這樣的問題之後，就算對方要的是他瑞士銀行中八位數字的存款，或者是要他新近才弄到手的那一套十二顆、每顆都在五克拉以上、有著不同天然顏色的完美鑽石，或者是他用盡了方法才知道卻還沒有機會使用的南非鑽石公司的大保險庫的密碼，他都會毫不猶豫地一口答應。

可是，那女人卻並沒有提出任何要求來，只是用她那聽來叫人心蕩來蕩去的聲音道：「現在，只有白痴才會討論這個問題！」

她一面說，一面轉了一個身，使她自己變得伏在地毯上，而把小腿反翹了起來，輕輕地晃著。

羅開立時同意了她的說法——不是用言語來同意，而是用行動來同意。

積雪盈尺的深山小木屋之中，爐火融融，松柴在烈火下發出劈劈啪啪的爆裂聲，伴隨著人類原始的呼叫聲，小屋之外有什麼事發生，歡樂之後又會有什麼事發生，誰還會理會呢？

等到羅開終於仰天躺下來之際，他意想不到的事，又發生了。

三　被吸收進神秘組織的經過

那女人柔軟滑膩的身體緊靠著羅開，可是她在幽幽地嘆了一口氣之後，突然迅速地跳了起來。

而在極度的歡樂之後，人還如同在雲端飄浮一樣的羅開，還未曾明白發生什麼事之際，她已經套上了上衣。

羅開一伸手，想把她拉過來，可是，他的手只在她滑腴之極的股上碰了一下，她已經一扭身，避開了一步，同時迅速地穿上了厚褲子，拿起滑雪工具，來到了門邊。

羅開忙叫道：「寶貝！」

羅開一生之中，真是沒有比接下來的那一刻更狼狽的了。

他一面叫，一面坐了起來，可是那女人已經拉開了門，一陣刺骨的寒風捲了進來，羅開的身體再強壯，也不禁陡地打了一個寒顫。

而等到他把長毛地毯拉起來，草草裹著身子，衝到門口時，閃亮的積雪使得他在剎那間什麼都看不到，寒風吹在他裸露的肌膚上，就像是利銼在來回刮著一樣。

羅開知道，對方如果是一個滑雪高手的話——一定是，不然，到不了這小屋子——那麼這一耽擱，他已經無法追得上她了！

羅開退後了一步，關上了門，慢慢回到了壁爐旁邊。

雖然他精明到了獲得了「亞洲之鷹」這樣的外號，可是這時，他卻一片茫然，全然不知道發生了什麼事！

幾百條問題盤踞在他的心中，最主要的一個自然是：這個女人是什麼人？接下來的問題是：這女人是為了什麼？何以她一下子就走了？她怎麼知道自己的身分？究竟這是一個什麼陰謀？

羅開一直想下去，想到了他如今已經參加了這個組織，那究竟是什麼組織？誰是首領？

那個女人一定和組織有關，因為理論上來說，世界上應該只有兩個人知道他身在組織的這件事，一個是他，一個就是把他吸收進組織的首領。

羅開躺了下來，拉過了一條長枕，枕在腦後，又點燃了煙，深深吸著，然後，找到了一瓶好酒，對著瓶口，大口喝了幾口，回想著他和「組織」發生關係的經過。

羅開一直是獨來獨往的，不論做什麼事，他都獨來獨往。由於他具有多方面的才能，他也有條件在像他這樣的冒險生活中獨來獨往。

第一次是在一年半之前，世界各地有不少像羅開這樣的冒險家，不約而同，集中在伊朗的首都德黑蘭。

因為那時伊朗的局勢極其混亂，宗教領袖趕走了伊朗皇帝。伊朗皇帝在倉猝離開之際，雖然他那三百億美元的外國銀行存款是不必攜帶的，但是大批珍寶卻無法一下子帶得出來，留在皇宮的密室之中。

羅開和其他冒險家一樣，費了不少心思，打聽到了那些價值連城的珠寶，是在皇宮的哪一間密室中，也和巴列維皇室的成員取得了聯繫，如果他們可以把那些奇珍異寶帶出來，他們可以得到價值百分之七十的報酬。

羅開不知道其他的冒險家準備採用什麼方式，他自己是假扮了一個回教的教士，弄上了花白的大鬍子，混到了德黑蘭。

在他準備行動之前，對皇宮中的警衛系統，他已了然於胸，極有把握可以得手。

可是，就在動手前的那個晚上，當他在一條小巷子中，貼著高牆，在向前慢慢走著的時候，在他的身後，傳來了一陣不急不緩的「得得」的蹄聲。

當蹄聲漸漸接近他的時候，他吃驚地回頭看了一眼，看到一個身形相當嬌小的婦女，騎在驢子上，跟在他的後面。

那女人穿著黑袍，蒙著面，就像是出現在德黑蘭街頭上的其他婦女一樣，根本看不清她的臉，但羅開立時可以注意到，那女人有一雙極靈活而具有挑逗性的眼睛，而且正在直視著他。

羅開已經覺得那女人跟得自己太接近了，他正要從事十分冒險的工作，回教革命軍只要知道了他的意圖，軍事法庭可以在五分鐘之內完成程序，把他拉出去槍決！所以他停了一停。

而就在這時候，那女人在他身邊經過，也勒停了驢子，在驢背上，身子向他傾斜了過來。

在那一刻間，羅開聞到了一陣幽香。

辨別女人所用的名貴香水的香味，也是羅開的特殊本領之一；聞到那種像是晒乾了的玫瑰花瓣在陽光下發出來的誘人芬芳，羅開就怔了一怔：那是世界上八種極品香水之一，而阿拉伯女人根本是禁止塗抹香水的，更不要說是這種名貴的香水了。

羅開已經伸手在長袍內，握住了一柄裝有滅聲器的手槍，準備應變。

而那驢背上的女人在身子傾向他之後，在他的耳際，用純正的英語道：「別去，警衛系統全換過了，你得到的資料是舊的！」

羅開感到了極度震撼：那個女人完全知道他是誰！甚至清楚知道他要幹什麼！

當羅開愕然，還來不及有反應之際，那女人發出了一下清脆的笑聲，聽來她年紀很輕。

突然，她掀開了面罩的下端，現出豐滿誘人的紅唇來，在羅開的唇上輕輕印了一下。

她的動作是如此之快，羅開一伸手想要抓住她時，她香滑柔軟的舌尖，已經迅速地伸進了羅開的口中，而且又縮了回去。

羅開只覺得那女人用舌尖渡了不知什麼東西在自己的口中，那更令得他震驚！如果那是毒藥呢？

所以，能幹鎮定如「亞洲之鷹」，這時也不禁手忙腳亂，顧不得再去抓那女人，忙把口中的東西吐了出來，這一耽擱，那女人已策著驢子，向前快速地走了開去。

羅開立時拔腳去追。

可是他才奔出了一步，就停了下來，他無法去追那女郎！

因為這時，他扮成了一個回教教士，一個教士當街去追女人？只怕立刻會給路人打死！

羅開眼睜睜地看著那女郎離去，他在那巷子中呆立了一會兒，感到十分沮喪。

他不一定相信那女郎所說的話，但是他將要去做的事，已經被人知道了，即使有十足把握，他也不會去做。

他決定放棄，走出了巷子，在街燈下攤開手掌，看那女郎剛才用那麼浪漫的方法渡進了他口中的那東西。

那東西很小，看來像是一顆珍珠。羅開自然不能在街上研究它，把它小心放好，他當夜就離開了德黑蘭。

幾天之後，羅開才知道那女郎救了他一命。

就在他準備行動的那個晚上，另外有兩個冒險家偷進了皇宮，果然，警衛系統全都更改了，而且，守衛方面早就得到了情報，那兩個冒險家像是老鼠闖進了老鼠籠一樣，一進去就被抓住，而且在天未亮之前，就被亂槍打死了！

那兩個冒險家也不是等閒人物，一個是美國聯邦調查局的內部十大通緝犯之一，著名的珠寶大盜。而另一個，外號叫「葡萄牙戰艦」，是南歐黑手黨的重要人物。

羅開在知道了這個事實之後，就開始仔細研究那顆「珠子」。

羅開的秋人工作室中，有著各種各樣的儀器和工具，他一開始工作，就發現「珠子」可以從中剖開，而在裏面，藏著微型軟片。

當放大了之後，他讀到如下的句子：

「我們向閣下這樣的人提供一切閣下所需之資料、情報，請注意，世人能享受這種提供的，不會超過二十人，閣下和我們之間的合作，決不會有任何其他人知道，進一步的聯絡是——」

羅開想了一天，促使他去取得進一步聯絡的一半原因，是他不能忘懷和那香軟的小舌的那一下接觸。

雖然那不到半秒鐘，但有時，這樣神秘的香艷，比把一個裸女擁在懷中肆意享受，還更令人銷魂。

羅開按照「進一步聯絡」指示去做的結果，並沒有再遇到那個身形十分嬌小的女郎，而是在經過了一連串的線索追尋之後，到了加勒比海，在那裏，上了一艘大型遊艇。

在佈置豪華之極的遊艇主艙中，他遇到了十一個人，每個人都和他一樣蒙著臉，有的連眼睛也看不到，沒有人講話，水手和侍者也全不講話。

當十二個人默默喝著美酒之際，羅開知道其餘人一定和自己一樣，在猜測對方的身分，和期待著會發生什麼事。

發生的事，是擴音器中傳出了顯然經過聲音改變的語聲：

「謝謝各位參加了組織，在各位未來之前，都已經受過組織的好處，如果不是認為組織對各位有幫助，各位也不會來。

「組織的要求十分簡單，當每一個成員，因為組織提供的資料而有所收獲之際，組織要得到利益的三成。聚會每年一次，因為組織認為人不應該工作得太辛苦。

「各位互相之間不認識，組織保證，除了領袖一個人之外，沒有人會知道你們是誰。任何人即使互相同意暴露自己的身分，也必然會被取消資格。

「這次聚會，每人會獲得一分值得採取行動的資料，可以去做，也可以不做，完全沒有任何的限制。」

船艙中沒有人發聲。

那聲音又問：「有什麼問題？」

座間有幾個人動了一下，但是一樣沒有人發聲，只有羅開，用他改變了的聲音問：「我很懷念，我想她已經成年了，是不是？」

羅開的問題沒有得到回答，那聲音只是道：「這算是什麼問題？我們不是參加一個幼兒班！」

然後，船艙的門打開，一個身型嬌小的女郎走了進來，手中托著一只盤子。

那女郎，羅開一看到她，心就跳得加快。

那女郎穿著一件白緞的長衣，不是緊身的，但是也把她嬌小美好的身型表露無遺。羅開估計自己的雙手圍成一圈，就可以把那女郎的細腰完全圍住；然而，她卻又絕不是瘦骨美人，她的胸部和臀部，都飽滿得恰到好處，絕少身型嬌小的女郎有這樣的天賦。

她手中托著的盤子是銀質的，十分精緻，在盤子中，有十二顆珠子在滾動著，發出動聽的聲音。

唯一使羅開不滿的是，那女郎的臉上，罩著白緞的面罩。

女郎來到每一個人面前，任由每一個人在盤中任意取一顆珠子。

四　神通廣大的組織

那女郎最後才來到了羅開的面前，盤子之中，也只剩下一顆珠子了。

羅開並不去取那顆珠子，只是望向那女郎。

當然，她就是曾在德黑蘭見過的那個女人，同樣迷人的香味自她身上散發出來，眼睛也一樣靈活俏皮，帶有挑戰的意味——像這樣的一個女郎，不論她在任何方面進行挑戰，沒有男人會加以拒絕的。

那女郎將盤子向羅開伸近了一些；羅開笑了一下，道：「我寧願用上次的法子。」和上次一樣，他一開口，所有人都向他望來。

羅開知道所有人都在想：這人是誰？羅開也知道，自己的聲音經過改變，臉上的面具又那麼精巧，沒有人可以認得出他是什麼人。

那女郎震動了一下，剎那之間，像是有點不知所措。

羅開直視著她，那女郎沒有再震動，只是輕巧地揚了揚盤子，令得盤子上的珠子彈跳了起來，然後，她動作靈巧地掀開了面罩的下端，把珠子含在口裏。

羅開站了起來，那女郎偎近羅開，他們的口唇碰在一起。

那女郎的動作實在太快了，當羅開想去摟住她的柳腰之際，舌尖已經把珠子抵了過來，羅開的手只碰到了緞子衣服，那女郎已經翩然扭著腰，避了開去。

羅開的行動，引起了一陣掌聲。

一個人用嘶啞的聲音道：「浪子，你暴露身分了！」

羅開一聽，假裝出一個十分害怕的動作來，心裏卻十分高興，他知道那人認錯人了。

那人稱他為「浪子」，這世界上有成千上萬自稱「浪子」的人，但是真正被公認的浪子，只有一個，浪子高達！

羅開不能肯定那真正的浪子是不是在這船艙之中，那人叫他為「浪子」，那是一個可笑的錯誤。或許是由於他剛才的行動，正是典型的「浪子」作風？

那女郎走了出去，羅開坐了下來，那聲音又響了起來：「還有問題嗎？」

又是羅開一個人講話：「你剛才保證我們的身分沒有人知道，可是那可愛的女孩子——」

那聲音道：「放心，她只是奉命行事，全然不知道她在做什麼。」

羅開笑了一下：「奉閣下的命令？希望你能命令她再多做一點什麼。」

那聲音發出了兩下乾澀的笑聲，才道：「好了，用你們自己的方法離開吧！」

那十二個人離開的方法，給羅開的印象十分深刻。

他可以說是十二個人中最不體面的一個了——四艘小型潛艇載走了四個人，兩架直升機吊走了兩個，五架水上飛機載走了五個人，羅開是駕著快艇離開的，比較起來，使他自己覺得自己是小人物，寒酸得很。

但是，羅開一點也沒有自卑感。他不是不能擁有潛艇、水上飛機，可是他寧願自己駕著快艇，因為他喜歡獨來獨往，絕對不和任何人合作做任何事。

他的另一個信條是：人是世界上最危險的東西，可以少接觸，就盡量少接觸！利用潛艇或水上飛機作交通工具，自己的命運，就有很大程度操縱在他人的手裏；而他自己駕著快艇離開，他自己就是自己命運的主宰！

羅開在巴哈馬首都那騷的一個不為人注意的碼頭上岸，然後，在一家遊客不多的低級酒吧中消磨了兩小時，再從另一個碼頭，裝成是喝醉了的遊客，讓駕駛小艇的人小小敲了一筆，作為送他上遊艇的代價。

羅開的遊艇在外型上看來，和停在附近的千百艘遊艇一點也沒有分別，這是最安全的辦法，全不受注意，自然比突出來得安全。

一上了船，羅開便開始工作。

他弄開了那顆珠子，看看他得到的是什麼提議。

微型軟片經過放大之後，出現了下列字句：

「何不試試正行生意？絕對可靠的消息是，南大西洋會有小規模的海上戰爭，空對海的飛彈會變得十分吃香，法國的飛魚式飛彈是最適合的，開始囤積一些，可以賣得好價錢，注意：出售之後，堅持要現錢，當一個國家窮到要賴帳的時候，沒有人可以擔任討債的角色。」

羅開呆了半晌，他對於世界大勢，國際局勢並不是一無所知，甚至還十分注意，可是，他實在想不透南大西洋有什麼爆發戰爭的可能。

不過，羅開還是照做了。

他運用他的機智能力，掌握了一百枚法國飛魚式飛彈，每枚價格十萬美元，四個月之後，以十倍的價錢賣給了阿根廷軍政府。

羅開無法不對「組織」佩服，要在四個月之前，預知英國和阿根廷之間會有一場戰爭爆發，雖然不是絕無可能的事，但是，至少要有確切的情報，知道阿根廷的軍政府會有行動；也要有極熟練、正確的判斷能力，判斷英國政府的反應；更要有豐富的軍事行動常識，知道世界上千百種先進武器之中，那一種最適合於小規模的海上戰爭！

說起來容易，而真要做到這一點，一個國家的情報機構都未必能夠！「組織」究竟是由什麼人在主持，何以有那麼大的神通？

那是四個月之後的事，而在當天晚上，又有一件事，使羅開感到，自己就算要擺脫「組織」，也不是容易的事了。

那天晚上，當他看了微型片，又把它毀去了之後，他就在佈置舒適的船艙上躺了下來，準備明天離去。

他並沒有一覺睡到天亮，而是在半夜，被一種「窸窣」聲驚醒的。

他立時按下了伸手可及的一個掣，那個掣一按下去，艙中就會大放光明，可是他按了掣，艙中卻仍然一片濃黑。

羅開大吃一驚，船上的電源被截斷了！

他陡然坐起來，以他冒險生活的經驗而論，至少還有十七、八種辦法可以應變，但結果，他卻一種也沒有用上。

因為就在這時，他聞到了「靈魂花瓣」的香水的香味，淡淡的，可是足以令人心醉。

緊接著，豐滿的唇湊了上來，柔滑的舌尖滑進了他的口中。

羅開雙手合攏，碰到的是比緞子還光滑的肌膚，而且他的估計沒有錯，那女郎的細腰，剛好是他雙手的合攏，細軟而靈活，幾乎可以作任何角度的俯仰和轉折。

小小的船艙之中，在接下來的一小時之中，全然是瘋狂的。

濃黑之中的瘋狂，一切的感覺全是原始的觸覺，根本什麼也看不到，但完全不用看得到什麼，那女郎和羅開配合得極好。

一直到最後，羅開伸手去撫摸那女郎的臉，在感覺上，那應該是十分清秀的一張臉。

羅開在她的臉頰上摸到了潤濕，那使羅開怔了一怔，低聲道：「妳流淚了？為什麼？」

他沒有得到回答，那使羅開想起，剛才那女郎幾乎沒有發出什麼聲音——是的，發出的聲音，像是緊緊咬著牙關的呻吟。

羅開又怔了一怔，手在那女郎的身上滑下去，在應該停留的地方略停，那真有點令他吃驚，使他不相信他自己得出的結論！

他沒有說什麼，只是道：「我知道了，妳知道我是誰！我以後怎麼見妳？」

他沒有得到回答，那女郎滑軟的身子，一下子從他的懷中溜了出去。

羅開連忙跳起來，船艙之中突然大放光明，令他不能不閉上眼睛一會兒。而當他再睜開眼來時，電源的供應正常了，那女郎也不見了。

羅開在當晚，一直怔怔坐到天亮，一方面是在回味剛才在濃黑之中的無限春光，另一方面他想到，組織的力量之強，出乎他的想像之外。

他自以為沒有人知道他的行蹤，但事實上，組織完全知道他在哪裏！如果那女郎要來殺他，他早已死了。

這實在是令人不寒而慄的。他自以為自己把自己保護得極好，可是事實上，他卻像是射擊場中的靶子一樣，生命隨時在一個不可測的神秘組織的掌握之中！

任何人當知道有這種情形之後，都不會愉快的，尤其是像羅開這樣的人！他是「亞洲之鷹」，可是現在，算是什麼？「亞洲之蟻」還差不多，有一隻無形的大手，隨時隨地，一伸手指就可以捏死他。

在接下來的日子中，羅開用盡方法，想知道那組織是由誰在主持。他花的工夫之大，足以查清蘇聯國家主席的曾祖母的乳名是什麼了，可是對於那個組織，他仍然一無所知。

飛魚式飛彈令他賺了大錢，他接到指示，把三成利潤存進了瑞士銀行的一個密碼戶頭。

這本來是一條線索，可是戶頭立時取消，使他無法再查下去。

兩個月之前，他收到了那張卡，告訴他第二次聚會的參加辦法。

他絕未想到，在這間小屋中，會有另一個那麼誘人的美女在等著他！

這女郎是組織派來的，作為一個對組織有貢獻的成員的獎勵？但是，羅開實在一點也不喜歡這樣子，那使他感到自己是一具由人擺佈的木偶！

如果那神秘美女不是組織派來的，那是不是表示組織內部有了裂痕？

他曾立意要改變人在暗、他在明的情形，看來這很難獨立完成。那麼，這個女人，是不是可以是自己的伙伴？

羅開嘆了一聲，所有的謎團，沒有一個是解得開的，他站了起來，找到了一件鬆軟的袍子穿上，他的視線，停在一只地球儀上。

那地球儀非常大，直徑約莫有一公尺，而且它的表面是立體的，喜馬拉雅山和大西洋的海底峽谷，都用立體高低不同的形式表達出來。

羅開把地球儀輕輕一轉，他看到有一枚金針，刺在地球儀上。

五　擺脫了組織的監視

那枚金針，插在瑞士的山區上。羅開一眼就可以看出，金針所刺的地點，正是他這時的所在。

羅開再轉了一下地球儀，希望發現另一枚金針。說不定那就是聚會地點了。

當然，他沒有發現另一枚金針，如果線索是那麼簡單的話，組織也不會給他三天時間去發現了。

書架上有不少書，羅開一本一本翻看，看看其中是不是有什麼花樣。

他明知這樣做很花時間，但是他不在乎；因為同時，他在不斷地想著。

在過去的一年多來，他可以說無時無刻不在和籠罩在他身上的陰影作鬥爭，想擺脫這個陰影，或者至少弄明白這個陰影；但至今為止，他一直失敗，失敗令得他幾乎認命了——如果不是他生性如此堅韌的話。

他甚至想到過，如果找不到線索，那就自動喪失了作為組織成員的資格，那算不算是擺脫了陰影呢？

每當他想到這一點之際，他總免不了長嘆一聲：組織太了解像他這種人的心理了！要他這種人承認自己低能，承認自己失敗，那麼，他寧願選擇死亡！

天色黑了下來，羅開維持著爐火的旺盛，躺了下來。

就在這時候，羅開注意到了壁爐架上的那兩只鐘。

事實上，羅開從一進屋子到現在，心境沒有真正的靜下來過；那不該出現在這裏，又是如此動人的女郎，給了他極度的震撼。

一直到這時，羅開看到了那兩只鐘，他也沒有立時加以注意，只是心中想了一下：為什麼要兩只鐘呢？

但是，他畢竟是一個出色的冒險家，他立時注意到，兩只鐘所顯示的時間不同。

他又看了看手錶，又發現那兩只鐘的時間，都不是當地的正確時間。

當他注意到這一點之後，他站了起來，又發現兩只鐘都不在行走，顯示秒的數字停著，並沒有跳動。這表示什麼呢？

一只鐘顯示的時間，是十九時五十一分二十秒，另一只鐘顯示的時間，是十六點八分二十一秒。這兩個時間有什麼意義呢？一定有的！

羅開可以肯定，在這間屋子中的一切，都經過悉心的佈置，不會無緣無故有兩只停止不動的鐘。但是，羅開一時之間卻想不出那表示什麼。

他再次躺了下來，噴著煙，不時喝上一口酒。

他心中有一個秘密，他要趁這第二次聚會，把組織的秘密揭露，使得他自己不再成為一個被人操縱的人。

這一點對他來說，極其重要。他實在難以想像，自己如果再繼續這樣受一個神秘組織的控制，他如何還能生活下去！

他知道一個這樣神通廣大的組織，絕不容易對付，但是他還是決心要去做。可是，事情還沒有開始，就好像不是很順利。

使羅開覺得不順利的，是那個女人！那個不應該出現在這裏，但卻顯然早在這裏等他的那個女人！

羅開用力搖著頭，仍然不斷地在想：那女人究竟是什麼人？她到這裏來，只有組織知道；如果「組織」只是一個人的代名詞，那麼，就只有一個人知道——

羅開想到這裏，陡地跳了起來。

他跳得如此之急，以致把手中的酒都傾瀉了。

羅開一面用手抹著傾瀉了的酒，把沾了酒的手指放在口中吮著。

有時候，像羅開這樣的聰明人，會被最簡單的問題所困擾。因為聰明人想問題，總是往艱深的那方面去想，不會向簡單的方面去想；而事實上，有許多許多表面上看來極其複雜的問題，答案是十分簡單的！

像那個神秘女人的身分，羅開已作了幾百種不同的揣測，而事實上，答案其實只有一個，而且極其簡單！

既然只有「組織」才知道他會到這裏來，那麼，在這裏出現的那個女人，當然就是「組織」！這是再簡單不過的邏輯。

羅開怔怔地站著，盡自己一切記憶，去回想那女人的一切。

那麼美好晶瑩的胴體，是任何男人在經歷過一次之後就不會忘記的，何況是記憶力特別好的羅開。

可是這時，羅開在回想之際，卻不禁苦笑！他實在無法說出那女郎的身上有任何特徵來！

或許是由於當時實在太狂熱了，在官能的享受之外，沒有餘暇去仔細欣賞。她粉光細嫩的肌膚，一切全像是希臘雕像那樣完美。如果再遇到，當然可以認得出來，但必須對方又是裸體——還會有這樣的機會嗎？

羅開不由自主吞咽了一口口水，那女人就是「組織」！

這樣神通廣大的一個組織主持是一個女人，而且顯然是不超過三十歲的女人！雖然羅開從來也不敢低估女人的能力，但多少也有點意外！

接下來的問題是：首領是一個女人，為什麼她要在這裏等自己？

羅開不會自作多情到說自己是大情人，雖然事實上，像他這種身分的人，幾乎是全世界女性夢中的情人。

為了什麼？一個網羅了世界第一流冒險家組織的首腦，受到了性苦惱的侵襲，所以隨便找一個男人，來發洩一下？難道她未曾想到這樣一來，她的身分有暴露的可能？

羅開得不到答案，他只好暫時放棄，準備好好睡一覺。

當然，這晚他睡得一點也不好。

當第二天，陽光透過積雪的窗子射進小屋來時，羅開睜開眼來，他看到陽光恰好照在壁爐架的那兩只鐘上。

停了的時鐘，在經過了一夜之後，顯示的時間仍然不變。

羅開把雙手枕在腦後，再一次肯定時鐘顯示的時間，一定表示什麼，而且那是二十四小時的數字鐘，為什麼要兩只鐘呢？目的是顯示兩組數字。

為什麼要兩組數字呢？羅開立時想到了兩組數字在數學上的意義，可以組成一個二元二次方程式，而二元二次方程式的圖表顯示法，是兩條線的交叉座標。

羅開發出了一下呼叫聲，右手一揮，手指相叩，發出了「得」的一聲響。

在一剎那間，他已有了答案，解開了組織留下來給他的線索：兩只鐘所顯示的時間，化成兩組數字，那是地球上的經緯度。

一九、五一、二十，一定是緯度，那是普通的常識，只要確定是南緯還是北緯就可以了。

而那組合不會太多：南北緯、東西經，一共只有四個排列組合的可能。

羅開來到了那大地球儀面前，轉動著。

他很快就找到了，只有一個地方是適合那線索的，那是瓦托亞島，在斐濟群島南端，幾乎是孤懸在太平洋中的一個小島！

那就是他要去的下一站，聚會會在那島上舉行。

對於自己那麼快就解開了線索，羅開感到很高興！可是同時，他又不禁沮喪，因為那對他的處境，並沒有多大的幫助。他到了那小島，還要接受進一步的指示，他還是在明，「組織」還是在暗！

如果他要改變自己處境的話，就必須把組織的安排，稍為變動一下，那麼，他才能佔上風。

羅開一點也不浪費時間，他草草塞飽了肚子，又穿上了滑雪裝，離開了那小屋子，向山下直滑下去。

半小時之後，他到了山腳下的一個小鎮市。

那鎮市中，鬧哄哄地擠滿了前來渡假的遊客。

羅開先假定自己的行蹤一直在被監視之中，他第一件要做的事，就是要擺脫監視，離開「組織」的監視，他才有可能反擊。

所以，在接下來的三天之中，他並不採取什麼行動，看起來他是在向南走，準備到瓦托亞島去。

三天之後，他到了香港。

在這三天之中，他利用了他身上的每一個細胞，想弄清楚自己是被什麼樣的人在跟蹤監視。可是以他的觀察力而論，卻毫無發現。但是他知道，自己一定是在被監視之中，他一點也不敢怠慢。

在香港的機場，通過了證件檢查之後，他就進了機場的洗手間。他的運氣相當好，洗手間沒有人，他等了一分鐘左右，沒有人跟進來，這表示，監視他的人，可能在洗手間外等他。

羅開想到要在洗手間裏改變自己的外形，多少有點感到不愜意，不過，那並不影響他行動的快捷和行動的效果，三分鐘之後，羅開已經變成看來完全是另外一個人，然後，他走向根本不屬於他航機的另一個行李台，隨便提了一件不起眼的行李，走向海關的檢查台。

在這個時候，他只要冒一個險：他隨便提起的那件行李的主人恰好在他的身邊！但那也不要緊，他只要大方地說一聲：「對不起，我認錯了」，就可以了。

而他連這一點麻煩也沒有，那件行李打開，裏面全是普通的衣服。羅開提著行李，走出了機場。

他感到自己獲得了自由，他終於完成了第一步。

在這樣的情形下，他有自信，擺脫了「組織」的監視，可以按照他的計劃來行事了。

羅開在香港，有七個十分舒服的住所，但羅開哪裏都不去，他在機場酒店住了下來。

一連兩天，他更可以肯定他完全「自由」了！

羅開在這兩天之中，也仔細計劃了一下。

他對組織的所知，十分有限，只知道一個從感覺上來說，一定是東方人的嬌小女郎，和一個頎長豐滿的白種女郎，她們和組織有關，而這兩個女郎的樣貌是什麼樣子的，他根本不知道。

羅開對自己的行動能否成功，並沒有把握，也知道失敗的後果十分可怕，但是，他還是必須勇往直前，以證明他自己是自己的主宰，不是由人操縱擺佈的木偶。

他訂了經澳洲雪梨到斐濟的機票，到了該登機時，他在候機室中，舒服地閉上眼睛，等候上機。

他的心情是如此輕鬆，以致他明顯地知道，他身邊的椅子有人坐了下來，他都不想睜開眼來。可是隨即，他整個人都震動了起來。

一股沁人肺腑的淡淡香味，飄向他的鼻端，「靈魂花瓣」的香味！

六 殺人的指示

羅開的思緒，在那一剎間，真是亂到了極點！

由於突如其來的震撼是如此之甚，他在一時之間，連睜開眼來的勇氣都沒有！

只不過是極短的時間，他又感到那香味在遠去。

他睜開眼來，身邊的座位沒有人，他立時抬頭向四面看看，候機室中的人相當多，而且已開始登機了，至少有上百人聚集在登機門之前，男女老幼，各色人等都有。

羅開完全無法知道剛才到過自己身邊的是什麼人？而且，對方似乎料定了他會由於極度的震撼，而在一個極短暫的時間不會睜開眼來一樣，巧妙地避開了他的視線！

羅開像是遭到了雷擊一樣僵坐著。

他先想到，這種名貴香水，世上當然不止一瓶，可能是巧合，恰好有一個女人也是擦這種香水的。但是，他否定了這個想法。

一來，他不喜歡太湊巧的事；二來，為什麼那女人一下就不見了呢？

如果不是巧合，那是什麼？

他在這兩天來，以為已巧妙地擺脫了組織的監視，但實際上根本沒有，那是組織給他的一個警告！

一想到這一點，羅開的精神真是沮喪到了極點！

那實在是不可能的事，自從在機場洗手間出來之後，他已肯定再也不受任何人的監視，但現在，他顯然失敗了。

對於像羅開這樣的人來說，真是致命的打擊，令得他喪失了一切信心，令得他感到自己不再是自己，只是他人手中的一枚棋子！

羅開的腦中嗡嗡作響，他看出去，在眼前的每一個人，看來都像是他命運的主宰，是他的主人！

尋常人，即使像羅開一樣，是一個出色的冒險家，在這樣的情形下，似乎只有一條路可走，接受命運的安排和調遣！但羅開畢竟不是尋常人，他甚至不是一個尋常的冒險家。

這時他所受的打擊，雖然是如此之甚，但是他心底深處，還是有一個聲音，在聲嘶力竭地叫著：不！不能就此屈服，對方的神通再廣大，失敗的次數再多，還是要鬥上一鬥，一直鬥到底！

雖然羅開在內心深處，仍然有著僅存的一分頑強的意志，但是嚴重的挫敗，已令得他的外形看來有幾分像是一個急病的患者。

所以，兩個航空公司的職員在互望了一眼之後，其中一個向他走了過來，俯下身問：「先生，你需要幫助嗎？」

羅開怔了怔，這才發現，候機室中已經沒有什麼人了。

羅開甚至連語言也變得軟弱，他一面站了起來，一面搖著頭，「不，我很好！」

職員看了看羅開手中的頭等艙登機證，態度殷勤地道：「先生，該登機了！」

羅開十分疲倦地點了點頭，緩緩向前走去。

空氣中，早已聞不到「靈魂花瓣」的香味，羅開的心還是向下直沉，一直到他在座位上坐定，要了一份烈酒，一飲而盡，他才漸漸定下神來。

如今，有一點是可以肯定的了：組織知道了他的行蹤！

那個他曾在遊艇之內，黑暗之中，恣意愛撫過的嬌小玲瓏的胴體，一定也在這架飛機之中，只不過，他不知道那女人如今是什麼模樣而已！

羅開有點自暴自棄起來——不論他如何提防，看來都一點用處也沒有，不如不必再提防和做作了！

一決定了那樣做，羅開感到了一種異樣的輕鬆。他不停地喝著酒，和一個身型高大的澳洲空中小姐調笑著，而且在起飛之後一小時，他像是一個沒有絲毫心事一樣的嬰兒，很快睡著了！

羅開改變了他的計劃，那是當他確切知道自己計劃得再周詳，暫時還絕對無法勝過組織之後的新決定。

他本來還要兜一下圈子，掩飾一下自己的行蹤的，但這時，他在到了澳洲之後，直飛斐濟島，然後，就來到了目的地：瓦托亞島。

在吹上身來，使人懶洋洋地熱帶海風之中，羅開躺在高大的椰子樹下，啜飲著甜中微帶辛辣的土製酒，半瞇著眼睛，在等候著組織進一步的指示。

海灘上的人很少，這個充滿熱帶風情的小島，並不是什麼旅遊勝地，兩座看來相當宏偉，但是式樣已很古老的酒店，是島上唯一可觀的建築物。

沙灘是屬於酒店的，膚色黑得像緞子般光滑的女郎，用她們修長的美腿和飽滿的胸脯，引得盯著她們的男人想入非非。

羅開已經到了三小時了，完全沒有新的線索，使已經對自己喪失了大半信心的羅開，懷疑自己是不是弄錯了線索，這個小島根本不是第二次聚會的一個中間站！

他把喝乾了的酒杯，放在身旁的沙上，一個女侍立時迎過來，問：「先生，要不要再來一杯？」

女侍俯著身，豐滿的雙乳像是要從少量的布中彈跳出來一樣，她相貌並不美，但是厚厚的嘴唇，卻另有一種令人想入非非的力量。

羅開搖著頭，女侍盡她的可能嬌笑著，走了開去。

羅開伸手到身邊去摸煙，手背上突然感到了一下輕微的疼痛。

羅開陡地震動了一下，他看到一隻鴿子，正在他的手背上輕啄著。

沙灘上有各種各樣的雀鳥，最多的就是鴿子，一隻鴿子在任何人的身邊，都不會引起注意。

當羅開看到一隻鴿子在輕啄他的手背之際，他也沒有在意，只是取了煙，縮回手來。可是，那隻鴿子跳躍了一下，卻跳上了他的胸口，停了下來。

這就有點不尋常了，羅開立時發現，那鴿子絕不是普通的鴿子，牠的體型比較瘦長，頭上有略為凸出的小小羽冠；以他的豐富常識，他立即認出，那是世界上最好的品種之一的土耳其信鴿。

這種信鴿在接受訓練之後，可以飛行數千公里去尋找牠要尋找的目標，那是喜鴿人士夢寐以求的名種，決不會無緣無故出現在這個孤懸在太平洋中的小島上的！

信息來了！

羅開立時想到了這一點，他深深地吸了一口氣，伸手在鴿子的背上，輕輕撫摸了一下。

鴿子並不躲避，羅開迅速在鴿子披滿了柔軟羽毛的身上輕摸著，在左腿之上，他摸到了一個小小的突起。

當他將之摘下來之後，那鴿子立時沖天飛起，速度是如此之快，使人確信，即使有什麼獵鷹要去追逐一頭土耳其信鴿也不容易成功的傳說是真的。

羅開取到的仍然是一顆小珠子，他把那顆小珠子捏在手裏，手心直冒汗。

在吸了一支煙之後，他才回到房間裏。

通過袖珍型的微型軟片觀察器，他看到了組織的指示。

當他看清楚那幾行指示之後，他呆住了。

剎那之間，他感到了無比的憤怒。那種憤怒，甚至令得他全身發熱發顫！

微型軟片上的指示其實十分簡單：

「你必須去殺一個人——別懷疑指示傳遞錯誤，組織知道你厭惡殺戮，但你必須執行指示。

「你要殺的人，有著明顯的黃和黑的交叉方格目標作辨認，下手時，千萬別有任何猶豫，這是組織給你的建議。

「當你完成這項指示之後，你自然會得知正確的聚會地點。」

過了好一會兒，羅開才能令自己鎮定下來。

他，作為一個冒險家來說，他從事過許多世人想也想不到的事，可是他厭惡殘暴，他從來不殺人，甚至連想也未曾想到過殺人！而如今，組織卻指示他去殺人，殺一個和他毫不相干，可能連見也未見過的人！

這對他來說，絕不是什麼挑戰，而是一種對他人格的最大侮辱！

羅開立時就有了決定，當然不遵從這個指示，就算承認失敗，從此被組織踢出去，也比違反做人的根本原則來得好！

他隱隱感到，這個神秘組織的首領，簡直不是人，而是魔鬼！組織的首領似乎可以直窺每一個人的內心最弱的弱點，然後加以利用！像要他去殺一個人，如果他真是依照指示去殺了人，羅開知道，他就會再也沒有自尊，徹頭徹尾淪為組織的奴隸了。

羅開在激動和憤怒之中，心中在叫著：「算了，不必再和這個組織鬥下去了！認輸算了！」

他漫無目的地揮著手，身子也團團轉著，使他看起來和房間天花板上吊著的古老風扇差不多。

他把微軟片放在地上，用力踏著、蹂著，來表示心中的憤怒！

要不是傳來了敲門聲，他可能還要再激動下去。

他拉開了門——當他打開門時，他已經完全恢復了鎮定。

門外的人，使他呆了一呆。

那是一個穿著當地土著傳統衣服的土著女郎。

羅開從來也想不到，一個黑種女郎可以這樣動人！

她的面容是那麼細巧清麗，看來有點怯生生地站著，手不知向哪裏放才好，向羅開看了一眼之後，立時低下頭來，用極動聽的聲音道：「先生，我是你的！」

羅開呆了不到一秒鐘，在那一秒鐘之際，他已對那女郎的來意作了五六種揣想。而他最後的揣想是，那是酒店娛樂單身男性住客的一種把戲。

羅開自然不會拒絕這樣的娛樂，從來也不會。

他微笑著說：「歡迎，歡迎！」

他伸手去握那女郎的手，女郎的手柔軟滑膩，絕不像是土著女人般粗糙。而且，羅開幾乎沒有用什麼力，女郎便已偎向他的懷中，身子貼著羅開，緩緩地扭著，發出低微的，但是震人心坎的低吟聲。

羅開感到極滿意，這樣的女郎，放到阿拉伯王宮的後宮去，也是頂尖的了，在這樣的荒島上，實在不能再有更高的企求了！所以，當衣服自女郎身上褪下之際，他是心滿意足的。

但是在陡然之間，他呆住了，如同高壓電忽然通過他身體一樣！

在剎那間，他明白了什麼是「黃與黑的交叉方格」——組織要他去殺的人的「明顯目標」！

七 世界三大殺手之一

當那女郎用一種生澀的神情和動作，緩緩褪下她身上的衣服之際，不論那種神態和動作是不是職業上的一種訓練，羅開的情欲已被挑逗到了一種十分熾熱的境界。

這時，他坐著，那女郎站在他的面前，他的雙手已經自然而然伸向那女郎的纖腰，並且把女郎拉近，深深地吸著氣，享受著自那女郎美麗的胴體之中散發出來的幽香。

頭微仰向上，從仰角來欣賞那女郎挺聳的雙乳。

當衣服順著美麗的胴體褪下之際，羅開的視線也向下移，平坦的小腹，細柔的腰，微微凸起、給人一種結實感的小腹……

然後，便是雷擊一般的震撼！

那女郎在寬大的土著衣衫之內，並沒有任何掩飾，但是，她卻圍著一條腰鏈。

那腰鏈相當細，圍在這樣美好的胴體上，本來是極其誘人的一種裝飾，可是，在腰鏈的正中，就在那可愛的肚臍之下，腰鏈上有一塊四公分見方，裝飾用的牌子。

看來是金屬製品，上面的花紋是小方格，而顏色則是一格黑，一格黃！

黑是濃黑，黃是艷黃！

對顏色有研究的專家說過，濃黑和艷黃在一起，是最能吸引人注意的顏色組合，胡蜂的身子，就是這兩種奪目顏色的組合。

這種組合，能使人感到一種自然而然的震撼！

這時，羅開所感到的震撼，顯然絕不是顏色的組合所帶來的，在電光火石的一剎那間，他想到的是微型軟片上，組織的指示！

指示是極其淺顯易明的：要他殺一個人。被殺的人，有著明顯的黃與黑的方格作目標。

他本來還不是十分明白那是什麼意思，但在一看到了那腰鏈上懸著的牌子之際，他立即明白了。

指示又要他毫不猶疑地下手，那麼，他現在應該怎麼辦？立刻下手，把那神態甚至看來正帶著羞澀，絕不會超過二十歲的女郎立即殺死？

他該用什麼方法下手？用他經過嚴格空手道訓練的手，閃電似地砍向那女郎的頸際，令那女郎頸骨斷折致死，還是抓住那女郎，把她從窗口拋出去，使她自五樓跌下去摔死？

在極度的混亂之中，羅開突然有了極度的可笑和滑稽之感，當他決定根本不去執行組織的指示之際，他絕沒有想到，事情來得如此之快，如此之突兀，簡直令人絕無再想一想的餘地，像一個迅雷，突然自空而降一樣，逼得人非在一秒鐘之內就有決定不可！

羅開在一看到了那牌子之後，震慄、驚懼、思索，其實也只是那麼短的時間，不過他無法做出任何決定，指示的每一個字，像是雷轟一樣在他的耳際響著。

那女郎下垂的，看來不知所措，不知道該放在什麼地方才好的手，當衣服褪下之際，自然而然向身上移了一移，想遮住她身體上最隱蔽的所在。

一切動作全是那樣自然，每一個少女在人前裸體之際，都會有這樣的動作。當她的手想遮住她身上最隱蔽的部位之際，就十分自然地，靠近了那塊金屬牌子。這一切，全是不會有任何人去提防的。

然後，美麗修長的手指，緩慢地把那塊牌子托了起來，加上甜膩的聲音：「先生，你喜歡這顏色？」

羅開全然不知道如何回答才好。

那女郎托著牌子，向羅開靠近。

就在那一瞬之間，羅開看到那塊金屬牌子向著他的一面，邊緣上有一種異樣的紫藍色，在閃耀著一種妖異的幻彩。

羅開在剎那間，陡然發出了一下大叫聲，那是他在極度驚駭之下的一種自然反應——這種反應對羅開來說，太不正常了，因為他決不是遇事大驚小怪的人。

不過，在有不正常的反應的同時，他也有正常的反應，他立即伸指彈向前。

當他伸指彈向前之際，他的動作是如此之快捷，平常人最不易發力的無名指，彈中了那女郎的手腕，而更有力的食指，則彈在那塊牌子。

那女郎的手一震，牌子鬆脫，羅開的食指指力，令得牌子被彈得向上揚了起來，碰向她自己的小腹。

那牌子的邊緣，有著異樣紫藍色的那一邊，十分鋒銳，只是在她的小腹下輕輕碰了一下，就在她美麗的誘人的小腹上劃出了一道口子，沁出了一些鮮血來。

黑得像緞子一般光滑的柔嫩肌膚上，有了一絲血痕，看來更加誘人。

但是，羅開卻已不再去欣賞，在他彈出手指之際，已經蓄定了全身的勁力，令得他自己的身子陡然向後翻了出去，而且在翻出去的同時，雙腳一起踹向那女郎的胸口。

羅開對自己動作的迅速是極其自負的，他估計一定可以踢中對方，令得對方跌退出去。

可是，他卻估計錯了，那女郎後退的速度，比他想像的快，他甚至未曾看清她是怎麼後退的。

當他身子翻向後，立時彈跳起來之際，只看到那女郎背貼著牆，正在大口大口喘著氣，豐滿的胸脯上下起伏。

她的神情十分異樣，並不是驚恐，而是一種極度的疑惑，像是全然不信眼前發生的一切是事實一樣！

她用一種聽來如同夢幻一樣的聲音問：「你，你……究竟是誰？」

羅開並沒有回答她的這個問題，只是把視線自她的臉上移向她的小腹。

她小腹那道淺淺的傷口，還有鮮血在沁出來，沁出來的鮮血，不再是紅色，而是那種妖異的紫藍色！

羅開感到了一陣寒意，身子甚至不由自主地發起抖來。

他在才一看到那種怪異的顏色之際，甚至還不能肯定那是什麼，他的反應，只是出於一種由於他豐富的知識培養成的一種自然反應，他先是感到那牌子向著他的那一面看來極鋒銳，而且離得他太近了，當時，那女郎只要手向前略略一伸，牌子就會碰到他臉上任何一處地方。

那種妖異的藍色，給他閃電一般的直覺是：毒！所以，他才基於本能的反應，突然出手的。

直到這時，他才知道自己的判斷完全沒有錯。

他的視線再度移向那女郎的臉，那女郎的神情在迅速地變化，從疑惑變成了一種令人心悸的狠毒，這和她剛才進來時的那種羞澀，令她看起來幾乎是另一個人。

眼前的情景是十分特異的，一個全裸的，只在腰際圍著腰鏈的女郎貼牆站著，豐滿的雙乳隨著急喘而起伏，看去有極大的誘惑。而羅開卻像是一頭獵豹一樣半蹲著，全身蓄滿了精力。

他明白，如今並不是什麼遊戲，是生和死的搏鬥，生、死只是在一線之間，在百分之一秒間決定的事！

他盯著那女郎，感到喉嚨像是有火在燒一樣，但是，他還是迸出了一句話來：「素拉脫烈？」

那女郎的喉際，發出了一下奇異的聲響。羅開不由自主，嘆了一口氣。

「素拉脫烈」是西印度群島上，土人對一種劇毒的毒蜥蜴的稱呼，是「死神」的意思。

這種正式學名叫「紫紋鬃蜥」的毒蜥蜴，毒性之強烈，無與倫比，連最毒的印度毒蟲也瞠乎其後。

牠的毒液集中在牠的皮膚和背上的硬刺上，所以捕捉這種毒蜥蜴，等於和自己的生命開玩笑。再加上牠本來就極稀有，瀕臨絕種。

可是，由於牠的毒液毒性是如此之強烈，這種毒液，也就成了一流殺手夢寐以求的寶貝，售價之高，說出來絕不會有人相信。

羅開聽人說起過，有一個國際間諜人人提起就駭然的殺手，就擅用這種毒蜥蜴的毒來完成任務。

這個殺手和其餘屈指可數的超級殺手一樣，幾乎是隱形的，完全沒有人知道他們是什麼樣子，甚至連是男是女都不知道，只知道他們慣用的殺人手法而已。

而那個擅用毒蜥蜴的毒來殺人的殺手，也就被人稱為「素拉脫烈」。

現在，羅開自然知道，眼前這個如此美麗的女郎，就是可以名列世界三大殺手之一的素拉脫烈。

羅開甚至也可以知道，那女郎的膚色，本來一定不是黑色的，可能其白如雪，也可能是印地安紅種人，或者是黃種人。如今她的膚色看來和島上土人一樣，那自然是全身經過精妙的化妝之故！

羅開嘆著氣。

那女郎忽然也嘆了一聲：「公平嗎……你究竟是誰？」

羅開搖了搖頭，表示不準備回答這個問題，同時，他也不是很明白「公平嗎？」這句話是什麼意思。

他用十分誠懇的語氣道：「妳不會有太多時間了，要講什麼快點講，別問沒有用的問題！」

那女郎的聲音陡然變得尖銳高亢：「我連知道自己死在什麼人手裏都無權嗎？」

羅開立時回答：「妳死在妳自己手裏，妳要殺我，結果殺了妳自己！」

那女郎的面頰急速地抽搐著，她背靠著牆，站得十分挺直，把她美麗的胴體表露無遺；可是羅開卻知道，生命快離開這具美麗的胴體了，死亡就快來臨。

那女郎又道：「公平嗎？你得到的組織的指示是什麼？」

羅開陡然一震：「妳殺我，也是組織的指示？」

那女郎的神情在一剎那之間，變得十分淒然：「是，組織的指示！」

羅開的聲音苦澀之極：「為什麼？」

那女郎淒然笑道：「我想，組織要保留最好的，失敗者必須死亡，我……我……你知道嗎？這毒性雖猛烈，可是中毒的人，是一點也不會感到痛苦的……以往，所有的人都是在極度歡樂中死去的。」

羅開明白她的意思，剛才，要是他的身上被劃破了少許，沁出一點血來，他是不會在意的；接下來的，當然是極度的歡愉，然後，死亡就來臨了！

這時，令得羅開心頭震動的是那女郎的話：「組織要保留最好的，失敗者必須死亡」這句話。

這句話所包含的意思，實在是太可怕了！

八 殺人遊戲的勝利者

組織的指示，要羅開去殺一個「有明顯黃黑方格標誌」的人，給那女郎的提示又是什麼？

組織要保留最好的，失敗者必須死亡！兩個人一組的生死決賽，敗者出局，勝者保留？

羅開在那一剎間，有濃烈的想嘔吐之感。

他自然而然想到了中國雲南、貴州一帶，苗人培養蠱毒的一種方法。

那種方法是把捕到的毒蟲，放在一個狹小的容器之中，令牠們自相殘殺，直到最後生存的那一個，才是最好的利用工具！

他和那個女郎，豈不全是容器中的毒蟲？

當羅開想到這一點的時候，他同時也想到，那女郎自然也是組織中的人，說不定第一次聚會時也在場，這是自己和組織中其他人的唯一接觸，如果要繼續和這個強大神秘得不可思議的組織對抗，如今是多獲得一點資料的最佳時刻！

他直了直身子：「妳得到的提示是什麼？」

那女郎仍然淒慘地笑著：「『一個最難對付的對手，必須用最完美的方法把他殺掉。』然後是你的行蹤和你現在的樣貌！」

羅開不由自主叫了起來：「那絕不公平，我得到的只是一個啞謎一樣的提示，要不是看到了妳使用的凶器，我絕不知道自己身在險境！」

素拉脫烈——那女郎的臉上，現出了不可相信的神情來。

突然，她笑了起來。

她笑得那麼劇烈，以致她的胴體跟隨著笑聲在顫動，雖然明知死亡隨時可以來臨，但是她的身體，還是那麼誘人。

她一面笑著，一面道：「你的意思是說，如果我一進來就下手，你絕避不過去？」

羅開由衷地道：「我想是……如果妳進來之後，用一把普通水果刀，就可以把我殺死！」

她仍然在笑著：「我總算明白組織的意思了，組織要我用最完美的方法把你殺掉，我……一直以為自己的殺人方法是最完美的，現在才知道錯了。最完美的殺人方法，應該是最直接、最快捷、沒有任何做作的方法！」

羅開深深地吸了一口氣。

說實在的，他是一個軟心腸的人，他做了一下手勢：「那種毒……素拉脫烈……是不是有解毒血清，如果有的話，我看妳不必浪費時間……」

女郎緩緩地搖著頭，當她的頭部還在搖動之際，她的臉上突然出現了一種詭異莫名的神情來，看起來像是她臉上的肌肉忽然全換了位置一樣，緊接著，幾乎是突如其來的，她的身子略為挺了一下，嘴突然張大，眼睛也睜得非常大，眼珠停止不動，任何人都可以在她的雙眼之中，體會出一股死亡的氣息。

她死了！

羅開倒寧願相信她所說的，死亡之前是毫無痛苦的。這個世界三大殺手之一，所使用的殺人方法是如此特別。

羅開咀嚼著她臨死之前的話：「完美的殺人方法，是最直接、最不為人注意的方法！」

他深深吸著氣，踏前一步，俯下身來，想把她的眼皮撫下來，但是他立即發現，素拉脫烈的毒性是如此之強烈，死者的肌肉纖維全像化石一般地僵硬，他根本無法撫下她的眼皮來。

同樣的，他也無法使她張大的口合攏來。

羅開苦笑了一下，當他小心翼翼把那條腰鏈連著的牌子一起摘下來，又把衣服蓋在她的身上之際，無意中向那女郎張大的口看了一眼。

他看到那女郎右邊的臼齒上，有著一個牙醫修補過蛀孔的痕跡——一小點白色的磁質物體，緊貼在牙齒上。

在那一剎間，羅開陡然震動了一下。

他實在無法捕捉到自己為什麼會陡然震動的原因，那只是一種極模糊的直覺，告訴他應該注意某些事，或者，應該由他看到的某些現象聯想開去，得到一項重要的信息。

過慣冒險生活的人，往往會有這樣的直覺。但是要命的是，直覺實在太模糊了，越是想捕捉，越是無法抓得住中心。

他看到了一顆蛀牙，這表示什麼呢？

一顆蛀牙，實在是普通不過的事，他自己就有一顆——當他做徹底的體格檢查之際，醫生們一致公認，他的身體是接近完美的，唯一的缺點，是他有一顆蛀牙。

是不是看到了那女郎口中的蛀牙，由於那女郎的身體也是那樣完美，所以才感到震驚？還是由此聯想到了同樣也有一顆蛀牙的自己，遲早有一天，他也會遭到和那女郎同樣的命運？

羅開迅速地轉著念頭，但始終無法捕捉到重點。

他知道自己絕不適宜在這裏再待下去，所以他不再去想，只是把腰鏈和金屬牌放進他隨身攜帶的簡單手提箱之中，然後提起手提箱，走出了房間。

那女郎的屍體被發現之後，會引起什麼樣的慌亂，羅開並不放在心上，羅開也知道，即使動用全世界的警察力量來追查，也查不到他的頭上，他的身分和外形隨時可以改變。

但是，羅開在離開旅館之際，心情和腳步都同樣地沉重不堪。

他在想著那女郎的話：組織給她的指示，是他的行蹤和他如今的樣貌！那也就是說，組織對他的一切活動，都瞭若指掌，而羅開是自以為已經用盡了方法，在逃避著任何人的監視的。

離開了旅店之後，羅開漫無目的地在街上閒蕩——當然，在十分鐘之前，他已經在一個牆角處，花了不到半分鐘的時間，令得他的容貌有了一點改變，使人家再也不會把他當作是那旅店中的那個住客。

羅開感到了極度的無依，那真是十分可怕的一種感覺，尤其對羅開這樣的人來說。

他甚至願意死亡立刻來到，也不願意自己在組織無所不在的陰影下，像是玩物一樣供人撥弄！

本來，羅開想在那女郎口中，得知多一點有關組織的一切，可是毒發得如此之快，他什麼也沒有得到。只知道組織在第二次聚會之前，安排了一場屠殺，要保留最好的一半。

羅開在一個牆角處停下來，不由自主直著身，深深地吸了一口氣。

就在這時，一個小孩子，赤著上身，穿著一隻殘舊的球鞋，自不遠處奔過來，一下奔到了他的面前。

羅開立時後退了一步。一個看來美麗動人的土著女郎，可以是世上三大殺手之一，一個土著小孩，自然也可以是一個極其危險的人物！

那小孩在羅開面前站定，手上拿著一只信封：「先生，你的！」

羅開向信封看了一眼，信封上用兩種文字寫著：「給勝利者」。那兩種文字，一種是中文，一種竟然是西藏文字。

羅開的心境苦澀莫名，他是漢、藏混血兒，傳說他故事的人都知道，組織當然也知道！

他盯著那信封，那小孩望著他，羅開終於伸手把信封接過來，那小孩立時拔步奔了開去。

羅開知道，去追問那小孩是絕無意義的事。

這時，他雖然想到自己像是一條被組織牽著鼻子的狗一樣被玩弄，可是，他還是不屑去做毫無意義的事。

他拆開信封，是一張機票，由斐濟島到澳洲的墨爾本，起飛的時間需要他立時前赴斐濟，才能趕上那一班飛機。

需要行動的時候，羅開從來也不猶豫，他準時到達了斐濟機場。

當他登上飛機之際，發現整架巨大的航機上，根本空無一人！

羅開在機艙口怔了一怔，在機門口的空中小姐道：「先生，這是一架包機，只有六個乘客，請上機！」

羅開吸了一口氣，注意到了空著的是普通艙位，在頭等艙，已經有四個人在。

他是第五個到的，如果有六個人的話，應該還有一個沒來——他立即可以感到，那第六個人也來了，因為他聽到了登機梯上有人走上來的聲音。

羅開不是很喜歡有人在他的背後出現，所以他回頭看了一下。

他看到了一個穿著阿拉伯長袍，頭上紮著白布，滿臉虬髯的男人，正在緩步走上來。

羅開知道，登機的六個人，都不會用真面目出現。

一個看來和阿拉伯土著一樣的人，和一個看來像是西班牙鬥牛士一樣的人，全是沒有意義的，那都不會是他們的真面目——就像他自己一樣。所以，羅開對那個阿拉伯男人，也根本沒有加以注意。

可是，就在這時，一陣風吹過來，將正在登機的那個阿拉伯人的長袍下擺，吹了起來。

就在那一剎間，羅開呆住了！

長袍的下擺被吹起，立時又被按下，只不過是極短時間內的事。

然而，就在那極短的時間內，羅開視線所接觸到的，先是一片眩目的膩白，然後，是半截令人心悸的美腿！

一個阿拉伯男人是絕不可能有這樣美麗的腿部，而且，羅開對這截美腿絕不陌生，他可以肯定，如果仔細一點尋找，在腴白的肌膚上，還可以找到他在雪地小屋之中，近乎虐待地緊捏過的指痕！

就是那個女人，那個神秘出現在雪地小屋中的女人！

羅開曾假設這個女人就是組織的首領，這使得羅開心頭一陣劇跳。但也使他知道，最好是裝著什麼事情都未發生過一樣。所以，雖然在轉回頭走進機艙之際，他自己感到動作十分僵硬，但是外表上看來，都極其自然。

羅開進了機艙，隨便揀了一個座位坐了下來，那「阿拉伯」人跟著，也走了進來。

九　三項充滿野心的任務

即使是大型客機，頭等艙也不是十分大，先到的四個人，都盡量坐在可以和其他人保持距離的位置上。

羅開也是一樣，「阿拉伯人」來到了羅開斜對面坐了下來。

沒有人說話，也沒有人有什麼異動。當然，每一個人都暗中在運用自己的觀察力，觀察著其餘的人。

第一次聚會有十二個人，第二次聚會只有六個人了。

當然，其餘六個人，在殺人遊戲之中失敗了，被擠出局，死人是不會再參加任何聚會的了。

羅開對於第一次聚會的十二個人的身分，本來是一無所知，現在，也只知道其中的一個，是世界三大殺手之一的素拉脫烈。那麼，在這裏的六個人，除了他之外，會是些什麼人呢？另外兩個超卓的殺手在嗎？

在第一次聚會之中，曾有一個人認為他是浪子高達，真的浪子高達在嗎？那個世界上最富傳奇性的中國人衛斯理，有可能在嗎？

這全是不會有答案的事。

令得羅開沮喪的心情多少開朗點的是，他至少知道那個「阿拉伯人」，其實是一個胴體迷人之極的女人，而他曾在那美麗的胴體上，留下了不知多少深深的吻痕！

羅開一想到雪地小屋中那短暫的一刻旖旎風光，便不由自主又向那「阿拉伯人」多望了一眼。

當然，他也發覺自己要控制一下自己，這種看來不起眼的動作，在別人敏銳的觀察下，是對自己很不利的。

機艙中的氣氛十分沉悶，有一種說不出來的緊張壓力，那和第一次聚會時大不相同。

羅開可以肯定，在這裏的人，全是和他有相彷彿身分和能力的人。第一次聚會的氣氛是輕鬆的，那自然是與會的人對組織的威力還未曾確切認識之故。

在經過了一年之後，自然每一個人也和他一樣，感到了組織無可抗拒的力量，尤其是在「殺人遊戲」之後，誰知道在這裏的勝利者，每個人有過什麼驚心動魄的死裏逃生的經歷？

當人人都感到自己無法擺脫組織的陰影之際，氣氛的沉重，是自然而然的的事了！

機艙的門關上，空中小姐雖然對這六個一聲不出的乘客感到奇怪，但這類由少數人包下了一架飛機的事，也不是絕無僅有的，所以，她們維持著職業的微笑，做著例行的服務——六個人之中，只有羅開一個人，要了一杯酒。

他並不是十分喜歡喝酒，而且在這樣的時刻，也不是喝酒的好時候，但是不合乎他生活習慣的行動，有時是掩飾身分的好辦法之一。

當他一杯在手的時候，他就注意到，有三雙眼睛向他望了一下。

他敢打賭，那三個人心中一定在想：這個人是不是「酒鬼」呢？

在這裏，「酒鬼」是一個專有名詞。那是指一個從事冒險，嗜酒如命的危險人物而言。

「酒鬼」最膾炙人口的傑作，是把巴黎一家大銀行的保險庫搜掠一空。

「酒鬼」的名言是：搜掠銀行保險庫是最有趣的事，因為遭到損失的人，誰也不敢說出自己損失了多少，那是永遠無法追究的事情！

「酒鬼」是不是也在艙中呢？羅開自然無法知道。

空中小姐甚至在飛機開始移動之際，在他們面前示範救生衣的穿著法。

飛機迅速升空，飛行漸漸變得平穩，機艙中的那種緊張壓力也越來越甚；在羅開前面的一個人，已開始在不安地挪動著身子。

羅開和其他人一樣，沒有別的事可做，只有靜候組織下一步的安排。

大約是在起飛了半小時之後，羅開又震動了一下。他再度聞到了「靈魂花瓣」的香味！

他立時轉過頭去，看到了一個嬌小玲瓏的空中小姐正走進機艙來，其餘的空中小姐不知道在什麼時候，都已經離開了。

空姐的制服，把那散發著香味的身體表現得曲線玲瓏，可惜的是，她的臉上罩著一重厚厚的面紗。

她一進來，所有的人都直了直身子。

在擴音器中，傳出了在第一次聚會中聽到過的那個聲音：「各位勝利者，我們又再次聚會了！」

羅開感到「勝利者」這樣的稱呼十分刺耳，但是卻沒有提什麼抗議。

那聲音繼續道：「機上原來所有的機員全被麻醉了，現在飛機是在一萬零六百公尺的高空，利用自動操作儀飛行。」

這種宣布，在尋常人之間，一定會引起一陣恐懼的騷動，但在這時，所有人看起來全像是岩石一般的鎮定。

聲音繼續道：「當然，航機一定會安然降落，機上人員會及時醒來，並且不知道自己曾經昏迷過。好了，說到正題，組織為了使屬下所有人更具有資格，所以淘汰了一半失敗者；這種淘汰行動，在組織不斷吸收新成員的同時，會不斷地進行！」

這幾句話，令得羅開又有想嘔吐的感覺，那就是說，殺人遊戲會持續下去，在這裏的任何人，都會莫名其妙死在不知什麼人手下，也會莫名其妙去殺死一個根本不知道是什麼人的人！

聲音繼續道：「我現在宣布失敗者的名單，他們是：『酒鬼』——他太嗜酒了；『素拉脫烈』——她殺人的方法太陳舊了；『兩面豺狼』——他最近的身分竟然是一國的警察總監，太得意忘形會遭到失敗的；『六親不認』——忽然動了情，自然非失敗不可；『隱身蜘蛛』——雄蜘蛛是死在什麼情形之下的，各位一定知道了；『狂瘋』——他太貪心了，貪心是成功的最大敵人！」

聲音說到這裏頓了一頓，機艙中沉寂無聲，甚至連呼吸聲也聽不見，那自然是在這一剎間，人人都屏注了氣息的原故。

那六個人，是第一次聚會的參加者，也都曾是世界上頂尖的，幾乎可以做到任何人做不到的危險人物，但現在全是「失敗者」！

聲音對那六個出色的冒險家之死，一點也不動感情，仍然繼續說著：「這次聚會比較特別，組織知道各位都習慣單獨行事，但現在要做的事，絕不是你們之中任何一人單獨行動所能完成的！」

這幾句話有了反應，反應是：三個人挪動了一下身子；一個人揚了一下擱著的腳，「阿拉伯人」發出了一下沉濁的低咳，而羅開則大口喝了一口酒。

聲音道：「各位對我的判斷感到不滿意？你們每人可以得到一張紙，紙上寫著組織需要你們完成的三件事，如果任何人認為可以單獨完成其中一件的，請舉手。不過請注意，如果事情失敗的話，百分之九十的可能是在任務進行中喪失生命，就算僥倖脫身，組織也必然會施以最嚴厲的懲罰！」

沒有人出聲，那穿著空姐制服，嬌小玲瓏的女郎，分發著信封給每一個人。

當她來到羅開身旁的時候，遞出信封來，羅開和她的指尖輕輕碰了一下，冰涼的手輕輕顫抖了起來，立時縮了回去。

羅開有點悠然神往，想起就是這個全身散發著幽香的女郎；他是她生命中的第一個男人，他甚至覺得組織待他並不算壞！

但當他打開信封，抽出信紙，看到上面打出的幾行字之際，他不禁皺了皺眉頭。

紙上寫著三件事：

一、把一噸濃縮核原料，運到需要的目的地去。

二、使黃金價格在一年之內，超過每盎司一千美元。

三、使一個被推翻政權的王朝，回到它原來統治的國家。這國家如今正為宗教狂熱份子所統治。

這三組任務的任何一項的酬勞，為一億英鎊。

機艙中又開始沉默，不知由誰開始發出把紙團捏縐的「索索」聲，然後，每一個人都把紙團成一團——他們用行動來表示了他們的意見：這三項任務中的任何一項，都不是獨自一個人能完成的！

如果他們有心情叫嚷的話，至少羅開就會嚷叫。別說兩個人，就是有兩百人、兩千人、兩萬人，也無法完成那樣的事！

羅開的心中，也隱隱感到了極度的疑懼。

這三項任務，幾乎都和國際政治、經濟、軍事有關，可以斷定，組織比他想像中的組織野心更大，要做比他個人冒險時期所做的更為危險的，可以影響到世界上政治、經濟、軍事均衡的大事！

沉默維持了五分鐘，那聲音又響了起來：「是不是？你們必須尋找合作者，兩個人一組，現在開始抽籤，六張紙上，三張是空白的，三張有號碼，一、二、三，三個號碼，代表著三項任務，抽中有號碼的人，有權選擇同伴。你們之間怎麼合作，組織絕不過問。」

六個人又都各有表示緊張和不安的小動作。

聲音又道：「任務必須在一年內完成，不得推辭，組織絕不限定任務進行的方式，如果一年之後，任務不能完成，那麼，就是失敗者！」

羅開不由自主，緩慢地咽下了一口口水。

他在咽下口水之際，一點聲音也沒有發出來，因為他不想讓別人知道，他心裏實在很害怕！

像羅開這樣的人，生命之中，根本是沒有「害怕」這個詞的，但這時，他卻真的感到害怕！

他害怕成為組織中的失敗者，而且他感到，這裏六個人，都必然成為失敗者！

嬌小的「空姐」手上又有了六只信封，來到每一個人的面前，讓各人抽取一只。

羅開在抽取信封的時候，仰起頭，向她胸口吹了一口氣。那女郎又震動了一下，立時轉過了身去。

當打開信封的時候，羅開的心中不禁又很緊張，他抽出信紙，是空白的！那也就是說，他將成為別人選擇的對象，也不知道自己要去進行哪一項任務。

這時，羅開心中在想的是：如何逃避！

這三件事，簡直沒有一件是辦得成的，可是看起來，逃避組織更不可能！

羅開心中暗嘆了一聲，抬起頭來。

十 黑暗中的銷魂

羅開才抬起頭來，聲音又響起：「抽到有號碼的三個人請站起來！」

三個人站了起來，一個是「阿拉伯人」，一個是有著山羊鬍子，看起來像大學教授型的人物，另一個是個肥胖的禿子。

聲音在指示：「誰先選擇伴侶？由於你們彼此之間，根本不知道誰是誰，所以選擇伴侶也是靠運氣的。不過可以保證的是，在這裏的六個人，全是世上頂尖的非常人，你們之間的合作，一定可以愉快！誰先——」

聲音還沒有說完，「阿拉伯人」的手早已舉了起來。

羅開陡然感到一陣心跳，接下來發生的事，全然在他的意料之中，那「阿拉伯人」伸手，指向他！

羅開也站了起來，向「阿拉伯人」微微鞠躬，表示感謝。

這時，他思緒十分亂，他知道，自己曾估計對方是組織的首領，顯然是錯了，對方也是組織的一員，和他一樣。

可是，對方又怎麼會在那小屋之中，這時又選中了他？她又知道自己的身分是「亞洲之鷹」，她是怎麼知道的？組織中的成員，不是誰也不知道別人的身分嗎？

由於他的心情十分紊亂，所以另外兩個人是怎麼選擇伴侶的，他也沒有注意。

他注視著那「阿拉伯人」的眼睛，想在眼光中看出一點什麼來，可是那「阿拉伯人」的眼光甚至也是渾濁的，一點也不像一個美女所應有的眼神。

羅開知道，那應該是藥物化妝的結果。看來，要弄明白對方的身分，還得下一番功夫。

不過他並不著急，他們兩個人至少要有一年的時間合作，他有足夠的時間！

機艙中又回復了沉靜，羅開在突然之間，感到了一陣短暫時間的暈眩，更令得他閉目養神。

而等到他再睜開眼來時，機艙中的一切，像是都恢復了正常，原來的空中小姐又出現，殷勤地遞上熱毛巾；正副駕駛員輪流自駕駛艙出來，向機上僅有的六個乘客打著招呼。

羅開想和那「阿拉伯人」接近些，但是對方卻顯然不願意這樣做，於是羅開轉移目標，在飛機上走來走去，想把剛才出現過，現在又突然消失了的那個愛擦「靈魂花瓣」香水的那個女郎找出來——羅開在心中，還為那女郎取了一個名字：花靈。

可是，他來回走了幾遍，卻並沒有看到他心目中的花靈。

飛機在一萬多公尺的高空飛行，沒有人可以在這樣的高空中離開飛機，可是花靈上哪兒去了呢？

還有剛才通過擴音器，講了那麼多話的「聲音」呢？

「聲音」當然是組織的主持人，是他們這些人的主宰！「聲音」是通過地面的控制塔來向他們說話的嗎？

羅開的心中，疑團一個一個重疊著。

他甚至可以肯定，花靈還在機中，只是不知道是十多位空中小姐中的哪一個而已！他又不能一個一個湊近去嗅聞她們身上散發出來的香味！

最後，羅開決定放棄。他感到，就算這時候他把花靈認出來了，也是沒有意義的事。

他所需要做的，是好好想一想，如果他要逃避，要使自己擺脫這個神秘組織的控制，他有哪些有利的條件。

一想到這點，他心中不由自主嘆了一口氣！

過去一年來，已經證明，不論他如何隱藏自己，組織都用不可思議的方法——像是魔法一樣，知道他的行蹤，這是對他最不利的因素。

而對他有利的因素是什麼呢？花靈當然是一個重要的人物，每次聚會她都出現，擔任著重要的角色。

她可以說是和組織最高層較接近的人，而她和自己，又曾有過那麼不平凡的關係！

羅開深信，花靈會給他很大的幫助，只要他能向她提出的話。

剛才，羅開已經用他的小小的挑逗，證明了花靈曾因他的挑逗而震動。

他的思緒一直很亂，在胡思亂想之中，飛機已經降落了，機艙中的六個乘客誰也不理誰，在空中小姐的道別聲中，向外走去。

羅開故意走在最後，緊貼著「阿拉伯人」。

「阿拉伯人」的化妝令他感到欽佩，因為當他接近的時候，羅開可以聞到一種特殊的阿拉伯人才有的體臭，如果不是有那一陣風吹起了長袍的下擺，讓他看到了膚光如雪的一截玉腿，他絕想不到那是一個美女假扮的。

羅開在挨近對方時，低而快疾地問：「我們是伴侶了，怎麼聯絡？」

「阿拉伯人」沒有回答，只是迅速地反過手來，塞了一些東西，在羅開的手中。

羅開緊捏著，在感覺上，那是一個小紙團。

到了機場的大堂，羅開就刻意避開了其餘人。

別人顯然也是一樣，所以，曾在艙中的六個人，一下子就混進了人叢之中。

當羅開又變換了一下化妝，離開機場，登上一輛計程車，司機問他要到哪裏去之際，他先道：「等一等！」然後，他打開一直捏在手中的小紙團，才說出了一個地址——那小紙團上寫著這個地址。

羅開的心中多少有點苦澀：不單面對組織，他受組織的控制，就算對著同是組織中的成員，他也一樣處在被動的地位！

車子駛過整潔而冷清的街道——這是澳洲城市街道的特色，一切全是經過精心的城市計劃規劃出來的，缺少了自然發展形成的都市的那種雜亂和鬧哄哄的氣氛。

然後，車子駛到了近郊，一幢一幢小洋房，各自之間有相當的距離，屋子周圍，毫無例外地有著修剪得整齊的草地，和看起來幾乎是刻板的花木。

車子在一幢看來一點也沒有異樣的房子前停下，羅開下了車，推開圍住草地的矮木柵門，來到門前。

當他按了門鈴之後一分鐘沒有人來應門之際，他伸手去推門，門應手而開。

門才一推開，羅開就覺得事情十分不對頭，門內，屋子中一片漆黑，然後就在他一怔間，他的手腕已被握住，輕輕地拉向前，使他向前跨出了一步。

門在他的身後關上，眼前是一片濃黑，沒有一絲亮光。雖然屋子外面，南半球的陽光十分灼熱。

羅開未曾來得及有任何反應，一個柔軟腴滑的女體已經偎向他，同時，他的唇也被兩片潤濕的、灼熱的唇所封住。

包圍住了羅開的，不但是黑暗，還有一股沁人肺腑的幽香，那是一種浴後的清香。果然，當羅開的手開始活動之際，他碰到了還帶著水珠的髮尖，接著，是豐膩得令人心醉的背部及恰到好處的柔腰。

羅開的雙手貪婪地撫摸著，手心和指尖，把那種女人胴體所發出來銷魂蝕骨的感覺，直傳入他的身體的每一部分。

他沒有機會講話——他的唇一直被封著，柔軟香滑的舌尖，在他的口中蠕動。

他不必發問，那樣令人飄然欲仙的深吻，他不會忘記，雪地小屋中，隔著比較厚的面罩，那女郎的吻已令他畢生難忘，何況此際，兩人之間再沒有任何阻隔！

那女郎的手開始解開羅開的衣衫。

當羅開赤裸強壯的身體，緊貼著對方的身體，兩人一起自然而然滾跌在地上之際，羅開的身體一面緊貼著令人血脈賁張的柔腴肌膚，另一方面，卻接觸到另一種柔滑的皮毛。

他立即感覺得出，這屋子中所鋪的地毯，是栗鼠皮的。

對於豪華生活，羅開絕不陌生，但是栗鼠皮的地毯，還是能叫人心中發出一下讚嘆聲來——不是為了它的金錢價值，而是對生活享受的那種態度。

羅開笑著擁著那令人心醉的胴體，翻滾著，不論是他壓在對方身上，還是對方壓在他的身上，都令他一次又一次感到自己像是在雲端一樣。

他的喘息聲和對方的喘息聲混雜在一起，再加上那女郎甜膩的呼叫，和他在極度歡樂之中發出來的那種自然的聲響，交織成為最動人的樂章。

時間變得沒有意義，當一切終於靜止下來之際，喘息由急促而緩慢，羅開的手自平坦結實的小腹向上移，越過了高聳的雙乳，在乳尖上停留了一會兒，再向上移，他碰到的是滑膩的臉頰，潤濕的唇，和閃動著的睫毛。

羅開的喉際又開始有點乾燥，他半側著頭，一面輕輕啄嚙著對方的耳垂，一面用含糊不清的語調問：「寶貝，怎麼一回事，妳的臉有什麼見不得人的地方？」

由於他的挑逗，羅開可以感到對方的呼吸又開始急促起來。

羅開想起上次雪地小屋中的情形，立時想緊握住她的手，可是，已經慢了一步，那女郎突然向外滾了開去。

羅開仍可以知道她在滾開去之後，立時跳了起來。

接著，在一片濃黑之中，就是一片沉寂。

羅開仍然仰躺著，沒有動，也不出聲。

本來，他身邊有許多東西，可以幫助他克服人的眼睛對黑暗的無能的。例如他的鞋跟中，有著小型的照明工具；他的皮帶扣子中，暗藏著一副小型的紅外線眼鏡等等。

可是這時候，他卻是全裸的！

就像一個才離開母體的嬰兒一樣，他必須依靠他原始的本能來克服黑暗，而無法依靠任何科學文明的幫助。

在靜寂了片刻之後，羅開嘆了一聲：「好，我屈服了，能有點光亮麼？」

出乎他意料之外的，是立刻有了反應：「我以為你喜歡黑暗，在你的遊艇中，你怎麼沒要求有光亮？」

羅開陡然一震：對方什麼都知道！

他在遊艇中，電源被切斷，黑暗中，一個嬌小得使他發醉的女伴，偎依在他懷中……

那個被他心中叫著「花靈」的女郎！

就在這時候，陡然之間，燈亮著了。

羅開在光亮之中所看到的第一眼的情景，幾乎令得他窒息過去！

十一　神秘女郎的身分

人的瞳孔，為了適應光線的強弱，會自動收縮或放大；最小和最大之間，可以相差六倍。

雖然在極度黑暗之中，人根本無法看到任何東西，但是瞳孔還是自然而然會放大到最大程度。所以，從極度的黑暗到高度明亮的過程如果極短的話，瞳孔還來不及收縮，雖然有了光亮，在乍有光亮的一剎那間，由於強光的刺激，還是看不到任何東西。

但是羅開卻不同，羅開單為了使自己的眼睛能夠適應這種瞬間的變化，就曾在雪地中進行訓練，使自己達到可以在雪地中凝視陽光的程度。

所以，光亮陡然而來，普通人至少要一秒到三秒的時間，才能回復視力，羅開卻只要三分之一秒就夠了！

當屋子中突然有了亮光之際，他一眼就看到，有一道樓梯通向上，那女郎正在向樓梯上走去，羅開看到的，是她的背影，淡金色的長髮，鬈曲鬆軟地披散在她的肩上。

羅開在雪地小屋之中，曾恣意欣賞過那美麗的胴體，可是這時，當那可愛的胴體款擺著，向樓梯上走去之際，那種誘惑簡直是無法抗拒的。

修長耀目的粉腿，渾圓的臀部，緩緩扭動的腰枝……

羅開在目瞪口呆之際，發出了一下如同餓狼嗥叫的聲音，身子陡然彈起，向前撲了過去。

可是，就在他的身子撲起之際，燈光又熄滅了，眼前又變成了一片黑暗。

羅開狼狽地墜下，跌在栗鼠皮的地毯上，喘著氣。

那女郎的聲音自上面傳來：「巧得很，我也喜歡黑暗，上來吧！」

羅開定了定神，緩緩直起身子；剛才的一瞥，已使他認清了樓梯的方向。

他走上樓梯不多久，就自那女郎的身後，摟住了她。

當剛才令他震眩的美麗的胴體，被他緊擁在懷中的時候，他才來得及呼出一口氣來。

羅開把自己的臉，緊貼在豐腴的背部，然後用他十分鎮定的聲音道：「別再在黑暗中玩遊戲了，我們──我可以這樣說？」

那女郎用一種聽來意義深長的聲音回答：「我們！」

羅開擁著她，就在樓梯的梯級上坐了下來。

甚至在樓梯上，也鋪著柔軟的栗鼠皮。那種柔滑的皮毛，直接接觸人的肌膚，造成一種十分愉快的感覺。

羅開在想著：應該怎麼開始呢？對了，首先，應該和對方有相等的地位才是！所以，他用十分輕柔的聲音道：「我只要求公平，妳看來像是完全知道我是誰，可是，我卻在一片黑暗之中，根本不知道妳是誰？」

那女郎的胸脯起伏著，過了好一會兒，她才道：「知道我是誰，是沒有意義的。我給你一個名字，那有什麼用？」

羅開笑了起來：「這樣的回答，不是對伙伴說的話。妳必須告訴我，妳是誰？」在黑暗中聽來，那女郎的笑聲，膩得化都化不開；她道：「好，我就是我！」

羅開嘆了一聲：「妳把自己防守得這麼嚴密，看來我們之間的合作——」

那女郎又沉默了一會兒：「其實，你是很容易知道我是什麼人的，以你的智力而言，十分容易弄明白。可是真的，那並不重要，重要的是，為什麼像你、像我這樣的人，會用盡方法，都擺脫不了組織的追蹤？」

一句話，聽得羅開怦然心動。他甚至於推開那女郎溫軟的胴體，坐直了身子。

他首先想到的是：她這樣講，是什麼意思呢？在試探自己對組織的忠心？

他立時否定了自己的這個想法。

因為在過往的經驗而言，這個組織幾乎是無可抗拒的。他，「亞洲之鷹」，不論如何努力，結果都在組織的掌心之中，組織要對付他，實在不必再使用這種古老和效用不大的辦法！

那女郎發出了「嗯」的一聲，羅開感到眉間有點癢，那是那女郎的頭靠了過來，長髮拂在他的肩頭所造成的。

羅開的聲音更低沉：「可是妳竟然能在那小屋裏等我，我的行蹤，應該只有組織才知道！」

那女郎深深吸了一口氣，緩緩地道：「一個極偶然的機會，你必須相信我說的每一句話，雖然這些話聽來可能很無稽。」

羅開點頭：「我會盡力。」

那女郎深深吸了一口氣：「當我接到組織給我的通知，給我參加第二次集會的線索時，在我的微型軟片中，另外有一些我所不明白的符號。我花了一個多月的時間才弄明白，那些符號，是最先進的一種大型電腦的電腦語言。我通過了種種關係，把那些符號翻譯了出來，結果令我十分震驚。」

羅開揚了揚眉。他隨即發現，在黑暗中，對方是無法看到他的反應的，所以他又問：「怎麼樣？」

女郎的聲音略有遲疑，但是她立時說：「那是一個人的資料，包括了組織最近給他的指示，這個人就是你。」

羅開深深地吸了一口氣，在這樣的情形下，羅開甚至忘記了有那麼動人的一個女郎在身邊，他必須迅速地做出一個決定：相信那女郎的話，或是不信。

那女郎繼續道：「那是毫無理由的事。我得知了組織中另一個成員的行蹤！這是組織故意使我知道的？還是在什麼工作程序上出了差錯，無意之中，把這些資料弄在了給我的微型軟片之上？」

羅開沒有反應，因為他還未做出決定。

那女郎也靜了片刻。

極度的黑暗，極度的沉靜，再加上這樣奇特的處境，交織成為一種十分奇特、浪漫的境界。

羅開突然起了一種心理上的衝動：相信這個女人！應該相信這個女人！

他只是心中有了這樣的決定，並未曾發出任何的聲音來。

那女郎在靜了片刻之後，用一種十分優雅緩慢的聲調繼續著：「我根據那些資料，在你一到滑雪區起，就開始跟蹤你——」

她講到這裏，突然深深地吸了一口氣，雖然在黑暗之中，羅開也想到她在吸氣之際，胸脯高聳、小腹收縮的那種動人的情景，那令得羅開不由自主握住了她的手。

他發現她的手心正在冒汗，有點濡濕，也令得她的手在感覺上更加柔軟。

那女郎繼續道：「我知道，像我們這一類人，外形是最靠不住的，先進的化妝術，可以使一個人的外形徹底地改變——」

羅開同意：「是啊！當妳化妝為一個阿拉伯人的時候，妳就真正是一個阿拉伯人。可是，那一陣風——令妳的大腿——」

那女郎的聲音聽來有點幽怨：「當風吹來的時候，要按住長袍的下擺，是最容易的事！」

羅開「啊」地一聲，一面在自己的頭上，重重打了一下。

當然，他能知道那「阿拉伯人」是經過化妝的，當然是那女郎故意讓他知道的。

這說明了什麼呢？說明了她真的有意和他合作。

羅開喃喃地道：「多謝妳！」

那女郎發出了一下低嘆聲：「可是，你那時的外形，我不知怎麼說才好，真的不知怎麼說才好……」

她連說了兩次，聲音甜膩得太濃了，濃到了化不開的程度。

羅開有點自傲，當一個男人被異性稱頌的時候，尤其是被這樣出色的一位異性稱讚的時候，任何男人都會飄飄然的。

羅開喃喃地道：「所以妳在那小屋子等我？寶貝，妳可以放心，我的化妝，並未曾徹底改變我的外形！」

他聽到了一下呼氣聲：「我是不能自制的，想到組織對我們的控制嚴密，我不敢多逗留。可是在我通過了組織的那個嚴格考試之後，我更覺得，再留在這個組織之中，是一件極度危險的事！」

羅開緩緩地嘆了一口氣，並沒有表示什麼意見。

那女郎靠得羅開更緊：「我覺得，我需要一個伴侶，我一個人無力和組織對抗，所以，我選中了你！『亞洲之鷹』，我想應該是組織之中最出色的人了！」

羅開由衷地搖頭：「不，我想浪子高達也在組織之中，甚至衛斯理和他的妻子白素，也可能在組織之中。」

那女郎發出了一下低呼聲：「是嗎？我能夠和你在一起，是不是因為在什麼程序上有什麼差錯呢？」

羅開道：「我不明白妳說的先進電腦是什麼意思？」

那女郎道：「被各大國防部所採用的那種大型電腦，最先進的那種。」

羅開的聲音有點遲疑：「妳能夠有法子利用這一類的電腦來翻譯電腦語言，那麼妳——」

他講到這裏，陡然住口，腦中閃電也似地亮了一亮，想起了一個人來。

他想到那女郎是什麼人了！

他真是想不到，在那木屋裏，在這裏，曾給了他生理上那樣極度歡愉的女郎，會是她！

他竭力在記憶之中，搜尋有關她的樣貌。

這個女郎的樣貌，一度曾刊載在全世界所有的報紙上。

那是她作為一個間諜，有機會接近美國的一位現任總統而被發現，突然「自殺」之後的事。

全世界對這個美女的自殺都沒有懷疑，只有極少數人知道內情，知道這個不知曾瘋迷過多少男人的美女，其實並沒有死去，而繼續在活動；直至完成了一樁駭人聽聞的，可以說是人類史上影響最深遠，最驚人的謀殺案！

被謀殺的對象，是世界事務上舉足輕重的美國總統，曾是她的情人！

羅開真的感到吃驚——要令羅開這樣的人感到吃驚，絕不是容易的事，但這時，他真的感到吃驚。

他不知道該講些什麼才好，這個女人，名義上是已經死了的，但是她能做出震動世界的大事來！

十二　女神和魔鬼的混合

這個女人，她已經做過的事，羅開絕不是妄自菲薄的人，但也自嘆不如。

羅開現在也明白，只有這個女人，才能有那麼美麗的胴體。

羅開所立時想到的是：和這個女人在一起，是禍、是福，真是難以料斷。

她一度曾如此出名，幾乎沒有人不是一看就可以認得出她的樣子來，難怪她第一次在木屋中要戴著面罩，而如今又在黑暗之中了！

羅開曾經對人說過，一個最好的間諜，絕不是行蹤詭秘，而是極度公開的；在極度公開的情形下，反倒不會引起任何懷疑。而她，一度就是這樣出色的一個間諜。

至於她如今又開始隱秘的身分，那是無可奈何的事，因為作為一個間諜，她的成就，已經是史無前例的了！

在從事冒險生活的一些人之中，曾經給了她一個外號：「聯合女神」！意思是無可抗爭、無可拒絕的！

這樣身分的一個人，也在「組織」的控制之下，這更使羅開想到這個組織力量之強大和可怕！

羅開迅速地轉著念。

當他已可以肯定那女郎的身分之際，他伸手輕撫了一下她的柔髮，突然叫道：「寶娥！」

那女郎陡然震動了一下。

由於她緊靠著羅開，所以羅開可以感到她的震動。

那女郎的名字當然不是叫「寶娥」，她有一個世人盡知的名字，羅開這時故意稱呼她為「寶娥」，是玩了一個密碼邏輯上的小遊戲。

他把她那人所盡知的姓氏，兩個主要的組成字母，每一個順序向後移了三個，得出了「寶娥」的發音。

那女郎立時震動了起來。可知她的間諜生涯成功的原因，這種密碼邏輯的花樣，她一聽就聽出來了，也知道羅開已經知道她是什麼人了！

在震動了一下之後，她靜了片刻，才轉過頭來，在羅開的臉上，輕輕呵了一口氣，令得羅開的頰上，感到了一陣酥癢。

然後她道：「寶娥！我喜歡這個名字，這名字比原來的還好！」

羅開由衷地道：「可是，不會比『聯合女神』這個外號好，沒有比這個外號更好的了。」

寶娥——就這樣呼喚這個女郎吧——的身子靠得更緊：「可是，女神卻感到，她在上帝的掌握之中！」

羅開的手向下移，摟住了她柔軟的細腰。

當他的手掌心緊貼著膩腴的肌膚時，他實在不想再去討論任何問題。但是他又知道，這是一個生死關頭的大問題。

是順從地作為組織的工具，隨時可以莫名其妙地死去；還是和這個組織作對抗？這是他要決定的事。

他低下頭來，在寶娥的肩頭上輕輕咬了一下，那令得寶娥發出了一下令人心蕩的呻吟聲來。

羅開嘆了一聲：「我相信妳講的每一句話，可是，組織是那麼嚴密，怎麼可能在處理的程序上出了差錯？」

寶娥緩緩吸了一口氣：「我仔細考慮過這個問題，問過不少專家，我們的結論是，我們——組織所有的成員的資料，都被放進一座大型電腦之中，大型電腦的操作，在極偶然的機會之下，是會出現程序上的差錯的。這種機會極少，所以我們可以在一起，這可以說是在或然率上，接近零的機會下發生的事！」

羅開喃喃地道：「多大的幸運！」

他說著，雙手捧住了寶娥的臉：「我想看看妳，真的，好好看看妳。」

他得到的回答，先是兩片濕潤的、灼熱的唇，然後才是聲音：「看到了一個被全世界認為早已死了的人，你不會感到害怕？」

羅開低聲答：「只要在我的懷裏的是活生生的人就行了。寶娥，我不會害怕！」

寶娥低嘆了一聲。

羅開緊擁著她，可以清楚地感到，她並沒有任何動作，可是光亮卻漸漸來了。

先是一點微光，使得眼睛可以看到一些極朦朧的形象，接著，光亮漸漸加強，但是那樣柔和，到了足以使人看清眼前的一切時，就不再加強。

羅開托起了寶娥的下頷，恣意地欣賞著她。

寶娥半閉著眼，紅唇在微微顫動著。

她看起來是那麼迷人，正是那張世人熟悉的，艷麗無比的俏臉！

羅開呆了好一會兒。寶娥低下頭，把臉埋在羅開的胸膛之前。

羅開四面看了一下，他們兩人坐在樓梯的梯級上，光亮從設計巧妙的牆中透出來。

羅開喃喃地道：「妳真是女神。妳是用什麼方法把光亮召來的？」

寶娥並沒有抬頭，只是伸出右手來，把她修長、美妙的手指，伸到了羅開的面前。

她的臉埋在羅開的胸前，是以她的聲音聽來有點含糊不清：「憑我的手指。」

羅開怔了一怔，一時之間，不知道她這樣說是什麼意思。

寶娥把她的手指向羅開移近，移到了羅開的唇邊。

當這樣誘人的手指伸到了唇邊，作為一個男人，最自然和直接的反應，就是把它輕輕地吮著。

也就在這種令人心醉的時刻，羅開陡地一怔，鬆開了口。

寶娥把她的手縮了回去，仍然保持著原來的姿勢：「你明白了？」

羅開明白了！

可是，他雖然明白了，他卻不敢相信！

剛才，當他輕吮寶娥的手指時，在感覺上，覺出了她食指的第一節，指骨特別大、特別硬，那不是一個人的指骨應有的大小和感覺！

他明白，寶娥一定在她右手食指的第一節指骨上動過手術，加上了一些什麼，但是，他實在不能相信，在這樣出色的一個美人身體之內，竟然有科學的機械裝置。

她是什麼？一個真正的人，還是一個半機械人？

當羅開想到這一點時，他不由自主伸手在她飽滿的胸前摸了一下。

寶娥縮了縮身子，膩聲道：「只有手指，這是我最大的秘密……之一。」

她本來可能是想說，那是她最大的秘密的，但是她自己也感到，她的秘密實在太多了，所以，她才又加上了「之一」兩個字。

羅開悶哼了一聲：「可以發射某種信號的裝置？」

寶娥點了點頭。

由於她一直把頭埋在羅開的胸前，所以當她點頭的時候，她那頭淡金色的秀髮，擦得羅開的胸前十分癢。

羅開又緩緩地吸了一口氣：「理論上來說，只要有相應的信號接收，妳發射出去的信號，是可以——」

寶娥低聲接上去：「是可以毀滅全世界！如果我發射的信號，和蘇聯、美國兩個大國防系統聯結起來的話。可是現在，我用來控制這屋子中的明暗！」

羅開再吸了一口氣：「替妳裝置的是——」

寶娥抬起頭來，眼珠閃耀著極柔和的光彩：「我們互相不要追問過去，過去的事太多了，不值得舊事重提，重要的是我們的將來！」

羅開沉默著。

寶娥嘆了一聲：「你不想知道我抽籤抽到了第幾號任務？」

羅開做了一個無可奈何的神情。那三個任務，不論是哪一個，都是一樣的！

寶娥掠了掠頭髮，忽然笑了一下：「我們現在身體坦誠相對，不知道心靈上是不是也能像我們的身體一樣坦白？」

羅開喃喃地回答：「妳要求太奢侈了！」

寶娥抿著嘴。過了半晌，才道：「也許是的！我知道你的意思，哪一項任務，都幾乎是沒辦法完成的。但是我們必須開始去做，組織正在嚴密監視我們！」

羅開在突然之間，感到了一陣極度的厭惡，那是由恐懼而來的。

他真的對組織無所不在的監視感到害怕；而他厭惡自己，在這種可怕的陰影下，一點辦法也拿不出來！

他發出了一下無可奈何的嘆息聲：「好，我們要進行的是哪一項任務？」

寶娥道：「第一項。」

羅開無動於衷：「哦，一噸核原料那件！」

寶娥的手指，在羅開壯闊的胸前輕輕地掠著。

這本來是十分蕩人魂魄的動作，可是當羅開想到她的手指中，有著信號發射裝置之際，他又感到極度的不自在。

寶娥低聲重複著：「是，一噸核原料。連原料的獲得，也得我們努力的！」

羅開「嗯」地一聲：「好，在報上登一個廣告吧。茲徵求高灶能核原料一噸，有意出讓者——」

他才講到這裏，就停了下來，因為，他接觸到了寶娥那種奇異的目光！

像寶娥這樣的美人，她的眼光幾乎在任何時候，都是令人心醉的，可是這時候，她的眼光，卻令得「亞洲之鷹」羅開這樣的人接觸到了之後，也感到心悸！

在一剎那間，羅開幾乎本能地要把懷中的美人推開去，而自己盡一切可能向後翻出去。

寶娥顯然也知道她自己在那一剎那間的眼神十分可怕，但是她又來不及發自內心去改變它，所以她立時轉過頭去，不直視羅開。

羅開不由自主咽了一口唾沫：「現在，我知道妳為什麼被稱為『聯合女神』了。」

寶娥道：「是，我是和魔鬼聯合的，女神和魔鬼的混合體……你剛才所說的話，一點也不幽默！」

羅開也承認一點也不幽默，這是一個生或死、自由或被當作工具的大事！

十三 來歷不明的箱子

羅開由衷地道：「好，我承認不幽默。說正經的，我們可以在法國開始。」

他在這樣說的時候，仍然不希望寶娥立即轉回頭來，因為他實在不喜歡再接觸到剛才那種冷酷的像岩石一樣的眼光！

羅開心中暗嘆了一聲，他覺得自己還是太天真了，即使是這樣出色的一個美女，只要她是一個出色的冒險生活者，她就一定有隱藏在美麗後面的醜惡、殘酷的另一面！

他早就應該想到這一點的！

羅開又想到了那個老問題：和她在一起，是幸運呢？還是不幸？

寶娥終於轉過了頭來，她已經完全恢復了她的媚態：「法國？你有辦法可以在法國弄到一噸核原料？」

這是一個需要想一想的問題，但是，羅開並沒有想了多久，就有了回答：「可以！但是如何能把它弄到倉庫，我就沒有把握，別說運出國境，弄到目的地去了。」

寶娥揮著手：「那可以慢慢進行，我們必須讓組織知道，我們正在進行。」

羅開放鬆了身子，向下移了兩級樓梯，這樣，當他身子向後仰的時候，他就可以枕在寶娥的腿上。

當他用這個舒服的姿勢，看著天花板上精緻的文藝復興風格的壁畫之際，他看來像是這樣閒逸，但實際上，他卻在計劃著如何把一噸核原料弄到手！

他緩慢地道：「妳的意思是，我們可以有一年的時間來對付組織？」

寶娥用手指梳著他的頭髮，羅開的頭髮又粗又硬，是一個真正男子漢的頭髮：「是，我不喜歡自己的處境，我怎樣也想不透，在過去的一年之中，何以我用盡了方法，也擺脫不了組織的控制！」

羅開伸手向上，溫柔地捏住了寶娥的手。

就在那一剎那，他陡地一震，「問妳一個私人的問題？」

寶娥笑了起來：「私人到什麼程度？」

羅開輕捏著她的手指：「要怎樣，信號才能傳送出去？」

寶娥吸了一口氣：「就像你現在這樣的動作——」她略頓了一頓：「鋰電池可以維持三十年。」

羅開道：「我倒知道妳為什麼不能擺脫組織的監視了，假設組織有信號的接受儀器……」

羅開才講到這裏，寶娥就發出了一下低呼聲，但是她立即道：「不可能，信號的頻率，是一個高度的秘密！」

羅開嘆了一聲：「世上沒有什麼秘密是真正的秘密！」

寶娥沒有再出聲。過了好一會兒，才道：「你建議把這個裝置取出來？」

寶娥的聲調十分猶豫。

那使羅開立即想到，這個在她手指中的信號發射裝置，或者比他如今所知的更複雜，有更大的作用，所以她提到「除去」之際，語氣才會顯得如此猶豫。

羅開這時並不想去深究這個問題，他只是道：「不，除去了也沒有用！我自己清楚自己，在我身上，沒有任何信號發射的裝置，可是在過去一年多，我也是用盡了方法而無法擺脫組織的監視！」

寶娥喃喃地道：「可憐的鷹，可憐的女神！」

羅開反問：「認輸了？」

寶娥的聲音變得堅強：「當然不！我掌握到的唯一的線索，是一個女人。這個女人和組織的最高層，一定極其接近，她……」

羅開立時知道寶娥所說的是哪一個了，就是那個嬌小玲瓏的女郎，第一次代表組織和他接觸，又曾在遊艇之中和他親熱的那一個！

羅開這時不免有點緊張：「妳查到了什麼？」

寶娥道：「兩年之前，她服務於英國國防部。當她辭職之後，連英國情報局也不知道她去了何處。她經過嚴密的整容手術，手術是在瑞士進行的。」

羅開攤了攤手，表示佩服寶娥的調查工作有成績。

他當然不會去問寶娥是用什麼方法達到這樣成績的，因為那是寶娥的「業務秘密」。

寶娥又道：「兩次聚會她都在，而且擔任著主要的角色，只要繼續在她身上追查下去，就可以有進一步的發現，至少可以使我們的處境改善！」

羅開舉起手來，表示同意。

就在這時候，一下清脆的門鈴聲突然響起。

寶娥的身子移動了一下，樓梯下面，佈置清雅的起居室中，一幅油畫翻了過來，現出螢光幕，可以在上面看到房子門口的情形。

在門口，停著一輛小貨車，有兩個穿著制服的工人，正將一只相當大的箱子，從貨車上搬下來，箱子的外面圍著保護箱子的木板，可見箱子本身十分貴重。

羅開已經一躍而起，挺立著，注視著螢光幕。

那兩個工人把箱子搬到了門口，其中一個又過來按門鈴。

那小貨車上，漆著「兄弟貨運公司」字樣。

寶娥吸了一口氣，走下了樓梯，在一張沙發上取起衣服來，迅速地套上，羅開也一躍而下，使他的身體有所遮蔽。

寶娥來到門口時，羅開一點也不奇怪她的樣貌已經變了樣，看起來一樣美麗，但一點也不相同。這種精巧的面具，羅開自己也有。

寶娥在不斷響著的鈴聲之中，打開了門，那兩個工人已經相當不耐煩了；門一開，一個就粗聲道：「請收貨，我們是受委託送貨來！」

寶娥的聲音聽來很平淡：「地址對嗎？我並沒有訂什麼貨物！」

一個工人把一張送貨單送到了寶娥的面前，寶娥只看了一眼，就點頭道：「對了！」

她用工人手中的筆簽了字，兩個工人把箱子抬了進來，走了出去。

門關上之後，羅開也來到了那箱子旁邊，問：「是什麼令妳突然改變了主意？」

在面具下，臉色的變化是看不見的，但是羅開可以下意識的感到，寶娥這時的臉色一定十分蒼白。

她道：「送貨單上，有一個不為人注意的印記，看起來好像是不經意弄髒了的！」

羅開有點不明白：「那又怎樣？」

寶娥望了羅開一眼，略側頭，撩起了她那一頭淡金柔髮，現出後頸來。在她潔白如玉的後頸上，有著細柔的淡金色的嫩髮，看起來極其誘人。

羅開立時看到，就在她的後頸，平時被她的長髮遮住的地方，連已和她有了那麼親密的關係，也沒有看到過的地方，有著一個銀幣大小的青色胎記。

寶娥立時放下了頭髮，在她的眼睛中，羅開也感染了她心中的恐懼。

寶娥的聲音很低：「送貨單上的那個像是墨水弄髒了的印記，大小和形狀，就和我頸後的胎記一模一樣！」

她講到這裏，頓了一頓：「所以，我立刻知道，這箱子是送來給我的。」

羅開深深地吸著氣：「也知道是誰送來的？」

寶娥陡然伸手，抓住了羅開的手臂。

這是女人在害怕的時候常見的動作，但寶娥不是普通的女人，她實在不應該有這樣動作的。可是不論怎樣，人總是人，不論這個人多麼堅強，多麼出色，總有他能忍受的極限，超過了這個極限，他一樣會感到害怕！

寶娥在抓住了羅開的手臂之後，隔了一會兒，才道：「不知道，這才是最可怕的！」的確，不知道這個箱子是由誰送來的，這才是最可怕的事。因為送東西的人，顯然對她再熟悉也沒有，連她身上的胎記形狀大小，都一清二楚！

羅開沉聲道：「寶娥，沒有什麼大不了，我想，至多是……組織。」

寶娥苦笑了一下。

羅開已經動手，把包在箱子外面的木板，一塊一塊拆了下來。

在木板內，是一張破舊的毯子，解開了毯子之後，現出了一個十分精緻的箱子來。

那是原色的桃花心大箱子，法國宮廷式的雕刻，和描著耀目的金漆；箱子的正面，是一幅天使圖的浮雕。

當整個箱子完全顯露出來之後，寶娥和羅開都深深地吸了一口氣。在這樣的情形下，別人想到的一定是：箱子裏面的是什麼東西呢？但寶娥和羅開兩人卻首先想到：打開箱子時，會發生什麼事呢？

打開一個箱子，幾乎是可以發生任何事的，打開箱蓋的機械動作，就可以引爆一個核子裝置——如果箱子中有這樣裝置的話。

自然，也可以簡單到有一簇毒箭射出來，或是一個普通的爆炸，等等，等等；一句話，幾乎可以發生任何事！

所以，他們都看到箱子並沒有鎖著，一伸手就可以打開，但是都沒有立即去打開它。

過了至少有五分鐘之久，羅開才道：「假定箱子是組織送來的，現在還不是組織要對付我們的時候，是不是？」

寶娥點頭：「當然，我們現在還是被使用的工具，沒有人會在使用工具的時候，弄壞工具的。」

羅開「嗯」地一聲：「那就讓我們來看看，組織送了些什麼禮物給我們！」

他說著，已經一揚手，將那只箱子的蓋子揭了開來。

箱子裏的是什麼東西，還看不清楚，因為有一層淺紫色的緞子鋪著；可是就在那一剎那間，羅開失聲驚呼，整個人搖晃著，幾乎昏了過去！

十四　一個活的機械人

羅開的的確確，除了那淺紫色的緞子之外，還沒有看到任何東西，可是在剎那之間，他的忍受能力，卻到達了極限！

他沒有看到什麼，但是他卻嗅到了什麼！

他嗅到了極淡的香味，「靈魂花瓣」的香味！

那個嬌小的女人，他暗地給她取了一個名字，叫她「花靈」的那個女人！

這種香味現在從箱子中透出來，這意味著什麼？

羅開真的無法再面對箱子，他立時轉過身去。

雖然在一秒鐘之內，他已經控制著自己，令自己的身體看來堅強如昔，不再發抖；但是剛才他那種情景，寶娥自然一下就注意到了！

寶娥立時問：「怎麼了？」

羅開的聲音極其苦澀：「我猜……我們唯一可以追蹤的線索斷了，和妳一樣，我認為她是值得追蹤的線索，而且有把握在這線索上得到很多！寶娥，揭開那緞子來，我不想看，她是一個美麗的女孩子，那麼美麗，那麼委婉的人，那麼……」

羅開講到後來，語聲已禁不住有點哽咽。

寶娥的聲音自他的身後傳來，聽來相當冷峻：「鷹，我想不到你竟然這樣軟弱！」

羅開有點無助地回答：「我是為我自己感到難過！」

寶娥的聲音仍然那麼冷靜和鎮定：「你料中了，把醜惡的屍體，用那麼美麗的方法包裝起來，不知是誰的主意？」

羅開沒有轉過頭去，他聽到緞子被抖開的窸窣聲，知道寶娥已經看到了屍體。

當他一嗅到了「靈魂花瓣」那種特有的香味之際，他已經知道，那少女——「花靈」出事了，在這箱子中的，一定是她的屍體！所以，寶娥的話，反倒沒有引起他更大的震驚，他只是又低嘆了一聲。

他平時絕不是軟心腸的人，但這時，他真的傷感。

他感到他自己的命運，和花靈是一樣的，在一個神秘組織的控制之下，他也隨時可以變成一只精美箱子之中的屍體！

寶娥的聲音又響起：「你肯定不要再看一看她？她看起來像是活著一樣，甚至比醉酒的人臉色更好！」

羅開仍沒有轉過身來：「致死的原因是——」

寶娥回答：「我相信是一種劇毒，咦——」

她突然發出了一下聽來充滿訝異的低呼聲，接著，她又道：「鷹，不論你多麼傷感，你都要來看看，這是什麼意思？」

羅開緩緩吸了一口氣，他知道寶娥一定有了極不尋常的發現。

本來，他是不想看到花靈的屍體的，但是世事往往出乎意料之外，不能自己作主，羅開不想看花靈的屍體，可是這時候，他還是非看不可！

他慢慢轉過身，首先看到的是一個嬌小美麗的女體，蜷在那只箱子之中。

箱子用深紫色的緞子做著襯裏，那女體的頭低垂著，寶娥正撥開了女體的頭髮，在察看她耳朵的後面。

羅開走了過去，看到在花靈的耳朵後面，有一個大約七公分長的割痕，那一定是極鋒利的手術刀割出來的，而且，在死亡之後才割切的——這是法醫學上的基本常識，而羅開的法醫知識是教授級的。

寶娥用手指著割口，然後，拈住了割口附近的皮膚，向上捏了一捏，竟然有一片手掌大小的皮膚應手而起。

寶娥抬頭向羅開望了一眼，神情疑惑，低聲道：「看，耳朵後面的頭骨上，有一個凹槽。」

羅開也看到了，耳後的頭骨上的確有一個凹槽，大小約莫是一公分立方。

羅開走過去，將可以揭起的皮膚緩緩向上揭，又發現從那個凹槽開始，頭骨上有好幾條細小的刻紋，直通向腦部。

在刻紋的盡頭處，已經接近腦部的頭骨上，有幾個極細小的小孔。羅開鬆開手，讓被揭起的皮膚仍然覆蓋下去，然後，他挺直了身子。

羅開沒有立刻回答，他只是把這女體當作還有生命一樣，輕柔地托著她的下頷，把她的頭緩緩地抬起來。

這是他第一次看到那個被他在心中叫做「花靈」的女郎的臉。

正如寶娥所說，她的臉色沒有變，使她看起來像是在沉睡一樣，尖削而俏皮的下頷，使得她的臉，看起來像一首清新的小詩。

她的眼睛閉著，長長的睫毛，給人還在顫動的錯覺。羅開看了一會兒，才又緩慢地令她的頭部盡量自然的垂下來。

然後，他直立著，維持著一個哀悼死者應有的姿勢，低聲道：「花靈，我不知道，真的，連想也沒有想到過，妳是一個活的機械人！」

寶娥的聲音陡然變得尖銳：「你在說什麼？」

羅開並不望向她，只是緩緩地合上了箱子的蓋子：「其實，妳也早已明白了，不過妳心裏害怕，所以不敢承認！」

寶娥急忙道：「不，不，我不明白！」

她一面說，一面還不斷地搖著手。

這種神態，和她的那個世界第一間諜的身分，實在不是十分相襯；由此可知她心中的驚駭程度。

羅開冷冷地望著她，寶娥終於嘆了一聲：「好，我明白，我只是不知道這種設想，已經變成了事實！」

羅開總是在自言自語：「設想提出來……已經有三年了，當然早應該變事實了！」

他講到這裏，伸手在寶娥的右手食指上輕輕彈了一下；寶娥像是有毒蛇在咬囓她的手指一樣，陡然把手縮到身後。

羅開道：「比較起來，妳取走了一節指骨，裝上一個信號發射器，只不過是幼稚園的玩意兒。她——」羅開指著箱子：「她頭骨上的那個凹槽，裝的是信號接收器，有極小的電極，通向她的腦部，接收到的信號，就可以刺激她的腦部活動——」

羅開講到這，又停了一停，才問：「這種設想，是告托夫教授提出來的，是不是？他那篇設想的論文，題目叫什麼？是不是叫『活的機械人』？」

寶娥點了點頭：「是，活的機械人！他說，用機械來製造一個機械人，構造再精密，也無法和自然的人體相比，最好的機械人，是利用人體的結構。人的一切活動，全由腦部活動的信號指揮的，所以最簡單的辦法，就是把信號輸入一個人的腦部，使這個人變成活的機械人，一切的活動，全都照著輸入的信號辦事。」寶娥深深吸著氣：「但是，這種設想，立時遭到了反駁，因為人腦的結構太複雜了，如何去輸入信號，是最大的難題！」

羅開苦笑：「如今，這個難題顯然已被克服了，組織已經掌握了使人變成活的機械人的秘奧！」

羅開講到這裏，不禁也感到了一股寒意。

從「花靈」頭部的情形來看，只要掌握了使腦部接受信號控制的秘密，手術並不會太複雜。一個好的外科醫生，大約只需要一小時就可以完成。

而以組織那種神出鬼沒的力量來說，要他、要寶娥，要任何人昏迷一小時，是再容易不過的事。也就是說，組織有能力，隨時把他們也變成活的機械人！

這實在是令人不寒而慄的事，可怕的程度，遠在死亡之上！

死了，至多是死了，可是變成了活的機械人，人還活著，但是一切行動，全受外來的信號指揮，生命還在，可是只是機械人，這實在太可怖了！

羅開和寶娥想到的顯然一樣，所以他們兩人都好久不說話。

寶娥最早打破沉默：「這……她的屍體被送到我這裏來，是不是組織的一種警告呢？」

羅開的聲音有點乾澀：「當然是。」

寶娥又道：「知道我們要從她著手，去調查有關組織的一切？」

羅開又點了點頭。

寶娥有點徬徨：「現在我們應該怎麼辦？」

羅開的回答，有點出人意表：「繼續調查！線索更明顯了，告托夫教授在柏林醫學院，相信除了他之外，沒有人能進行這種手術，這是一條十分明顯的線索！」

寶娥望著羅開，在她碧藍的眼睛中，有著一種異樣的深切關懷：「這是好辦法嗎？組織知道你進一步的行蹤，你一和告托夫教授見面，組織就知道你是為什麼目的而去的了。」

羅開道：「是，但是，妳有更好的提議嗎？」

寶娥嘆了一口氣，沒有再說什麼。

就在這時候，自那只箱子中，突然傳來了「得」的一聲。寶娥和羅開的反應都極快，一下子向後躍了開去。

從一個箱角中，傳出了那聲音來，那是他們聽來十分熟悉的聲音：「反叛組織者，死！存有組織的反叛意念，也是死！你想通過這個組織的工具來反抗組織，不會成功。這是給你的警告！盡快完成組織給你的任務，組織或者會寬恕你！在講話完畢之後，強烈的酸性液體自動溢出，把屍體腐蝕，建議你再也不要打開這箱子！」

聲音結束之後，自箱子之中，傳來了一陣液體流動的聲音。

他們都知道，箱子看來是木製的，但一定有著耐酸程度極高的原料所製的夾層。如今，強酸正在發生作用，這個「工具人」會永遠在世界上消失。

寶娥突然一個轉身，把自己的身子緊緊地縮起來，縮在一張又大又柔軟的沙發中：

「警告，聽起來是對我一個人發出的。」

羅開來回踱著：「不，是對我們兩個人發出。妳知道我和這個女郎的關係嗎？第一次聚會之後，我想組織為了籠絡我，她曾來到我的遊艇上……」

他講到這裏，又不禁苦笑了起來。

十五 教授書房中的密室

羅開神情苦澀，揮著手：「她可能根本不知道自己在幹什麼，只不過她的腦部接收到了要她來陪我的信號，所以她就來了！」

寶娥搖著頭：「別自卑。就算她不是一個活機械人，她也一定願意來陪你的！」

羅開望向她，看到她不知在什麼時候，已經除下了她那精巧的面具，正輕咬著下唇，繼續用甜美的聲音在說著：「我就不是活機械人！」

羅開慢慢地向她走了過去，雙手握住她的足踝，將她蜷縮著的雙腿拉直，然後深深地吸著氣，把頭埋在她的胸脯上。

好久，羅開才和她一起並臥在栗鼠皮的地毯上。

「我看不必去查送貨公司了，那是沒有作用的，他們接受委托，送貨來，不會知道箱子內是什麼！」

寶娥仰望著天花板：「可是送貨單上的那個印記，是誰加上去的？除了組織和你，不可能有人知道我有這樣的胎記，就算知道，也記不住形狀和大小！」

羅開皺著眉：「我思索過，可是沒有答案。這貨單當然是要經過電腦處理的，在電腦處理的過程之中，我也想不出有加上這樣一個印記的可能，除非送貨單是特別準備的……」

羅開講到這裏，陡然地跳了起來：「電話在哪裏？」

寶娥坐直了身子，伸手向一個瑪瑙茶几指了一指。

羅開走過去，揭起了一個同色的瑪瑙盒蓋，取出了小巧的無線電話來，迅速地按著號碼：「接線生，請替我查一查『兄弟送貨公司』的電話號碼！」

羅開在半分鐘之後，放下了電話，望向寶娥：「根本沒有這家貨運公司，那兩個送貨者是……」

他講到這裏頓了一頓，然後，和寶娥異口同聲：「活機械人！」

在剎那之間，羅開的心情變得極激動，他提高了聲音：「有多少活機械人在接受組織的指揮？越多越好。越多，就說明這種把人變成活機械人的手術，進行的次數越多，也就容易查出來！」

他說著，突然彎了彎腰，作很有禮貌的問候狀：「告托夫教授，你好！」

速度距離和時間的關係，列成一個公式是：距離等於速度乘時間。所以，速度越高，到達一定距離的時間就越短。

現代噴射機是世界上目前速度最快的交通工具，在三十小時之後，就把羅開由澳洲送到了西柏林。

當羅開駕著車，在那條充滿了閒情，落葉隨著車子的經過而盤旋飛舞的路上飛駛之際，他像是完全和那種驚濤駭浪式的生活脫了節一樣。

然而，他還是那種生活的一份子，閒適只是外表，激蕩才是內心。

車子停在一幢典型的德國式紅磚洋房前，紅磚牆上，爬滿了變成紅棕色的爬山虎。

羅開這一次，甚至並沒有兜什麼圈子，他是直接來的。因為他知道，就算他先繞道到非洲的剛果去躲上半年再來，組織還是一樣會知道他的行蹤的！

而且，寶娥曾接到組織的警告，羅開希望自己也接到警告。

組織要有行動，就必然會在行動之中，給他有可供尋找的線索，現在，這種線索實在太少了。

不過，為了和告托夫教授見面，他的身分，這時是比利時一家微型儀器製造廠的副總裁。

比利時有很多這種精密儀器製造廠，告托夫教授可能對微型精密儀器有興趣，所以利用這個身分去謁見告托夫教授，應該是最好的了。

他也相信，他一出現，不必再多作自我介紹，告托夫教授就可以知道他是什麼人，因為寶娥會替他安排一切。

他走向那紅磚房子，按動門鈴。過了好久，才有人來開門。

開門的是一個滿面皺紋的老婦人，羅開要提高聲音才能使她聽得見，然後，他被帶到一個全部用古老家具佈置成的客廳，在那裏等了一會兒，又被帶著經過了一條短短的走廊，來到了一扇門前。

那老婦人道：「請進去，主人在等著。」

羅開推開門，那是一個相當大的書房，四周圍全是書櫥，光線十分柔和。

羅開一推開門，就準備微微彎腰，說出那句他準備好的話：「告托夫教授，你好！」

可是那句話，他並沒有說出口；因為他眼前的情景，使他說不出來。

不錯，那是一間書房，看來應該是一個學者才能擁有的書房。告托夫教授的相貌，也不是什麼秘密，他是著名的人類學家、心理學家、腦科專家，等等，有著不知多少學術上的頭銜和兩次諾貝爾獎的得獎記錄，是世界上唯一能在兩個不同獎項之中，獲得諾貝爾獎的科學家。

他應該是一個身型高大，頭髮半禿，留著雜亂鬍子的老者。可是這時，羅開推開門，正準備適當地鞠躬之際，他卻看到了一雙線條極優美的小腿。

羅開並不是低著頭才看到那雙小腿的，他平視著就看到了那雙小腿，因為小腿在一架梯子上。

簡單地來說，書房之內，只有一個女人站在梯子上，正伸手向書架的高層在取書。

而書房中除了她一個人之外，又沒有別人。

那女人背對著門，羅開除了可以看到她裙子下的小腿外，只能看到她的背影。她的頭髮短得驚人，但是一看就知道經過細心梳理的。

「告托夫教授，你好——」這句話既然未能講出口，羅開就只好咳嗽了一聲。

那女人已取下了書，轉過頭來。

那是一個十分年輕的女郎，典型的日耳曼式的美麗，帶著相當程度的冷傲。

她在望了羅開一眼之後，就走下梯子來。羅開忙搶過去扶她，但是來到梯子旁邊，卻被她冷峻的神色所拒絕了。

那女郎示意羅開坐下，羅開只是後退了幾步，仍然站著，道：「我以為我可以見到告托夫教授！」

那女郎來到了那張巨大的書桌之後，坐了下來。

巨大的書桌以及亂堆著的書，和那寬大的座椅，和這樣一個短髮女郎加在一起，看來極不調和。

她直視著羅開：「你就是那家工廠的副總裁？有什麼見教，對我說也是一樣的！」

她的語氣有禮貌，但卻是冰冷的。

羅開有點啼笑皆非，來到了書桌前，打開他帶來的公事包，取出一只小盒子來，放在桌上：「這是我們最新的試製品，告托夫教授或者會有興趣！」

那盒子不大，是羅開飛下飛機之後才收到的，這也是寶娥的安排之一。

羅開只知道那是一個精密的微型儀器，究竟有什麼功用，他也不知道，不過他卻可以肯定，需要這種儀器的人，見到之後，一定會著迷。

誰知那女郎連打開盒子的興趣都沒有，只是伸手把盒子反推回到羅開的面前。她的動作，在優雅之中，帶著一種似乎是與生俱來的高傲：「對不起，我想不必在你們的出品上多浪費時間，副總裁先生，你的推銷失敗了，請吧！」

羅開再也沒有想到，多少困難的環境，他都可以應付自如，但卻在這裏碰了這樣的釘子。

他立時道：「我想，應該由告托夫教授來決定我是成功還是失敗！」

他的話十分有禮，但是，語調卻是極度堅決的。

那女郎聽了之後，居然笑了一下。

她笑的時候，有一種春風融化冰雪的美麗，可是羅開卻立時感到她的笑容不懷好意。

果然，她笑容甫斂，神情更是冷峻：「不知道稱你作什麼先生好？先生，你的身分、來意，完全是偽裝的，你走不走？」

羅開感到極度的狼狽，但是他還是笑了一下：「好，我知道我的假冒功夫十分拙劣，但是我卻極其肯定地知道，告托夫教授的『活機械人』理論，已經有了實踐！」

那女郎陡地揚了揚眉。羅開已經道：「再見，抱歉打擾了妳！」

他一刻也不停留，走向門口。

可是當他握住了門柄，想拉開之際，卻發現門鎖上了，他打不開。開鎖是羅開的看家本領之一，如果羅開真要弄開門，他估計只要七秒鐘的時間就夠了！但是門既然鎖上了，這表示主人的逐客令已自動失效，而他並不是太願意離去，在這樣的情形下，他當然不會去施展他的絕技。

他拉了兩三下，拉不開門，就轉過身來，臉上現出一副只有天才演員才顯得出來的困惑的神情。

可是，當他才一轉過身來之際，他又呆住了！

他看到左邊一整排高到和天花板並齊，放滿了書的書架，正在無聲地、緩緩地向旁移動，已經移開了大約一公尺，所以可以看到書架後面的情形。

書架後面，是一間佈置得極其精緻的臥室。那臥室看起來，像是豪華酒店的房間。在房間的當中，一大扇鏡子屏風之前，是一張樣子十分奇特的長沙發，中間部分拱起，兩面下垂，像是單峰駱駝的駝背一樣。

這時，那女郎已經坐在那沙發的一端垂下部分，而把手擱在隆起的部分上，望定了羅開。

羅開可以設想告托夫的書房中有密室，但是，卻絕無法設想密室會佈置成這樣子！

他也無法明白那女郎的身分，他所能知道的，只是他剛才那幾句話起了作用，對方開始對他感到興趣了！

他用相當輕鬆的腳步向前走去，走進暗門，到了那間密室之中。暗門立時無聲地移上。

羅開發覺那冷傲女郎的坐姿十分動人，他來到沙發前，在另一端的下垂部分坐了下來，也把手臂放在隆起的部分，鼻尖和那女郎鼻尖之間的距離不到十公分，互望著。

十六　密室中的生死一線

當羅開和她之間的距離是如此之近的時候，那女郎並沒有退開去，只是道：「首先，向你介紹一下這房間的環境，你要仔細聽！」

羅開深深地吸了一口氣：「嗯，越詳細越好。在妳講話的時候，我嘗到了醉人的芳香！」

羅開的俏皮話，使得那女郎的俏臉上閃過一絲怒意，但是羅開充滿挑戰性的目光，卻又使得她覺得退縮就表示了怯懦，所以她仍然維持原來的姿勢。羅開也沒有再進一步縮短和她之間的距離。

那女郎繼續道：「在這裏，就算有三十公斤烈性炸藥爆炸，在外面也聽不到任何聲音。」

羅開笑了一下：「告托夫教授在研究無聲炸藥？」

那女郎揚了揚眉。

她在揚眉之際，神情顯得相當自負：「不，而是這裏有著世上最好的隔音設備！」

羅開對這種高傲的日耳曼女人並不陌生，他知道，這種女人自視甚高，普通的男人在她們心目中，就像是昆蟲一樣，不值得一顧。

但如果真正能夠在心靈上征服了這樣的女人的話，那麼，她那種像女皇一樣的高傲就會消失，而代之以像女奴一樣的柔順！

羅開心中暗嘆了一聲，這時，他並無意去施展他的本領，去征服這個高傲的女人，因為他要做的事情實在太多了。

但是，他也知道，如果他的追查工作要進行得順利，就必須得到這位女人的合作！至少，他不能在對方的心中毫無地位！

所以，他的反應是十分自然的。他迅速地伸出手指來，在那女郎的鼻尖上按了一下，立時又縮了回來。

他的動作是如此之快，令得那女郎想退縮時，他的手指早已縮回去了。

在那女郎的臉上，閃過了一絲怒意。

羅開卻不給她有任何發作的機會，立時道：「噢！可是我難以想像，如果三十公斤烈性炸藥在這裏爆炸，妳何以置身事外？」

那女郎「哼」地一聲冷笑，突然一伸手，就在那張形狀奇特的椅子的椅墊之下，取出了一柄巨大的手槍來。

羅開在各種槍械上的知識，稱得上是專家中的專家，他一看到了那柄手槍，臉上的笑容就不禁有點僵硬。

這種手槍並不多見，在當年，只有德國最精銳部隊中，少將以上的高級軍官才有資格佩用。

它的殺傷力極強。

舉一個例子來說，如果在近距離發射，射中一個人的頭部的話，那麼，結果不是中槍者的頭部出現一個大洞，而是這個人的頭部整個消失。

那女郎取了手槍在手，槍口對準了羅開，現出勝利的微笑：「你應該知道這種手槍的性能！」

羅開點了點頭。他知道。

而且，由於這種手槍的後座力相當大，所以握槍者除非已準備發射，不然，就要用一種特殊的姿勢——用左手緊握著握槍的右手的手腕，以對抗強大的後座力。而這時，這個女郎正是用這個方法握槍的，這表示她是專家。

那女郎的聲音更冷，笑容之中，也出現了幾絲殘酷的成份。她望著羅開的那種神情，看來像是一頭貓望著牠腳下的老鼠一樣。

她冷冷地望著他：「來麻煩告托夫教授的人太多了，所以，任何假冒身分、懷著不同目的的人，要是死在這裏，都是教授的自衛，不會有任何人來追究！」

羅開聳了聳肩。

在這種威力驚人的武器面前，還可以表現出這種輕鬆神態的人，世上不會太多；他甚至連語調都是輕鬆的：「我明白，死在這種槍下，當然不是很愉快。可是如果槍是握在一個美女的手中，那又另當別論。」

羅開的話一點不起作用，因為那女郎聽了，連半分欣賞的神情都沒有，反而語音更冷：「從現在起，我的每一個問題，你只能猶豫三秒鐘，或者你可以猶豫更久，不過我的手指不會猶豫！」

她說著，大拇指熟練地扳下了槍上的保險鈕，而她的食指，則緊扣在槍機上，只要十分輕的一下扳動，子彈就會呼嘯而出！

羅開仍然輕鬆地說：「我連一秒鐘也不猶豫。不過，先讓我知道妳是誰，是不是可以使我感到，每一個問題，我都必須照實回答！」

那女郎像是沒有聽到羅開的話一樣，已經發出了她第一個問題：「你在哪裏知道活的機械人，已經由理論變成實踐了？」

羅開真的連一秒鐘也沒猶豫：「我看到了一個，她腦部的裝置已經被取走，但是我還是可以肯定，這個女孩子活著的時候，只是一個依據輸送到她腦部的信號在活動的活的機械人！」

那女郎又問：「這活機械人受誰的指揮？」

羅開立時道：「我不知道，這正是我來見告托夫教授，想要查清楚的事！」

那女郎又揚了揚眉：「如果叫你不要查下去，你一定不答應的了？」

羅開回答得更快：「是！」

那女郎吸了一口氣：「真對不起，我沒有問題了。」

她說著，手向後略移了一移。羅開毫無疑問地知道，她已經準備扳動槍機了！

在那一剎那間，羅開的心中不知道有多少疑問，但是在這樣的情形下，他實在無法去進一步思索，他只是陡然地道：「等一等，妳手中的槍，有一個重大的缺點，妳一定也知道！」

他的話和他的動作是同時開始的，當他的話講到了一半之際，他已經以極快的動作伸出手，把他右手的中指塞進了槍口之中！

槍口並不能容手指整個插進去，只是手指的第一節塞住了槍口。

剎那之間，那女郎的臉色變得十分難看，羅開卻真正輕鬆起來。

剛才最危險的一刻，已經過去！

他甚至有點眉開眼笑：「小姐，這種槍械的缺點就是，由於子彈射出來時的力道太大，所以，槍口如果有東西阻塞的話，整柄手槍就會爆炸！」

他講到這裏，戲劇化地頓了一頓，然後，毫不客氣地用左手，在那女郎飽滿的胸脯上按了一下：「那樣，在妳突起的胸脯上，就會出現一個很難看很難看的大洞，比我整個頭部消失了更難看！」

那女郎緊抿著嘴，胸脯起伏著。

羅開笑了起來：「結果，還是和三十公斤烈性炸藥爆炸一樣！」

那女郎的眼珠本來是一種十分優美的淺灰色，這時，卻出現了變幻的不可捉摸的顏色來，顯然她心中惱怒，但又明知羅開講的是事實。

羅開客客氣氣地道：「所以，何不換一種武器？其實，妳本來就是最佳武器，不必再借助什麼的了！」

羅開一面說著，一面緩緩地伸出手去，手指先在那女郎的左手手背上輕輕掠過。這種動作，本來是情人之間最溫柔的愛撫，羅開的動作已十分自然，但是他的心中卻十分緊張。因為只要那女郎橫一下心，扳動了槍機的話，那麼就是同歸於盡的場面了！

那並不是情人的輕撫，而是生死一線的搏鬥！

羅開的手指掠過了她左手手背，又到了她右手的手背之上。

那女朗握住了槍的雙手，本來是極其穩定的，在這時候，卻微微抖動了一下。

那一下抖動，幾乎令得羅開的血液都為之凝結！

保險鈕已經按下，輕微的手指抖動，就可以令得子彈射出來。

那女郎也由於自己雙手不可控制的抖動而驚嚇，她雙手一鬆，手槍就從她的手中跌了下來，跌到了地上。

才一落地，就是「轟」地一下震耳欲聾的巨響，手槍因為跌落地上的震動而走火了！

那一下震耳欲聾的槍聲，足以令得任何人都呆上一呆。這時候，誰能先從怔呆中恢復過來，誰就能佔上風。

羅開只在一呆之後，幾乎在一秒鐘之內就恢復了過來；但是，那女郎比他恢復的更快，已經俯身去拾手槍了。

羅開雖然在恢復鎮定上慢了一點，可是他的動作，卻比那女郎有效的多。

那女郎俯身去拾手槍，羅開卻只是一伸腳；那女郎的手還未曾碰到手槍之前的一剎那間，就用腳踏住了手槍！

那女郎陡然僵住了，仍然維持著俯身拾槍的姿勢，可是一動也不動。

羅開吸了一口氣，剛才轟然的槍聲，還令得耳際嗡嗡作響。他回頭看了一下，看到身後的那張古典型的大床，有一角已整個不見了，床墊還在冒著煙，發出難聞的焦臭味來。

那女郎慢慢直起身來，羅開用腳把槍移近，取在手中。

在剎那間，那女郎緊咬著下唇，一副準備慷慨就義的樣子。

羅開向她俏皮地一笑，先把保險鈕按回去，然後，用十分禮貌的把槍交給他人的手勢——抓住了槍管，把槍柄向著對方，伸出手去：「這玩具比較危險，以後最好不要再玩它！」

那女郎這時才感到真正的怔呆。

她並不伸手去接，只是盯著羅開：「槍中還有子彈的！」

羅開「唔」地一聲：「是，還有四顆。」

那女郎揚了揚眉，口唇成了一種動人的弧形，用神情代替了詢問。她是在驚訝他如何知道手槍中子彈的數字的。

這種槍，滿膛可以裝上十二顆子彈，何以羅開一下就猜中剩下多少子彈呢？

羅開的神情看來很謙虛，「從重量上知道的，那只不過是憑經驗，不算什麼！」

那女郎仍然不接槍，這表示她的倔強和風度，從一個敵對者的手上接過武器來，那是徹底屈服了，她顯然不甘心徹底屈服！

十七　風流博士失蹤半年

那女郎並不接過手槍來，微昂著頭，使她看來更是神采飛揚。

她在望了羅開片刻之後，陡然道：「我知道你是誰了，你是——」

她說出了一個名字來。

羅開嘆了一聲：「真難過，我不是那位先生，不過不要緊，這並不傷害到我的自尊心。他不會像我那樣輕佻，我也沒有輕佻到像浪子。」

那女郎深深吸了一口氣：「是，你比那位先生更危險，你是『亞洲之鷹』！」

羅開道：「多謝妳終於猜到了我是誰！妳知道，站在那裏，自己以為還算是小有名氣，讓人家來猜自己是誰，可是人家卻猜來猜去猜不到，那是十分尷尬的事！」

那女郎笑了起來。

這時，她的笑容看來非但可親，而且嬌美，就像是一座融化了的冰山一樣。

羅開放下了手槍，又迅速伸手在那女郎的鼻尖上點了一下：「我就一下可以猜中妳是誰！歐洲首席情報人員，北大西洋公約組織的首席安全官！妳一踏進房間，就說出妳的代號：『烈性炸藥』！我到半分鐘之前才知道妳是誰，真是太笨了！」

那女郎有點委曲：「這外號對一個女性來說，實在不是很動聽！」

羅開由衷地道：「尤其是像妳這樣的美女！」

他說著，把手放在她的手背之上。

她略為動了一下，並沒有移開她的手，可是當羅開想再進一步行動的時候，她卻閃開了身子。

她眨著眼，神情俏皮：「女特務最容易和男人上床，那只是電影和小說中的情節；我們應該來討論一些對切身有關的事！」

羅開嘆了一聲：「多可惜，電影和小說，總是和現實生活脫節的。」

當他這樣說的時候，他已經轉了不知多少念頭。

「烈性炸藥」（他也覺得這個名字不好聽），是一個在歐洲情報機構中十分重要的人物，她可以運用她的影響力，給自己極大的幫助。

譬如說，有她的幫助，把一噸核原料運出法國去，就會容易得多了。

羅開考慮下來的結果是：要和她合作！

而要和這樣的一個人合作，首先，就要是真心誠意的合作，毫無保留地合作！

所以，他對於對方的提議，立時表示同意：「對，討論一下我們切身的問題！」

在他說了這句話之後，略頓了一頓，然後，兩個人幾乎同時說：「我先說我的——」

兩個人都只講了半句，又一起停了下來，互望著，發出會心的微笑。

「烈性炸藥」也這樣說，那表示她的心意和羅開是一樣的：要和「亞洲之鷹」合作，必須是真心誠意的合作，毫無保留的、坦誠的合作！

在這一笑之後，兩人之間的隔膜完全消除。

羅開在一張沙發上十分舒服地坐了下來，道：「好，女士第一，妳先說，黛娜。」

他稱呼的是「烈性炸藥」這個字的首兩個音節。那樣子，聽來像是一個女性的名字。

那女郎側著頭，姿態嫵媚：「嗯，第一次有人這樣叫我。」

她來到了羅開的對面，也坐了下來，想了一會兒，才道：「這間密室，本來就是告托夫教授的。告托夫教授有他生活的另一面，他是一個人類歷史上少數的傑出的科學家之一，同時，他也是一個十分好色的男人。」

羅開睜大了眼睛望著黛娜，發出了一下十分低的呻吟聲來。

黛娜有點嬌嗔：「我早已告訴過你，電影和小說中的情節，是不能相信的。」

羅開咕噥了一句只有他自己才聽得見的話：「我怕妳是他的情婦。」

黛娜像是知道羅開在咕噥什麼一樣，咳意更甚，也使她看來更動人。

她避開了羅開的眼光：「由於教授的許多構想、許多發明，都可以在軍事上、情報工作上提供重大的幫助或破壞，所以西方世界的情報工作者，一直在盡力保護他，敵對陣營自然也千方百計地想爭取他。為了告托夫教授所展開的幕後鬥爭，可以說上一年。」

羅開「嗯」地一聲：「我也聽到過一些。」

黛娜又道：「由於教授對女色有特殊的、異乎尋常的喜愛，他曾說過，要是晚上沒有一個女人睡在他的身邊，他就會產生恐懼和睡不著！」

羅開縱聲笑了起來：「他一定是個從小沒有母愛的人。」

黛娜沉聲說：「資料也證明，他是一個性能力十分強大的人，這一點，成了他致命的弱點。已經有過十次以上的記錄，證明他用他的發明或構想，去換取一個女人的一夕歡娛。」

羅開又喃喃地道：「風流博士！那和妳在這裏，有什麼關係？」

黛娜咬了咬下唇：「我是在他失蹤了之後才來的！」

羅開一聽，整個人直跳了起來：「什麼？告托夫失蹤了？」

黛娜忙道：「應該說，我是在他那次失蹤事件之後才來的。」

羅開有點不明白地望著她。

黛娜吸了一口氣：「一年多一點之前，告托夫教授忽然失蹤了。西方的情報機關很是緊張，曾經動員了大量的人力，想把他找出來，結果失敗了。」

羅開皺著眉，「奇怪，那我應該有點生意上門才是，找尋失蹤者是我的看家本領之一！」

黛娜瞪了他一眼：「有人提議過請你協助，但是無法和你接觸，曾有消息說你在中東，但一樣找不到你。」

羅開「啊」地一聲，神情變得十分苦澀。

是的，一年多前，他是在中東。他曾想偷進伊朗的王宮去，但結果沒有任何行動，組織就是在那時候把他「吸收」進去的。

而在接下來的時間中，他自顧不暇，東躲西藏，狼狽不堪；就算有「生意」上門，他也不會接納！

羅開揮了揮手：「後來呢？」

黛娜停了片刻：「半年之後，告托夫教授被人發現在比利時首都布魯塞爾的酒吧，他在那家只有水手才去的低級酒吧中，因為和人爭女人而大打出手。」

羅開悶哼一聲：「那女人一定是絕色美女了？」

黛娜冷冷地道：「或許是，不過那時，她已經五十多歲了，是一個潦倒不堪的老妓女。」

羅開睜大了眼睛：「那是為了什麼？為了人類偉大的同情心？」

黛娜並不欣賞羅開的幽默：「不是，是因為那時，他已完全喪失了記憶！爭女人，只是他的潛意識之中，還維持著對女性的特殊需要的一種自然行動。」

羅開揚起了手，示意黛娜暫時停一下：「妳是說，告托夫在失蹤了半年之後，再出現時，已經喪失了記憶？」

黛娜緩緩點著頭：「他完全不知道他自己是誰，也自然無法知道他在過去半年之中，做過些什麼。當他的身分被證實，他就在西方情報機構的照顧之下。用盡了一切方法，醫療人員的結論是，他的失憶，可能是由於某種藥物刺激，或者不是藥物，是物理上的刺激，總之他是被人弄失憶的。」

羅開駭然：「一直沒有公布？」

黛娜搖頭：「沒有公布，原因是經過縝密的調查，甚至犧牲了兩個重要的雙重間諜，證明告托夫教授事件，並不關蘇聯特工的事，不關中共的事，也不關任何國家的事。」

羅開不由自主心跳加劇，口唇動了幾下，但是沒有發出聲音來。

在一剎那間，他心中想到的是：組織！

那個控制了他和寶娥的組織！那個神秘得幾乎無影無蹤，但是無處不在的組織！

羅開的神情凝重，也影響了黛娜。

她道：「用盡了方法，也無法知道告托夫教授在那半年之中做過什麼，被什麼人所利用，又被什麼人弄成了失憶。他的利用價值可能已被榨光，一直到現在，他仍然在照顧之下，不過，他已經完全不再是一個傑出的科學家。我奉命在他住所，拒絕所有想來見他的人！」

羅開深深地吸了一口氣：「對於利用了告托夫教授的是何方神怪，一點概念也沒有？」

黛娜的精神有點懊喪。要在她這樣堅強、傲慢的人身上出現這樣的神情來，可絕不簡單，那表示她心中感到了徹底的失敗。

她道：「是，一點概念也沒有。」

羅開嘆了一聲：「別難過，一年多之前，就在告托夫教授失蹤的那時候開始，有一個直到如今為止，我還對之一點概念都沒有的組織……」

接下來，羅開就把這一年多來的遭遇，簡單扼要，而又絕不保留地講了出來。

黛娜聽得十分用心，不像羅開那樣時時打岔。

等到羅開講完，她才道：「我不是不相信你的話，但是像你這樣的人，不可能一直被人知道你的行動的！」

羅開的神情異常苦澀：「我完全同意，可是事實是，我一直在組織的陰影的籠罩之下，我甚至曾懷疑，組織的主持者不是人，是神，是鬼！」

黛娜自然而然來到了羅開的身邊，神情也有點駭然。她十分小心地問：「你的意思是：組織是由外星人在控制著？」

羅開也自然而然地輕摟著她的腰，搖頭：「我不這樣想，可是那實在是神通廣大得匪夷所思的組織。我相信，令告托夫失憶的，就是這個組織！因為組織正大量利用著活的機械人，只有告托夫可以做到這一點。」

黛娜微側著頭，沉思著。

她這時的姿態十分誘人，羅開忍不住在她的臉頰上輕輕吻了一下。

出乎羅開的意料之外，她竟然也回吻了羅開一下！

十八　等待情欲的爆炸

羅開趁機把她摟得更緊，道：「告托夫教授既然好色如命，這間密室中，一定有許多有趣的裝置！」

黛娜拉開了羅開的雙手，抱歉地一笑：「對不起，我對這些沒有興趣，不過我可以保證，在事情得到解決之後，當我心中再也沒有牽掛，可以盡量放鬆來享受性愛之際，你會是我的第一選擇！」

她說得那麼坦率，倒令得羅開多少有點尷尬。他只好自嘲地道：「為了妳這樣的獎品，值得去盡一切努力！」

黛娜笑了起來：「別亂恭維，或許我在床上，一樣是冰冷的！」

羅開笑了一下：「天下沒有性冷感的女人，但卻有性無能的男人！」

他頓了一頓，又道：「同樣的，天下沒有性無能的男人，只有性冷感的女人！」

黛娜搖著頭：「別浪費時間了，第一步要做的是——」

羅開立時接了上去：「妳可以利用整個西方情報機構的力量，去調查『活機械人』

是從什麼地方製造出來的。第二步，讓我去見見告托夫！」

黛娜用疑惑的眼光望定了羅開。

她的神情在告訴羅開，去見告托夫教授不會有用，因為西方情報機構已經用盡了一切方法！

羅開沉聲道：「我出生在亞洲最神秘的地區，從小就在一種十分神秘的氣氛之中長大，有許多現代人類科學不能解釋的事，都可以用神秘的方法做得到！」

黛娜不由自主縮了縮身子，「嗯，例如──」

羅開道：「例如一種特殊的催眠術，甚至可以使被催眠的人，記憶起他前生的種種事情來！」

黛娜深深地吸了一口氣。

羅開揚起手來：「要不要我先在妳身上試試？」

黛娜忙避開了羅開的目光，聲音也變得尖銳：「不要！不要！」

羅開呵呵笑了起來：「怕妳心中的秘密，在我的催眠之中吐露出來？」

黛娜咬著下唇。她的那種神情，看了不免有點令羅開心蕩。

他喃喃地道：「但願我猜得到妳心中的秘密，是事實，妳的秘密是──」

羅開說到這裏，黛娜的臉頰突然紅了起來。

她忙於掩飾自己，把雙手放在頰上，站了起來，道：「那我不能決定，要去請示一下！」

羅開做了一個「請便」的手勢，他卻一直用熱烈的眼光，注視著黛娜。

在黛娜而言，羅開那種熾熱的眼光，像是正把她身上的衣服一件一件撕裂，甚至於把她的身子也撕開了一樣。那令得她心慌意亂，在打開暗門之際，甚至弄錯了一個步驟。

羅開卻依然用他的目光在黛娜的身上肆虐。

黛娜像是逃一樣的離開密室，進了書房。

羅開知道自己所料的不錯，黛娜心中的秘密，正是這個出色的情報人員，心中已對自己動了情！雖然她盡量在抑制著自己，但總會有爆發的一天。

羅開一點也不心急，當然他會不斷地挑逗她，他可以等！

他知道一個女人在情慾上抑制得越是長久，爆發起來，也就更加熱烈；可以把她自己，把她所愛的男人，一起熔化在她的熱情裏！

在衣服的掩飾下，黛娜的胴體看來已經是那麼誘人，如果她……

羅開想到這裏，也不由自主吞了一口口水。

就在這時，黛娜已經出現在暗門前：「上頭批准了，現在就去？」

羅開一躍而起：「當然！」

他輕摟著黛娜的纖腰，像是情侶一樣地走出告托夫教授的住宅。

黛娜有好幾次想要掙脫羅開的手臂，但終於低嘆了一聲，任由羅開輕摟著。

他們一起上了羅開的車子，在駛上了公路之後，車速加快，兩個人忽然都不說話。公路筆直而看來像是沒有盡頭一樣，兩小時之後，才在黛娜的指點下，轉進了一條小路；彩色繽紛，看得人心曠神怡。

羅開向身邊的黛娜望了一眼：「據我知道，這條路是通向一個軍事基地去的！」

黛娜揚了揚眉：「你知道的事真不少！」

羅開陡然停下了車：「這是普通常識，就像妳作為一個女人，應該知道，現在至少應該讓我吻妳一下一樣！」

黛娜的神情看來冰冷地說：「我不知道，也勸你不要這樣想！」

羅開做了一個無可奈何的手勢，又陡然踩下油門，車子像箭一樣射向前方。

車子又向前駛出了不久，就看到連綿的、有刺的鐵絲網，和隔不多久就有的告示牌：「軍事基地，未經批准，不准擅入。」然後，就是一個接一個的崗哨。

在每一個崗哨之前，黛娜都出示她的證件，順利通過。

最後，是一扇相當巨大的閘門，在閘門前等了約莫一分鐘，才能繼續駛向前去。然後，在一幢看來相當普通的建築物前下了車。

黛娜回到了她的工作地方，女性嫵媚更是一絲不存；在這裏，她只是一個高級情報人員，那是她的全部生命。

這一點，在羅開又試圖去輕攬她的細腰，被她一下子把手推開去的動作上，得到了證明。

進了建築物之後，羅開被帶到一間小房間中等著，足足等了半小時之久。

羅開在那半小時之間，除了點燃三支煙吸著之外，幾乎沒有任何動作。

他知道自己現在處身在西方情報機構在柏林的中心之內，在這種地方，他的任何行動，都接受監視；甚至，說不定有什麼特殊的儀器，這時正在記錄著他的心跳率和呼吸量！

羅開的心情有點緊張，看來已經有一點頭緒了，只要能從告托夫教授的口中，探出他失蹤之後去過何處，為什麼人做過事，那麼，就是探出「組織」秘密的開始了。

半小時之後，黛娜才走進來：「對不起，叫你久等了，由於事情十分嚴重，所以上頭的意見有點分歧，現在已經同意你去見教授。」

羅開由衷地道：「多謝妳的努力和堅持！」

黛娜望了羅開一下，眼波之中也流露著感謝。她的確曾竭力保證和堅持，才能使羅開達到見告托夫教授的目的。

她做了一個手勢，帶著羅開走出了房間，來到了升降機前。

進了升降機之後，升降機不是向上升，而是一直向下沉去。

羅開笑著說：「這裏，只怕一師人也攻不進來？」

黛娜點頭：「設想是這樣，實際上是不是如此，還不知道！」

升降機停下，來到一條走廊。走廊的兩旁，全是電眼，黛娜和羅開兩人小心翼翼地向前走著，來到了一扇門前。

黛娜向電眼出示了一份證件之後，門就自動打開，一個中年人在門內，向黛娜行了一個軍禮。

門內是一個守衛室，在守衛室後，另外有一條走廊。

那中年人帶著他們到了另一扇門前，打開門，裏面是一間相當舒服的房間。羅開一眼就看到了告托夫教授。

這個人類文明史上罕有的科學家，這時正津津有味地在砌積著一架飛機的模型，神情和動作，就像是沉醉在這種模型遊戲的少年一樣！

那中年人道：「教授，有人來看你了！」他說了一句之後，就退了出去。

在砌積模型的告托夫教授轉過身來，先向黛娜笑了一下。

他認識她，可是不認識羅開，他現出疑惑的神色來：「我們以前見過？」

羅開道：「沒有！」

告托夫嘆了一聲：「他們告訴我，我完全忘記了自己的過去！」

羅開道：「是，我來看你的目的，就是企圖來回復你的記憶，你一定可以想得起來的。事情多麼簡單，那天你見到了一個出色的美女，這個女郎是那麼美麗動人——」

羅開一面說著，一面雙手已經揚了起來，在告托夫的眼前，做著一種十分古怪的手勢。

當他在做那種手勢之際，他十隻手指看來像是完全沒有骨頭一樣，動作輕柔和令人迷惑，就像是十隻小蛇在蠕動。

他的聲音低沉而富於吸引力，告托夫的目光，不由自主地停留在羅開的手指動作上。

而幾乎是才一望向羅開的手指，他的目光就變得有點呆滯。

羅開這時施展的催眠術，是所有心靈控制術上最高深和艱難的一種，是西藏黃教喇嘛的不傳之秘，脫胎自黃教密宗的「大手印」功夫。

催眠術，是一種意志的競賽，施術者以自己的意志，令得被施術者在不知不覺中受了控制；而意志，是人類腦部活動所產生出來的結果。

這樣解釋法，聽來像是很複雜，簡單一點說：就是一個人的思想，去控制另一個人的思想。

當然，在控制的過程之中，還要有若干的動作相配合，但即使對催眠術有如此精湛造詣的羅開，也認為那些動作只是配合轉移對方的注意力之用；真正的作用起於心理攻勢，要對方一上來，就在心理上投降，覺得自己對施術者無可抗拒！

所以，羅開一上來就講了那幾句話。事實上，他對告托夫當日失蹤的經過一無所知。

當日的經過如何，根本沒有人知道；要令一個好色的男人失蹤的最好辦法，當然是用一個動人的美女去引誘他！

黛娜完全可以知道羅開的用意，她後退了幾步，不敢看羅開怪異地在蠕動的手指；但是她卻不可克制地想著，這樣動著的手指，如果是在自己的身上移動，那不知是怎樣的一種感覺？

一想到這裏，她不禁雙頰又發起熱來。

而羅開還在重複著那兩句話。

十九　催眠中發生的意外

在羅開把同樣的話重複了六七遍後，一直正呆呆地望著羅開的告托夫教授，身子突然震動了一下，現出了一股異樣的神情來。

那種神情，百分之一百，是一個好色之徒看到了美女之後，垂涎欲滴的饞相。

同時，在他的口中，也吐出一句聽來含糊不清的話：「真的，這樣動人的美女……」

在一旁的黛娜一聽得教授這樣說，震動了一下：羅開可能成功！可能自告托夫的口中，套出秘密來！

在上級前，她雖然堅持讓羅開來試一試，但是她對羅開是不是能成功，卻一點也沒有信心；因為在這以前，他們已試過了世上許多一流的催眠家，都無功而返！

黛娜又不由自主咬了咬下唇，這個被稱為「亞洲之鷹」的神秘人物，有著那麼烏黑的頭髮和眼珠的亞洲人，難道真要成為自己的第一個男人？

黛娜知道，像她那樣性格的女人，第一個男人，也是唯一的男人。

她不願意被男人征服，所以，她一直到現在還沒有男人；這對西方女郎來說，幾乎是奇蹟。可是她知道，自己身上的堤防，已在崩潰！

她轉過頭向羅開望去，看到羅開正盯著教授，手指的活動已經慢了些；他的眼中，迸射著一種異樣的光采。

黛娜並不是直接接觸到羅開的目光，可是她也不禁心頭怦怦亂跳了起來。

黛娜這時，在不知不覺之中，已經受到了羅開意志力的控制；那並不是羅開故意如此的，他正在集中精神對付告托夫教授。

他的個人意志力發揮到了極點，在這樣的情形下，黛娜不可避免地受到了波及；再加上黛娜雖然盡力在維持她女性的矜持，但是實際上，她內心深處對羅開已經意亂情迷。

若是她根本沒有這種意念，也不會有如今這樣的情形發生，一切全是由她自己的意念來決定的，所謂「魔由心生」；黛娜這時的情形，是最好的解釋。

羅開並沒有注意黛娜，他聽到了告托夫喃喃說話，更是集中精神，繼續用他低沉的聲音道：「是啊，那樣動人的女郎，一定要得到她！」

告托夫目光呆滯，連他口唇的動作看來也像是機械化的：「是，為了得到她，什麼都值得！」

黛娜在一邊低聲道：「什麼？」她一面說著，一面向著羅開走了過去。

她說話的聲音十分低，動作也很緩慢，就像是在夢遊一樣，羅開仍然未曾注意。

羅開沉聲說：「你是世界著名的科學家，可以憑你的身分，得到任何美女，你付得起代價？」

告托夫道：「是，我付得起，美人兒！活的機械人是一件很可怕的事，像妳這樣的美人兒，為什麼會對這種事有興趣？」

羅開深深吸了一口氣，告托夫已經完全進入了被催眠的狀態了！他剛才講的話，一定是曾在若干時日之前，向一個引誘他的美女講過的！

羅開的精神更集中，小心地道：「那不是你的問題，你的問題是，你能不能把你的理論，變成事實！」

羅開這時必須十分小心，去猜度當時那個女人所說的話。

當然，不可能每一個字都相同，但至少要意思吻合。

因為，就算告托夫的記憶未曾喪失，他也不可能記得每一個字；但是在喚醒記憶的過程之中，如果這時羅開所說的話和當時那女人所說的完全不同的話，告托夫的思緒就會紊亂，而結果仍是什麼也不記得。

告托夫的聲音含混低濁：「當然可以，美人兒，當然可以……那要看我會受到什麼樣的鼓勵！」

羅開更小心地說：「我，我就是獎勵！」

告托夫的身子陡然震動了一下，可以推測，他在當時一定有一個大幅度的動作。

羅開慶幸到如今為止，還沒有出什麼錯，成功大有希望；可是就在這時，他忽然感到身邊，有一個灼熱的身子靠了過來。

羅開陡地一怔。

這時，他是絕不能分神的，可是向他偎依過來的身體，就像一團正在燃燒著的火焰一樣，而且又那麼柔軟，那樣令人心蕩，羅開不但震動了一下，而且自然而然轉過頭去。

當他一轉過頭去之後，他就再也難以把頭轉回來了！

緊偎著他的是黛娜，黛娜的雙頰紅得像火一樣，眼波流轉，線條優美而豐滿，潤濕的唇半張著，那麼嬌俏的臉龐正在向他望過來。而且她上衣的鈕扣也解開了兩顆，雪白豐腴的胸脯正若隱若現，自她熾熱的身體和急速的氣息之中，散發出一股醉人的體香來。

羅開絕對無法對付這種誘惑。

他心中很明白，為了在告托夫的口中套出秘密來，他應該做的是一下子把黛娜推開去，或是一拳把她打昏過去。但是，羅開並不是意志力那麼強的人，他是人，有著人性的缺點，這樣的誘惑，正是人性弱點之最，所以他非但沒有把她推開，反倒一下子把她緊摟住。

黛娜發出了一下蕩人心魄的呻吟聲，身子柔軟地倒向他的懷中，四片熾熱的唇也立時交接在一起。

當羅開含著黛娜度過來帶著香津的柔滑小舌之際，他的神智略為清醒了些，他抬眼向告托夫教授看去。

在這時候，他心中已經以為自己是失敗了。

他剛才一上來就施術，取得了成功；在一次失敗之後，第二次再來施術，失敗的可能就極大。

羅開在這樣想的時候，心情卻一點也不懊喪，因為在告托夫的口中套出秘密來固然重要，但是能緊擁著黛娜熱吻，又何嘗不重要？

可是，當羅開向告托夫望去之際，他卻陡然呆住了。

他看到告托夫的目光盯著他和黛娜，現出了如痴如醉的神情來。

他的這種神情，一望便知他仍然在極度的被催眠的狀態之中，而羅開已經由於黛娜的干擾而停止施術了，何以還會有這種情形出現呢？

羅開在開始的一剎間，真是不明白。

他一面想，一面自然而然把手自黛娜的衣領之中伸了進去。

當觸摸到了滑膩飽滿的乳房之際，他不由自主在喉間發出了一下聲響來。

隨著他發出那下聲響，在告托夫教授的喉際，也發出了一下聽來相同的聲響！

羅開陡然明白了！

他明白，眼前他和黛娜的親熱情形，看在告托夫的眼裏，起著更深的催眠作用！

這自然是一種巧合。因為告托夫正在回憶他受一個美女引誘的情形，那麼，眼前的情景就更能觸發他的回憶！

那也就是說，他和黛娜越是親熱，告托夫的反應就越是投入，受催眠的程度也越深！

羅開當然不是習慣在另一個人的面前和女人親熱的，但這時，卻不由得他作主了。第一，黛娜的熱情已不可遏制，她受了催眠術的波及，這時若是拒絕她，她的腦部組織會受到嚴重的損傷。第二，他必須在告托夫的口中套出秘密來，而如今正是最好的時機！

羅開略抬了抬頭，剛才的熱吻使他有點喘不過氣來，他道：「值得的，是不是？」

告托夫道：「值得，我可以為妳製造一個活機械人，以後，你們可以照我的辦法去做！」

羅開的頸被黛娜的手臂纏住，他的雙手在她身上恣意地撫摸著。

黛娜的身子扭動著，在她的扭動中，她身上的衣服漸漸減少，把她美麗動人的胴體，逐步暴露無遺出來。

羅開一面愛撫著她晶瑩柔滑的肌膚，一面不住在問，而告托夫也有問和答，以下就是他們的問答：

問：「你真的製造了一個活的機械人？」

答：「是的，那是一個動人的少女，手術極成功，我的理論第一次得到了實踐，那真令人興奮，我克服了科學界認為不可能的困難，找出了人類大腦皮層細胞活動的規律，使大腦皮層的細胞，接受外來信號的刺激，轉化為大腦中產生的命令！」

問：「那樣的情形下，經過手術的人，一切行動，就接受外來的指揮了？」

答：「是，在這個人本身而言，和普通人的行動接受大腦指揮的情形一樣！」

問：「你是為什麼人製造的？」

答：「為我，為我自己，可以得到那美人！」

問：「你詳細記憶一下，那美人是受誰指使的，你在什麼地方進行手術？」

答：「我不理會那麼多，手術室，十分……怪異的手術室！」

問：「在哪裏？」

答：「在……不知道……真怪……好像沒有什麼人……哦……最後，我看到了……閃動，全是閃亮的燈，轉動的圓盤……無數按鈕……無數……」

當告托夫說到這裏時，他三下兩下將已併砌成的飛機模型拆了開來，利用那些細而長的木條，在木桌上排列起來。

羅開想去看他排列些什麼出來，他一定是要把他腦中的印象排列出來。

羅開想給他一支筆，一張紙，好讓他把腦中的印象畫出來。

可是這時，黛娜發出蝕人心魄的嬌吟聲，緊擁著羅開，把羅開拉得和她一起滾跌在地上。而接下來發生的事，使得羅開完全沉浸在一種原始的瘋狂之中，什麼也顧不得了。

當風暴終歸於寂靜之時，羅開抬頭向坐在桌旁的告托夫看去，看到他神情茫然，坐在桌邊一動也不動，在桌上，他的面前，大小形狀不同的木條和木片，併砌成了一個看來十分古怪的圖形，看起來是一個不規則的形狀，多角形，不知道他想要表現的是什麼。

羅開問了幾句，告托夫一點反應也沒有。

二十　致命的襲擊

羅開再向黛娜望去，黛娜已開始沉睡，胸脯起伏著，看起來那麼美麗動人，嘴角帶著甜蜜滿足的微笑。

羅開心中暗嘆了一聲，他知道，黛娜對剛才所發生的事，在她醒過來之後，是絕不會記得的。

剛才的一切經過，對黛娜來說，甚至不如一場夢！夢多少還有點記憶，但黛娜絕不會記得曾發生過什麼事。

在一剎那間，羅開考慮，是不是讓黛娜自然醒來？她看到了自己的情形，至少可以向她說明剛才發生了什麼事。

但是羅開立時否定了自己這個想法，他小心地替黛娜穿好了衣服，扶她到沙發上坐下，看起來，就像是什麼事都未曾發生過一樣。

當然，黛娜在醒來之後，自然會發現身體上有若干變化，但是她絕不會想起發生了什麼事。

羅開決定這樣做，是因為他剛才，做了一件十分不道德的事。

羅開並不是什麼道德君子，但是，剛才黛娜是在受到催眠的波及之下，潛意識中的情意發作了出來，才和他親熱的。

當然，那是她的自願，但是這種情形，絕不值得像羅開這樣的男人想到那是榮耀！

他知道自己和黛娜一定還會有第二次，在完全正常的情形下的第二次；就讓黛娜把第二次當作是第一次好了。

他又望了黛娜片刻，才在她的面前響亮地拍了一下手，黛娜立時睜開了眼來。

羅開道：「他已回答了我不少問題，看看他排列出來的圖形，企圖表現什麼！」

黛娜站了起來，臉上略現疑惑之色，側頭想了一想，可是，她顯然想不起什麼來。

她和羅開一起來到了桌前，告托夫仍然呆若木雞地坐著。

在他的面前，是那個看來不規則的圖形，看來，告托夫原來是想把它排列成立體形狀的，但是卻未能做得到，所以圖形看起來有點雜亂。

黛娜和羅開看了一會兒，移去了幾根顯然不起作用的木枝。

那樣做了之後，就可以清楚地看到告托夫排列出來的是一個五角形。

由於他是隨便使用了長短不同的木枝排出來的，所以五角形並不規則，並不是等邊五角形。

黛娜吸了一口氣：「這個五角形，代表什麼？」

羅開盯著告托夫，可是告托夫仍然一點反應也沒有，他又在告托夫的面前舞動他的手指。

告托夫忽然笑了起來：「你在幹什麼？」

羅開有點狼狽，他知道在一次催眠成功之後，第二次未必再靈，這時，他的催眠術顯然對告托夫已不再發生作用了。

他指著桌上的五角形，問：「這是什麼意思？」

告托夫神情惘然：「不知道！」

他在這樣說了之後，忽然叫了起來：「啊呀，我的飛機模型！誰破壞了我的飛機模型？」

羅開和黛娜互望了一眼，黛娜嘆了一聲：「我立刻叫人給你送新的來！」

告托夫教授望著桌上散亂的木枝，一副惋惜不已的樣子，羅開也不由自主嘆了一聲，和黛娜一起離去。

黛娜又現出一絲疑惑的神情，望向羅開：「剛才，我曾經做了些什麼？」

羅開搖頭：「沒有什麼！」

黛娜欲言又止。她的確感到自己是有點不同；但是，她卻全然記不起曾發生過什麼事。

他們到了另一間房間之中，羅開把告托夫在受了催眠之後所說的話，告訴了黛娜。

那不算是什麼收穫，只是肯定了告托夫教授的理論，已經化為實踐而已，他是被什麼人利用的，仍然一點頭緒也沒有。

羅開道：「只有一點十分重要，他說他曾見過許多閃亮的燈，轉動的圓盤。這是一種什麼環境？」

黛娜想了一想：「像是一座大型電腦。」

羅開點頭：「我也認為是，那個組織擁有大型電腦，這一點已不必懷疑了。大型電腦的製造，不是什麼小廠家可以造得出來的，世界上也不會太多，每一座都有記錄可以追尋。」

黛娜道：「是，那並不難查，立刻可以開始。」

羅開伸出手來：「保持聯絡！」

黛娜卻並不和他握手：「我以為我們的合作，你會實際參加我們的工作！」

羅開抱歉地笑著：「我一個人行動慣了，不可能受任何約束。但是我保證會盡力提供一切，因為最多在半年之後，我需要妳的幫助。」

黛娜皺著眉。

羅開的神情有點不好意思：「一件相當困難的事，把一噸核原料從歐洲運出去……」

黛娜叫了起來：「你瘋了，這是不可能的事！」

羅開嘆了一聲：「我也認為不可能，但是卻非做不可。做不成，我就是一頭死鷹，不是活鷹。」

黛娜用疑惑的眼光望著他，心中在想，這個神秘的冒險人物，即使在她的情報生涯中，也是罕見的！把一噸核原料運出歐洲去，這種事，怎麼想得出來！

羅開的神情更是無可奈何：「不是我自己要做這種事，是『組織』要我完成的任務！」

黛娜也不由自主感到了一股寒意，像羅開這樣的人，都擺脫不了那個組織陰影！而她又確切知道，西方國家的各級情報機構，對這樣的組織一無所知，這實在是一件很可怕的事！

一時之間，兩人都感到心頭沉重。

沉默了好一會兒，羅開方道：「我要走了，很高興認識妳。」

黛娜沒有說什麼，和他一起離開了那房間。

他們才走出房門，就聽到擴音器在叫著黛娜的名字：有急事，請立即和第三組負責人聯絡！

羅開攤了攤手：「我自己可以離去？」

黛娜道：「可以，我通知守衛讓你走！」

他們在走廊的一端分了手，一個年輕的軍官陪著羅開離開建築物，看著他上了車，通過了幾度崗哨，才駛上了公路。

雖然會見告托夫的結果並不理想，但是他也很慶幸認識了黛娜，以國家力量在運行的情報機構做起調查工作來，自然比個人進行方便得多了！

事情和一座大型電腦有關，希望黛娜的調查工作，很快就有結果。

車子在公路上駛得十分快，羅開一面駕著車，一面不斷地思索著。

可是沒有多久，他就停止了思索；因為在後照鏡中，他看到有一輛摩托車，正以極高的速度，在他後面追上來！

當他發現這一點之際，他的車速是一百四十公里，不到一分鐘，羅開就可以肯定，那輛摩托車是在追趕他，羅開把車速提高到兩百公里。

摩托車的車速雖然可以超越每小時兩百公里，可是那樣的高速，要駕車者有高度的技術，要不然就是把他自己的生命在當遊戲。

但是，追上來的摩托車的駕駛人，顯然十分願意玩這種遊戲，車速非但相應增加，而且，還漸漸接近了羅開的車子！

雙方都是高速前進。

從後照鏡中看出去，摩托車的駕駛人戴著頭盔，看不清他的臉孔。

羅開十分不高興被人這樣追趕，他再把速度提高一些，但是，摩托車還是越追越近。

羅開在陡然之間放鬆油門，踩下了剎車！

那個動作，使得他的車子在路面上急速地打著轉。

羅開這樣做，有兩個目的。他可以有機會利用自己打轉的車子去撞摩托車，汽車和摩托車相撞，吃虧的永遠是摩托車。而且，他不願意被對方追上，寧願自己停下來等對方！

他的車子打著轉，摩托車並沒有撞上來，以難度極高的一個急轉彎避了過去，仍然疾衝向前；接著，在衝出了三百公尺左右之後，陡然停下，立即轉了個方向，又迎著他疾駛而來。來到了車前，停下。

駕車人一定是十分憤怒，因為摩托車才一停下，他就把車子推倒在地上，大踏步向前走來。

羅開打開車門，跨出了車外。

他的雙手已握成了拳，他好久沒有打架了，看對方的來勢，完全是準備打架的樣子，那令得他有一種異樣的興奮。

可是，羅開握著的拳卻沒有揮出去的機會，那人來到了離他不遠的時候，已經脫下了頭盔來；摩托車的駕駛人，竟然是黛娜！

黛娜滿臉怒容，直來到了羅開的身前。

羅開忙問：「是什麼——」

羅開的話還沒有講完，黛娜已發出了一下憤怒之極的吼叫聲，同時揮動著頭盔，向羅開的臉上打來！

黛娜的動作是如此迅雷不及掩耳，但即使是突如其來的襲擊，羅開還是可以避得開去的。

在最初的十分之一秒內，他的確是想避開去的，但是他立即又想到，黛娜發怒，一定是有道理的，是不是該讓她打一下呢？

這一猶豫，他已經沒有機會再躲避了。頭盔重重地打在他的臉頰之上，令得他不由自主發出了一下怪叫聲來。

可是黛娜的襲擊並不就此停止，羅開在挨了一下重擊，還沒有定過神來之際，左足已經被勾住，緊接著，腰際又挨了一下重擊。

那兩下，令得他在又發出了一下呼叫聲的同時站立不穩，跌倒在地上。

而黛娜的動作是如此之快，羅開才一倒地，黛娜的腳，已經踏到他的臉上！

「亞洲之鷹」的臉，被一隻皮靴重重踏著，這簡直是莫大的侮辱！

羅開身子想挺躍起來，可是他的咽喉立時被冰涼的金屬抵住了。

同時，他也聽到了黛娜憤怒之極的聲音：「睜開你的狗眼看看，這是什麼槍械！」

羅開已經看到那是什麼槍械了，所以他一動也不敢動。

廿一　不能控制的震動

這時，羅開處境之狼狽，可以說是他一生之最了！

他仰躺著，盛怒的黛娜居高臨下，皮靴毫不留情地踏在他的臉上；她的手中是一柄雙筒點四五口徑的來福槍，槍口正緊抵在他的咽喉之上！

給這樣的槍口抵在咽喉上，那自然是令人吃驚的事。

可是，更令得羅開吃驚的是黛娜這時候的神情。

他再也想不到一個人，可以把這樣深刻的怒意顯示在臉上。黛娜的臉，那麼美麗的臉上，充滿了無可形容的怒意，這種怒意，已令得她看起來不像是人，像是復仇的女神。

換了別人，或許還不知道發生了什麼事，但羅開就是羅開，他立即知道發生了什麼事！他知道，黛娜已經知道發生過什麼事！

剎那之間，他變得十分平靜，他甚至連氣息也未曾比平時急促，只是閉上了眼睛，心中想到了一點：想不到我會死在這樣的情形之下！

他雙眼才一閉上，黛娜已經發出了憤怒的吼叫聲：「睜開你的狗眼來！」

羅開拒絕地搖了搖頭：「不必了，睜開眼，也看不到我臨死的情形！」

黛娜的聲音在劇烈發著抖：「狗種，你不怕死？」

羅開低嘆了一聲：「人沒有不怕死的，但當他覺得死得很值得之際，也就沒有什麼可怕的了！」

羅開聽到黛娜發出了一下尖銳刺耳的尖叫聲，接著，是一下驚天動地的槍聲！

在一剎那間，羅開只想到了一點：她終於開槍了！我終於死了！

那是一種極其奇妙的感覺。雖然在羅開的冒險生涯之中，有著各種各樣的經歷，但是死亡的感覺，卻還是第一次。

可是，他立即又感到，自己剛才的感覺，並不能說是種死亡的感覺，至多只是接近死亡的感覺而已；因為他立時感到左頰上一陣刺痛，還有涼颼颼的液體在滲出來，那一定是他的血。

可是，他卻知道自己還活著，至少，自己的頭部還在。

而在這樣的來福槍一槍轟擊之下，是應該可以把他的頭弄成碎片的。

羅開定了定神，睜開眼睛。

首先，他看到的是公路上的一個小坑，就在他的頭旁。他左頰上的一陣刺痛，是巨大的轟擊力造成這樣小坑時，激起的碎片造成的。

接著，他看到了一個顫抖的背影；黛娜已轉過了身去，身子在劇烈發著抖，那支槍也落到了地上。

羅開深深吸了一口氣，一躍而起。

他聽到黛娜以發顫的聲音在說著：「天，我竟然不能對著他開槍！」

當她這樣說了之後，她的雙手緊捂著自己的臉，顫抖得更甚。

羅開在她的身後伸出雙臂，輕輕抱住了她，在她耳際低聲說：「妳不會後悔的！」

黛娜想要掙脫他，可是他抱得更緊，一面問：「妳知道了？」

黛娜的聲音乾澀：「全世界都知道了，有三架攝影機在那房間的隱蔽處，拍下了全部過程！」

羅開吸了一口氣：「這是一個美麗的錯誤，當時的經過，既然妳全知道了，可以明白我不是故意的。當時我無法拒絕妳，因為拒絕妳，告托夫就會脫出控制範圍。」

他講到這裏略頓了一頓。

自黛娜的喉際，發出了一下十分異樣的聲音來。

他立時又道：「而且，就算不為了告托夫，我也不會拒絕，儘管會死在妳的槍下。再給我一次這樣的機會，我也不會拒絕。」

他語氣是這樣坦白，聲音是這樣肯定，黛娜身子的顫抖漸漸靜下來；她向後仰過頭來，望向羅開。

當她接觸到羅開堅定深邃的目光之際，她閉上了眼睛。羅開用十分緩慢輕柔的動作，向她的唇上吻去。

血自他的頰上滲出，這時，忽然有一滴血滴到了她的唇邊；她毫不猶豫伸出舌尖來，抵去了自己唇邊的血。

就在公路上，他們相擁著，好久，兩個人都不說話。

只有傻瓜才會在這樣的情形之下說話，他們倆非但不是傻瓜，而且不是普通人，是「烈性炸藥」和「亞洲之鷹」！

好久之後，羅開才鬆了鬆環抱著她的手臂。

黛娜轉回身去，撩了撩頭髮，用一種聽來十分平靜的聲音道：「所有的錄影帶會被消滅，也不會再有人提起這件事，你令我感到被羞辱已經成為過去，我……只……感到高興。」

羅開深深吸了一口氣：「和我一起上車？」

黛娜後退一步，拾起了地上的槍枝：「不，我們還有許多事要做！」

她像是旋風一樣轉身，摩托車發出了一陣吼叫聲，在公路上像是子彈一樣地掠出去。

羅開呆呆地站著，看著黛娜騎著摩托車迅速駛遠，轉眼之間就成了一個小黑點，他還是怔怔地站著。

他感到自己剛才在生死之間，得到了一個女人的愛情，那真是難以相信的奇妙。這種奇妙的興奮，令得他像是一個少年人，揮著拳，大聲叫著，蹦跳了起來。

他跳了又跳，叫了又叫，像是要把他的高興告訴全世界，雖然公路上空蕩蕩地，一個聽眾也沒有。

到了他終於又上了車，向前駛去之際，他把車開得十分慢，他要儘量享受剛才那一刻的快樂。

他的車子駛出了那條通向軍事基地的專用道路不久，就有一輛奶白色的車子追了上來，在他的前面停下。

奶白色車子的車窗落下，先是一具遠程望遠鏡自窗中伸出來，向他揚了揚；接著，是一雙白皙豐腴的手自窗中伸出，輕輕地鼓了兩下掌。

即使沒有看到人，羅開也可以認得出，那是寶娥的手。

寶娥的動作是什麼意思，他也明白。

遠程望遠鏡可以清楚一公里外蒼蠅翅膀上的紋路，那表示，剛才公路上的一幕，她已完全看到了。

羅開把車駛向前，奶白色車子在前，他在後，一直又駛出了好幾公里，來到了一個小林子中，才停下來。

車門打開，寶娥看來只是一個普通的美國女人。

她跨出幾步，來到了羅開的車邊，口角向上微翹著，問：「工作的必須？」

她的目光相當銳利，羅開並不去躲避，只是點了點頭：「這樣說太簡單，那是我的需要，而工作要靠我來完成，所以也可以說是工作上的需要。」

寶娥咬了咬下唇：「有什麼線索？」

「告托夫是組織的犧牲品，他什麼也記不得了，只記得許多閃亮的燈，推測是一座大型電腦，那是他製造第一個活機械人的地方，第一個活機械人，我相信就是被組織毀滅了的『花靈』。」

羅開講到這裏，聲音有點黯然：「而告托夫是受了一個美女的引誘去做這種事的，所以，焦點是在那個美女身上。」

寶娥用心聽著，沒有發表意見。

羅開解釋著自己的結論：「『花靈』是第一個活機械人，在『花靈』之後，組織又製造了大量的活機械人，可知那去引誘告托夫教授的美女，不可能是活機械人，她是一個極重要的人物。」

寶娥「唔」地一聲：「推測得很有理，但是，世界上可以稱為美女的女性，不知有多少！」

羅開皺著眉：「如果把美女的定義定得高標準一些，那就——」

他講到這裏，陡然震動了一下。

那可以說是自然的一種反應，全然不由自主的。

如果他自己能夠控制的話，他就不會震動，而若無其事。

他無可控制地震動了一下之後，心跳得十分劇烈；可是，他卻立即問出了一句聽來極度莫名其妙的話來：「小姐，我們以前見過嗎？」

寶娥笑了起來：「怎麼，感情令你變得糊塗了？」

羅開喃喃地道：「也許，也許！」

這時，他心念轉得極快。為什麼當自己一提到把美女的標準訂得高一點的時候，會突然震動起來呢？

把美女的標準訂高，不單是指容顏的美麗、體態的媚人，也還要這個美女有著超卓的能力，非凡的野心，這樣一來，範圍亦不會很大；適合這種標準的美女，世界上不會超過一百個！

要在二十億女人之中找出一個來難，要在一百個之中找出一個來，就不會太難！

眼前的寶娥，就是符合標準的這樣的美女之一。

自然突然的不可控制的震動，就是由此而來的嗎？好像還不是如此簡單。

同樣的心頭上的震動，在記憶之中也曾產生過；那是什麼時候產生的事？

對了，在組織安排的殺人遊戲中，他殺了對方；而且發現對方有一顆蛀牙，曾經修補過。

就在那時候，他有過莫名其妙的震動！

當時，羅開不明白自己何以會有震動，事後，他也不住去思索自己何以震動，可是始終未曾有答案；直到現在，他才明白了為什麼！

他看到了一顆修補過的蛀牙，有白色的磁質在牙齒上。

雖然只是極小的一點，但是他也可以知道，即使是那麼小的一點，也可以隱藏一個精密的發射信號的儀器。而一具這樣的儀器，就足以使一個人就算躲到南極的冰層下面去，也會無所遁形，被人知道他在什麼地方。

羅開當時和以後，一直想不出自己為什麼要震動的原因，但是他絕對可以肯定，他身上任何地方，都沒有這種即使是微小如米粒的多出來的東西。

他不認為他的身上有某種信號發出，使組織可以知道他的行蹤。可是偏偏他怎麼躲，都躲不過組織的追蹤！那是為什麼，他不明白。

一直到剛才，寶娥的雙手自車窗中伸出來，為了她看到在公路上的一幕，向他鼓掌，他才特別注意了寶娥的雙手。

他和寶娥相遇，不止一次了，可是寶娥全身所散發出來的對男人的誘惑力，是如此之強烈，沒有什麼男人，連「亞洲之鷹」的羅開在內，會特別去留意她的雙手。雖然她的雙手也充滿了誘惑力。

而這時，寶娥的雙手，就在他的面前，看來是不經意地垂著。

廿二　組織的領導人

寶娥不經意地垂著手，羅開甚至沒有正式地再向她的手看上一眼，但是他心中所想到的想法，卻使他清楚地知道，這時，是他有生以來，最危險的時刻。

比起他被「紫色蜥蜴」用毒牌子指著的時候，比起他被黛娜用巨口徑的來福槍指在咽喉之際，危險了不知多少倍！

在這樣危險的情形下要求生，需要超人的本領！

尤其，當寶娥又用她那甜得發膩的聲音在問：「你是不是想到了一些？」之際，他更知道自己和死亡，只不過是一線之隔！

他立時點頭。

羅開是在冒險，他和死亡只隔著一線；而他在這樣的情形之下，又把自己向死亡推近了半線！

可是他知道，這是他唯一的生機，必須向死亡再推進半線，然後才能後退到安全地帶！

他接著揮了揮手：「烈性炸藥！妳知道在一小時之前，發生了什麼事？」

寶娥把她美麗的胴體斜倚在車身上，望著他。

羅開笑了起來，把在那房間中發生的事，用一種十分歡樂的語調開始敘述。

他知道，一開始敘述，就是在開始後退；才開始的時候最危險，講多一句話，就安全一分，就離死亡遠一寸。

他不住地講著，看起來十分輕鬆，可是實際上，他卻緊張得幾乎連自己的聲音都聽不見。

他一面講著，一面在急速地想著。

看到修補過的蛀牙，就會感到震動，一個原因，是因為知道修補的物質之中，可能隱藏著超微型的儀器；另一個原因，是由於牙齒給他以一種強烈的聯想，當時沒有想到，現在想到了！

他沒有去修補過牙齒，可是由於要維持身體的最佳狀況，他不定期地在不固定的牙醫處，去清洗他的牙齒。

他是一個極小心的人，清洗牙齒是十分普通的一件事，不會給他人什麼機會在自己的身體內加上什麼超微型的機器，可是那雙手！

寶娥的那雙手！

寶娥的手，手指細長，豐厚適中，那是一雙美麗得令人目眩的美女之手。這樣的手，記性好的男人在看到這一次之後，就不會忘記。

羅開不是一個「記性好」的男人，他是一個「記性特好」的男人！

他清楚地記得那樣的一雙手！

所以，他才會突然之間，異乎尋常地衝動起來，問：「小姐，我們曾見過嗎？」

這時，他自然十分後悔自己的衝動，所以他竭力在補救。

他不住講述著和黛娜在那房間中所發生的事，希望可以轉移一下對方的注意力。

他已經完全記起來了，每次他去清洗牙齒的經過。

他的行動一直是十分小心的，從來也不重複去找同一個牙醫，以策安全。

那次，他如常一樣，仰躺在牙醫椅上，在牙醫做了檢查之後，就由一個護士替他洗牙。

那護士戴著白帽，也戴著口罩，羅開並看不清她的臉，可是，他卻留意到了她有一雙極美麗的手。

這雙手，就是寶娥的手——羅開現在就已絕對可以肯定這一點！

他更能肯定的是，在那次洗牙的過程之中，一定被寶娥做了手腳。

他幾乎已可以想得到，一定是一種特殊的液體附著在他的牙齒之上；這種液體，只是以極薄的一層附在牙齒上，再精明的人也無法覺察。

而液體之中如果有磁性、有放射性，那就一樣能發出訊號來。

所發出的訊號可能極其微弱，但是在理論上來說，再微弱的信號，都是可以被接收到的。

羅開也進一步明白，何以他一年多來，無論如何躲避，卻無法避得過組織的追蹤了！

許多事都是這樣的，當完全一片迷霧的時候，什麼頭緒也沒有，但是，只要有一個頭緒被找出來，很快地，謎團就會被一個一個揭開，很快地，就什麼都明白了！

羅開這時已經完全明白了，明白寶娥是組織中的人，使自己逃不開組織的是她；而如果告托夫教授所說的那個美女也就是她的話，她的身分不單是組織中的人，更有可能她就是組織！

這就是羅開突然感到自己一生之中，處境從來也沒有那麼危險的原因！

這時，羅開不能肯定自己是不是已經比較安全點，在寶娥經過精密化妝的臉上，是完全看不透她的心意的！

羅開大約花了十分鐘的時間，把房間中和黛娜發生的事，描述了一遍。

寶娥揚了揚眉：「你的結論是——」

羅開立時道：「我的結論是，黛娜，她可能和組織有關連！」

羅開在這樣說的時候，心中暗罵了自己一聲：「卑鄙」。黛娜是不會和組織有關的，但是為了使自己安全，他必須這樣說！

寶娥發出了一下相當動聽的笑聲，但隨即又嘆了一聲，伸出手來，把手輕輕放在羅開的肩上。

羅開這時已經完全可以弄明白寶娥的身分了，他非但不想寶娥的手碰到自己，連站在她面前都不想。可是，他卻不能做出任何反常的舉動來，反倒轉過頭去，在寶娥的手背上輕輕親了一下。

寶娥咬了咬唇：「你是她的第一個男人？她在你心中，應該有特別的地位！」

羅開吸了一口氣，心中陡然一動。

他在剎那間所想到的是：寶娥無論多麼神通廣大，但是始終是個女人！女人，就算她成了女神，也有這個共同的一點，她們會妒嫉！寶娥也不能例外！

是不是可以利用她這個女性共有的弱點呢？羅開還沒有明顯的主意。

寶娥又嘆了一聲，緩緩搖著頭：「真是可惜。」

羅開睜大了眼，裝出一時之間不明白寶娥這樣說是什麼意思的神情來。

可是他心中，又不免暗罵了自己一句：這樣做作，是沒有用的！除非寶娥根本不是組織的領袖，不然，剛才的震動，脫口而出的那句話，寶娥早已可以知道，自己已經明白了她的秘密。

寶娥忽然又笑了起來：「真是可惜，你知道，到目前為上，只有你一個人猜到了我的身分！」

羅開的心向下一沉，但是他還是保持著看來極自然的微笑：「是嗎？想不到妳的身分那麼隱蔽，自從妳『自殺』之後，為了掩飾身分，一定做了不少努力！」

寶娥發出十分動人的微笑：「羅開，還需要繼續做戲嗎？我看不必了吧！」

羅開心中暗嘆了一聲，他知道自己犯了一個大錯誤，錯誤在他以為寶娥會被他瞞過去！

他盯著寶娥：「人生本來就是不斷在做戲，只要可以做，總得做下去！」

寶娥的神情看來竟像是真的難過，她緩緩搖著頭：「只有一種人，是不會做戲，也不必做戲！」

羅開由衷他說：「是，這種人是死人！」

他頓了一頓：「我們之中，誰將要從人生舞台上退出去呢？」

寶娥笑得極燦爛：「我不想，你呢？」

她在這樣說的時候，按在羅開肩上的手，稍為用力按了一下。

羅開的臉色沒有變，身子也沒有任何震動，這一點，他是控制得住的，可是，他卻無法控制得住自己的眼角。

在他眼角的肌肉，由於剎那間極度的驚恐，而不由自主地在抖動著。

別以為像羅開這樣的人不會驚恐，只要是人，都會驚恐的。驚恐是人的情緒之一，任何人無可避免。

有一些特別勇敢的人，比較不那麼容易驚恐，是由於他未曾真正遇到值得他驚恐的情形；而這時，羅開卻遇到了使他感到驚恐的情形！

一年多前，那個組織越來越使他感到自己的渺小，簡直無法和它鬥爭下去，好幾次，他都想放棄了；要不是他生來性格特別堅忍，也許早已放棄了。

而如今，他就面對著組織！

而寶娥的手，按在他的肩上，那麼美麗的手！但羅開毫不懷疑，她那美麗的手可以在十分之一秒內，殺死任何人！

眼角的跳動雖然輕微，但是並不能逃過寶娥銳利的眼光。她嬌笑了起來：「感到害怕了？」

羅開嘆了一聲，答非所問：「我常埋怨自己，太聰明了！要是一直只把妳當女人，那有多好！」

寶娥怔了一怔，眼神之中有點傷感，但是那種傷感之情一閃即逝；隨即，她以一種聽來冰冷的聲音道：「你還可以有一條路走！」

羅開的神情苦澀之極：「把我當作活機械人？」

寶娥笑得十分開心：「是，我相信，你一定會是最好的活機械人！」

羅開的思緒十分紊亂，他在剎那之間想了幾十種方法。那幾十種方法，都可以使他對付任何人，但是，他卻沒有把握對付寶娥！

他在考慮了半分鐘之後，才道：「看來做活機械人，也不見得有什麼痛苦，可是我要求一點！」

寶娥發出了「唔」地一聲，代替詢問。

羅開道：「我要求保留某方面的感覺，是使我自己的腦神經中樞真正感到快樂！」

寶娥笑道：「這個要求多特別！」

羅開嘆了一聲：「如果世上不是有像妳這樣的美女，我可以連這一點要求都不要！」

寶娥又笑著說：「這算是恭維嗎？」

她忽然神態冰冷：「和你說太多，是很危險的！」

寶娥說著，按在羅開肩頭上的手縮了一下，羅開只覺得肩頭上傳來一下輕微的刺痛。

廿三　把「亞洲之鷹」變成機械鷹

羅開陡然一揚眉，寶娥身子向後退了一步，羅開一翻手，就抓住了她的手腕。以羅開在技擊上的造詣來說，他既然抓住了對方的手腕，就算對方是一個三百磅的大漢，他都可以輕而易舉地將之直摔出去！

羅開在感到了肩頭的刺痛之後，已準備做臨死之前的最後一擊了！可是，當他想扭轉寶娥的手腕之際，卻發現自己一點氣力也使不出來，不但無法把寶娥摔倒，連自己都站立不穩。

寶娥微笑著，過來，扶住了他，在他的臉頰上輕輕拍了兩下，柔聲道：「我不想加重麻醉藥的份量，不想你變成告托夫教授第二！」

羅開感到了一陣寒意，除了在臉上泛起一個苦澀的微笑之外，他實在不能再有任何的反應。

他由寶娥扶著，進了那輛奶白色的車子；寶娥也上了車，立時發動了車子，穿過林子，向前駛去。

羅開一直抿著嘴不出聲，寶娥看來也在沉思。

好幾分鐘之後，寶娥才道：「真遺憾，我不知道告托夫的腦部，在經過放射線破壞之後，還是可以接受催眠，而記得一些過去的事情的！要不然，我不會讓你去見他，我們之間的關係也不會改變！」

羅開又苦笑了一下：「曾經和妳這樣的女人在一起，除非整個大腦死亡，不然總不容易忘記的！」

寶娥不由自主咬了一下下唇，膩聲問：「我還是不明白，我在什麼地方引起了你的懷疑！」

羅開老實地道：「最初開始時只有一點，但現在想起來，越來越多了！」

他說著，把他的手輕輕放在寶娥柔潤的腿上。

他這時全身乏力，像是喝了過度的酒一樣；即使是這樣簡單的一個動作，他也要集中精神去做，而且動作緩慢得就像是電影中的慢動作鏡頭一樣。但是他的腦部，卻又極清醒。

寶娥穿著重新又流行起來的短裙，她的膚色是這樣白膩豐腴，即使是手心輕輕按上去，也可以產生一種異樣的快感。羅開心中不禁也暗嘆了一聲：如果真的早知道寶娥就是組織，那自己可能早已放棄追查了。

寶娥垂下眼皮，長長的睫毛閃動著，向放在自己玉腿上的手看了一眼，並沒有任何行動，又抬起眼來：「那就從第一點說起！」

羅開順從地道：「好，第一點，其實是兩點：第一，是告托夫雖然好色，普通的女人，他也不會肯付那麼高的代價。第二，寶貝，妳的手！妳那次替我洗牙的時候，忘了掩飾妳那雙美麗的手！」

寶娥的氣息有點急促：「從雪地小屋和你見面起，我一直沒有掩飾自己的手！」這時，寶娥那雙美麗的手按在駕駛盤上，正輕輕地轉動駕駛盤。

羅開盯著那雙手喃喃地道：「是的，但那不能怪我粗心，因為妳身上值得注意的地方太多了！」

寶娥的聲音聽來極醉人：「在澳洲小屋裏，你……甚至把我的手移過來，按在我的臀上，那時你……」

羅開又嘆了一聲：「那時，妳眩目的胴體就在我的眼前，而且我全身的每一個細胞都在享受妳身體給我的快樂，我……我……」

車子陡然震動了一下，當然，車子的震動，是由於寶娥突然的震動而引起的。她立時恢復了鎮定：「說真的，你是一個十分精采的男人——」她在講了這一句之後，頓了一頓：「是我遇到過的男人中最精采的。」

羅開做了一個自嘲的表情：「想到了洗牙齒的那件事之後，其他的就更容易明白了。唉，其實我還是太笨了，早就該知道妳就是組織的首腦，不然，妳怎麼知道我的行蹤，會在那雪地小屋中等我！可是，我卻相信了妳電腦作業出了差錯的解釋！」

寶娥媚笑著：「解釋是合情合理的，是不是？」

羅開苦笑：「絕不合情理，億分之一的可能性，哼！」

寶娥問：「只有你會相信？」

羅開搖頭：「不，只要是男人都會相信。因為解釋雖然不合情理，但是卻從那麼誘人的口中吐出來！」

寶娥沉默了半晌，車子又轉上了公路。

羅開一面和寶娥敷衍著，在言語之中，漸漸把寶娥引向女性的不可避免的弱點方面去，希望那樣，可以替他自己製造一個有利的機會。一方面，他的思緒紊亂之極。

他首先想到，寶娥不知道要把他弄到什麼地方去？他也想到，當自己變成了活的機械人之後，不知道是什麼樣的情形，這實在是令人不寒而慄的。

人還活著，但自己已不再是自己的主宰，所有的活動，都要聽一種信號來指揮！

寶娥的神情有點自負：「我也是你遇到過的女人中最精采的？」

羅開乾笑了幾聲：「我不是女人專家，在我的生命之中，女人也不是很多，妳應該把這個問題，去問一個叫『浪子高達』的人！」

羅開在提到「浪子高達」的時候，斜眼注意著寶娥的神情。因為他認為，浪子高達，這個生活之中充滿了傳奇冒險加美女的人，也可能在組織之中！

但寶娥的神情有點失望：「是，我聽說過這個人。但這個人像是在空氣中消失了。自從兩年前，他在冰島上露過一面之後，就此不知所蹤！」

羅開「嗯」地一聲：「那妳就只好聽我的意見了，寶娥，妳無端殺了『花靈』，為什麼？因為嫉妒？」

寶娥的臉色在剎那之間變得十分難看。

羅開繼續說：「派她來給我的也是妳，妳在雪地小屋中等我，是為了考驗一下自己？真對不起，妳比不上她！」

車子發出了一下極難聽的剎車聲，陡然停了下來。寶娥盯著羅開，眼中像是要冒出火來。

羅開搖著頭，重複了一句：「妳比不上她！」

寶娥仍然盯著羅開。

羅開再道：「妳也比不上黛娜，她或許沒有妳美麗，也沒有妳媚蕩，可是她們比妳清新。寶娥，她們像是早晨的露珠，那麼晶瑩清新。妳卻不是，妳是——」

羅開這句話未能講完，寶娥已經揚起手來。

羅開只聽得「啪」地一聲響，左頰上一陣發熱，口角也有鮮血流了出來。

寶娥在摑了羅開一掌之後，重又踏下油門，車子的速度提高，羅開閉上了眼睛。

他真的恨自己這時一點氣力也使不出來，不然，他在這樣的高速之中可以扭轉劣勢，在高速行車中如何避免自己受傷，而令對方處於劣勢，那是羅開的拿手好戲之一。可惜這時，他一點氣力也沒有，只好眼睜睜地看著寶娥加快速度，來發洩她心中的怒意。

羅開心中也不禁佩服她，因為前後不到兩分鐘，車速已恢復了正常，怒意也自她的臉上消失。

她又恢復了甜媚的笑容：「你的意見，我只當沒有聽到。在經過手術之後，你也不會再有自己的意見！」

羅開要竭力忍著，才能使自己不打寒顫。

他當然知道寶娥這樣說是什麼意思！

他在經過手術之後，就是一個活機械人；活機械人自己是沒有思想的，「思想」是來自外界的信號！

寶娥陡然尖聲笑了起來。

在她的笑聲之中，充滿了一種報仇的快感：「『亞洲之鷹』，你可知道你就要變成一頭活的機械鷹了？和阿拉伯人豢養的獵鷹一樣，只聽主人的命令！」

羅開這次雖然竭力壓制著，但是，還是忍不住打了一個寒顫。

寶娥的聲音陡然又變得十分低沉。

這個女人真有在剎那之間千變萬化的本領，她道：「我還是叫你完全昏過去的好！」

她一面說著，一面把她的手，輕輕放到羅開的手背之上——羅開的手，是一直在她的大腿上的。

羅開向她的手看去，看到了自己何以會變得全身乏力的原因：他看到在寶娥的食指尖之中，有一枚尖針凸了出來，在他的手背上刺了一下。

那枚針露出不到五厘米，閃耀著一種異樣的光輝。

在一個人的手指之中，忽然可以伸出一枚尖刺來，這實在是匪夷所思的事，這會使人以為自己是在產生幻覺。

儘管羅開早已知道寶娥的手指中，有著特別的裝置，但是，也想不到會有這種情形發生！

只不過，羅開已經沒有什麼機會再想下去，他的手背上傳來了一下刺痛之後，不到一秒鐘，他整個人已經跌進了一個黑暗的深淵之中，什麼也不知道了。

人的命運，實在是十分奇妙的，一件在當時發生的小事，看來全然是無關緊要的，但是往往可以影響一個人的一生。

寶娥在把羅開麻醉過去之前，先說明了再行動，和一聲不出，就用自手指中伸出來的尖刺去刺羅開的手背，看來並沒有什麼不同；但是在實際上，卻有極大的差別。

差別在於她先提醒了羅開。

先提醒了羅開，有什麼分別呢？羅開還不是一樣昏了過去？

差別還是有的。羅開是在世界上最神秘的地區長大的，在那地方，有許多事、許多行為，尤其是對人體機能的特殊認識方面，絕不是現代科學所能解釋的，羅開精擅高級催眠術，就是這種異能之一。

而所用的麻醉藥，不論它藥性的強弱和來源，最終的目的，是要使人的腦部活動暫時停止。

腦部活動，是人體器官活動之中最複雜的一環，一個人要控制自己腦部，聽來是不可思議的；但那正是羅開自小就接受的訓練之一。

從寶娥發出的警告到她行動，其間大約是兩秒到三秒之間，極短的時間；但那已足夠使羅開知道會發生什麼事情了。

廿四　一只活的鐘

羅開知道寶娥要令他昏過去，要昏過去的意思，是要令他的腦部停止活動，羅開就利用了那麼短的時間，先行控制了自己腦部的活動，令得他自己腦部某一小部分，活動在陡然之間加強了許多倍！

這種情形，要舉例來說。

就等於一個人，把所有的氣力集中在一隻手指上，使這隻手指變得特別有力。

當然，任何人都可以通過控制隨意肌而達到這一目的。

要控制不隨意肌，譬如說，要令自己的心臟停止跳動片刻，那就難得多。世上能通過嚴格的訓練（瑜珈術中就有這樣的訓練）而使自己的心臟停止跳動的人，大約不超過三十個。

而要控制自己腦部的活動，自然更加困難；連羅開在內，世上只有七個人可以做到這一點。

羅開在那樣做的時候，也知道未必有用。

如果是接受普通麻醉藥的麻醉，那麼，這一部分雖然加強了活動的部份，可以仍然保留活動力，由於腦部的構造是如此複雜奇妙，那便是羅開自己，也不知道保留下來的會是哪一部分的活動能力——或許是可以聽到聲音，或許是可以有痛的感覺，或許是左手小指可以活動，又或許是味覺得以保留。

羅開全然不知道會有什麼後果，但是他還是必須這樣做。因為保留一部份腦部的活動力，總比完全喪失了腦部活動力好一些。

可是寶娥所用的麻醉藥，卻不是普通的麻醉藥，雖然羅開已努力使自己腦子的一部分活動加強，但還是昏迷了過去。

但是，羅開的準備也不是全然沒有用的，當他的身子還一動不能動，甚至連眼皮也抬不開來之際——那是在他昏迷之後不知多久的事了，那一部份在昏迷之前，被他用意志力控制著，加強了活動的大腦，就首先擺脫了麻醉藥的藥力，開始活動了。

羅開只是聽到了聲音。他全然不知道自己在什麼地方，不知昏迷了多久，甚至連前因後果，也無法弄得明白；他只是聽到了聲音。

而他聽到的聲音，他也不知道發自何處，甚至於在才聽到聲音之際，他也沒有能力去辨別那是什麼聲音。

他聽到的聲音是有規律的，那是一種相當熟悉的聲音，但羅開還是要好久，才明白那是什麼聲音。

那聲音持續著：滴答、滴答、滴答！

那是一只鐘在行走時所發出的聲音！

羅開的腦部恢復活動的只是一小部分，那一小部分使他可以聽到聲音，但是卻無法把這種聲音作聯想，他只是聽著不斷傳來的「滴答」聲，在潛意識中知道那是鐘聲；有一只鐘在他的身邊，除此之外，他就什麼也不知道了。

不過，他可以明白的是，這是一個相當好的現象。他的腦部開始活動了！

這種活動，一定是出乎敵人的意料之外的。雖然只是不停的「滴答」聲，聽來一點意義也沒有，但那總是好的。

在聲音的刺激下，羅開在極度迷糊的情形下，開始努力集中自己的思想。

他先是努力想動一下自己的手指，可是不論他如何努力，卻無法做到這一點。

他的手指，或者說他身體的任何部分，都完全空洞得像是不存在一樣！

他放棄了動手指的願望，這樣努力集中精神，對他來說也不是全然沒有用的，那使他腦部恢復活動的部分漸漸擴大，「滴答」聲聽來也更清晰，而且，漸漸有了對「滴答」聲的聯想：鐘，那是一只鐘發出來的聲響。

到了這時候，羅開的思想能力也漸漸恢復了。

為什麼會聽到鐘聲呢？這真是不可思議的事情。他又開始盡一切力量，想看清楚身在何處，以及四周圍的環境。

這本來是很容易做得到的事，只要睜開眼來就行了，可是偏偏他完全無法抬起眼皮來。

他不斷告訴自己：只要使眼睛睜開一道縫就可以了，但是，就是沒有法子做得到；那種有規律的「滴答」聲，一直在響著。

羅開又準備放棄了，但就在這時候，他聽到了另外一種聲音。

那種新的聲音的刺激，令得他腦子的活動陡然加強，清醒了不少。

他聽到的是一個人的講話聲：「這個人，是能找到的最好的！」

羅開一時之間，還是不明白這句話是什麼意思；在這句話之後，又是「滴答」聲，接著，又是講話聲：「這個人成了活機械人之後，會是我們最有用的工具。」然後，又是一陣「滴答」聲。

這種情形，給羅開的聯想是「滴答」聲和人的講話聲，像是在對話！

這實在是一種十分滑稽的聯想：人的語言怎麼能和鐘的「滴答」聲對話呢？那真是全然不可思議的事！

接下的又是人聲：「有了我，有了他，我們的目的就可以完成，可以令得地球上再無安寧的日子，使得地球上的人忙於互相殘殺、鬥爭，而沒有閒暇去發展他們的文明！」

羅開的清醒程度在迅速增加，這幾句話，使他有了一種恐懼之感。

接下來的，又是一陣「滴答」聲。

羅開對於自己的身體還能活動這一點已經絕望了，他甚至懷疑自己的身體是不是還存在；可是就在那時，他陡然之間，感到了光線的存在！

他並沒有睜開眼來，可是人並不一定要睜開眼來才能看到東西的，不信，閉著眼，面對強光試試，任何人都可以感到強光的存在。

那種感覺，令得羅開感到了一陣異樣的興奮。

興奮的感覺，像是巨浪一樣沖擊著他的腦部，使他腦部活動的範圍迅速擴大，他居然可以把雙眼睜開一道縫來了！

可是，羅開才將雙眼睜開了一道縫，立時又閉上，而且立時想到：幻覺！幻覺！看到的一定不是真實的現象，那一定是幻覺！

在他雙眼睜開一道縫來的時候，他的確看到了東西，雖然十分模糊，但還是看到了東西。

而令他陡然之間，直接地想到他所看到的東西是幻像，是由於他看到的東西，實在太怪異了！

他看到的是一只鐘。

一只鐘，那實在是再普通不過的東西，除非是未曾開化的土人，不然，每一個人，每一天，不知道有多少次看到鐘的機會，誰也不會因為看到一只鐘，而認為自己是看到了幻像。

鐘有很多種不同的形式，有各種各樣不同的設計，羅開這時所看到的鐘，是用數字來表示時間的那種。

那種鐘比較新，可是也沒有什麼特別會令人震驚的地方。而羅開之所以會以為自己看到的是幻像，是因為他看出去，鐘，是活的！

鐘是活的！

這是一種直覺，在語法上看起來，含義十分模糊，什麼叫鐘是活的呢？

羅開看出去，鐘在動，所有的鐘，只要在走動，總有一部分是在動的；但羅開所看到的，卻不是普通的動作，他看到的，是一個活的鐘，有數字在跳動。

他可以肯定，數字是顯示著年、月、日、時、分、秒。

鐘的形狀，十分難以形容——對了，令得他有了「鐘是活的」這種感覺的原因，就是由於鐘的形狀，那是不規則的，在不斷變換著的一種形狀，就像是在高倍數的電子顯微鏡之下，觀看變形蟲一樣！

這樣的形容，比較確切了一些，他所看到的，是一只巨大的「變形蟲」——那給人以極度的「活」的感覺，而在那活的東西上，有著閃耀的數字，一只活的鐘！

當羅開陡然閉上眼睛之際，他腦部的活動功能，至少已恢復了三分之一，所以他能想：活的鐘，這是什麼？

當他又閉上眼的時候，他還是聽到那種「滴答」的聲響。

他立時又想到，只有老式的鐘，才會發出這種聲響來；用數字來顯示時間的鐘，是不會有這樣聲響發出來的，可是那鐘聲卻又那麼清晰。

他在想了片刻之後，覺得完全可以控制自己的眼皮了，他又小心地把眼張開一道縫，首先看到的是寶娥。

一看到了寶娥，他又聯想到了許多事，腦部活動功能恢復得更多。

而接下來他所看到的情形，卻令得他在不由自主之間，張大了口！那是由於他心中實在太驚訝的原故。

他又看到了那只「活的鐘」！

那鐘竟是懸浮在半空中的，不斷在動著，變形的身體有時可以伸出相當長的突出部份來，就像是章魚的觸鬚一樣。

而在這種變形的「身體」上，數字仍然在跳動著，一秒一秒地跳著！

這只鐘，非但「身形」在變形，發出聲響，懸浮在半空中，而且還在飄來飄去，像一個鬼一樣；那種現象真是奇特無比。

羅開這時，已經可以肯定自己看到的不是幻像，而是一只像鬼一樣的鐘，這真是全然無從想像的事！

羅開盯著那只鐘看著，看到寶娥一直面對著那只在半空中飄浮不定的鐘，在說著：

「不過，我要求一點，這個人在經過了手術之後，我要求他歸我指揮！」

當寶娥這樣說的時候，她伸出了一只手指來，那是她右手的食指。

羅開知道她右手食指經過了手術，有著極精微的發射信號的裝置；他也記起了許多事，知道這一節食指的功能，還不止發射信號，至少還可以有一枚尖針陡然伸出來，而針上是有著極強烈的麻醉劑的！

這時，她揚起手指來的意思，當然是要她有權來指揮羅開——用她手指中發出來的信號指揮！

羅開不由自主感到了一股寒意。

他並不是因為自己要變成由寶娥指揮的活機械人而害怕，他這時害怕的是，寶娥對那只「鐘」在講話，那只「鐘」看來又是活的；那麼，這「鐘」是什麼？

是一個生物？還是一種特異的機械裝置？

這種怪異的情形，簡直已超乎想像之外了！實在無法不令人感到寒慄！

「鐘」的數字依然閃耀著，寶娥的神情很滿意，像是她已得到了什麼答覆。

廿五 全部由鐘在控制

然後，羅開看到寶娥轉過身來，她那雙美麗的眼睛，射出一種近乎冷酷的眼光，向羅開望來。

羅開的雙眼只張開了一道縫，看起來，他完全還是和昏迷不醒一樣。

他看到寶娥揮了一下手，他的身子開始移動。

直到這時，他才發覺自己是平躺在一張可以移動的架子上，像是醫院中常用的那種活動床一樣。

也是到這時，他看到他身在一間極大的空間之中，有許多閃亮的燈；那是一個大型電腦的控制室，毫無疑問是！

羅開還立時可以想到，那一定是告托夫教授提到過的那具大型電腦的控制室！

他想起自己曾和寶娥討論過這類先進的電腦，心中不禁苦笑。

寶娥在組織中，究竟扮演什麼角色呢？她是首腦？可是看來又不像。

為了爭取有指揮他的權利，她要向那只「鐘」請示；那只「鐘」，看來才是真正的首腦！

羅開的思緒紊亂之極，當那個支架移動之際，他的雙眼保持著只張開一道縫的狀態，眼球勉力轉動著；他看到的情形，又令得他目瞪口呆！

他看到那只懸浮在空中的「鐘」，正在半空中移動著，移到了一個裝置之前。

羅開可以肯定，那個裝置，是整座大型電腦的控制中心！

在那個裝置中，有一個凹槽，大約有二十公分高，六十公分寬。

那「鐘」到了這凹槽之前，不斷在改變形狀的「身體」部分，先「擠」進凹槽去——那的確給人以擠進去的感覺，因為它的身體比那個凹進去的地方要大得多。

接著，「鐘」身體之中的數字顯示部分，也進了那個凹槽。看起來，那全然是控制台上的一個鐘，再也看不出有任何異樣之處來！

羅開看到了這種情形，幾乎忍不住要張口大叫了起來：那真是太怪異了！這種情形，簡直連究竟是怎麼一回事都說不上來！

他也沒有機會去做進一步的探索，因為支架已迅速離開，進入了一個走廊，寶娥一直跟在他的身邊。

走廊相當長，約莫三十公尺，然後就進入了一扇門。

門內是一間手術室，支架來到了一個有許多機械手臂的中間部分，停了下來。那些機械手臂看來可以進行精密的手術。

羅開看到寶娥轉過身去，在一座控制台前按下了幾個按鈕，有一條機械手臂夾起了一柄鋒利的手術刀，已漸漸向羅開的頭部移了過來。

就在那一剎那間，羅開的活動能力，已全部恢復了，他看到寶娥轉過身，向他走過來，站在他的身邊，冷冷地望著他；也看著那機械手臂夾著的手術刀，正向著他慢慢移近。

羅開選擇了一個最好的時機來發動，他選擇趁那機械手臂略停了一停之際，陡然一個打滾，從支架上滾了下來，而且立即抓住了寶娥，向支架上按去。

也就在那一剎間，機械手臂揮動了一下，那柄鋒利的手術刀，在寶娥的頸際劃開了一道口子。

如果羅開昏迷不醒躺在支架上的話，那麼這一刀，就恰好會劃在他的右耳之上的頭部！

那手術刀是如此之鋒利，一刀劃下去，寶娥的頸際立即噴出了一股鮮血來。

羅開的動作極快，右手迅速按緊了寶娥頸際的傷口，左手拉著她，離開了支架。

當他把寶娥也拖離支架之際，其他的機械手臂也紛紛夾起了手術用具，動了起來。機械手臂是不知道支架上已沒有人的，它們只是照程序移動著，一絲不苟；使羅開看了，想起如果自己在支架上的情形，仍然不寒而慄。

寶娥在掙扎，但掙扎的力道不大。羅開還是緊按著她頸際的傷口，那一刀已經切斷了她的大動脈，所以血還是不斷在湧出來。

寶娥的神色蒼白之極，她望著羅開，用不相信的語調道：「你……不可能醒過來的……你至少要昏迷九十三小時……現在……才四十八小時！」

羅開努力定了定神：「在我身上，有許多不可能的事都是可能的！」

寶娥喘著氣：「快……救我……快……我流血……」

羅開道：「是，妳的大動脈被切斷了！先告訴我，怎麼離開這裏？」

寶娥的眼中現出了哀求的神色來，但是「亞洲之鷹」這時卻真正表現了他性格中和鷹接近的冷酷的一面；他的目光冷峻，表示了他絕不會為任何神情和言詞所打動。

寶娥一和他的這種目光接觸，就嘆了一聲：「每一道門都有密碼。」

羅開沒有再說什麼，只是用更嚴峻的目光盯著她。

寶娥的聲音聽來斷續：「我真傻，那是一定要死的了，為什麼還要告訴你？我……」

她忽然笑了起來。

但這時候，她現出來的笑容簡直是淒楚的，她的聲音也漸漸低了下來：「好吧，只要你記得我，你就記得密碼！」

一時之間，羅開不知道她這樣說是什麼意思，他只是道：「妳不一定會死。妳要盡快回答我的問題，我會帶妳離開！」

寶娥淒然的神情更甚：「它……不會放過我！」

羅開急問：「它是什麼？就是那只鐘？」

寶娥現出極度吃驚的神情來，張大了口。

羅開再問：「那只鐘……它究竟是什麼東西？何以它會主宰妳？整個組織，就是由那只鐘在指揮？」

寶娥的眼光已漸漸開始散亂，她喘著氣，自她頸際流出來的血，染得羅開半身都紅了。

羅開剛想別再問下去，先帶她離開這裏，進行急救再說，寶娥已道：「是的，全是它在指揮，它……是不可拒絕的神，它是時間。我們……人類，沒有一個人逃得過時間的控制，對不對？時間會把一切淹沒！」

這種說法，未免太充滿了哲學的意味了，羅開這時所需要的答案，絕不是這些。

他一面拖著寶娥，向門口走去，一面還在問：「那鐘……究竟是什麼？」

寶娥嘆息著說：「比我們高明進步不知道多少的一種東西……我也不知道是什麼，我是被它選中……作為它的代表的一個地球人……」

聽到了「地球人」這個名詞，羅開震動了一下：「妳的意思，那……只鐘，是來自外星的高級生物？」

寶娥搖頭：「我不知道——」

當她的頭部一轉動之際，頸際的傷口更是血如泉湧。

而突然之間，她雙眼發直，聲調也變了，發出的聲音聽來怪異莫名：「羅開，我有你的全部資料，你願意接替寶娥的位置麼？」

羅開陡然發出了一下怪叫聲，雙手將寶娥直推了開去，同時，順手拉起了那個支架，用力拋向前，砸到了一個控制台上。那控制台立時發出了一下巨響，炸了開來。

羅開衝到了門口，望著門上從零到九的數碼鍵，他連想也沒有想，就迅速地按下了幾個數字——寶娥告訴過他，只要記得她，就知道密碼。

羅開在剛才一聽到的時候不明白，但他只想了幾秒鐘就明白了，那是和寶娥傲人的胴體有關的六個數字。

門向旁移開，外面是走廊，羅開向前急奔過去。

他奔出不到十公尺，身後就傳來了驚天動地的爆炸聲，爆炸的氣浪直湧了過來，令得羅開的身子重重撞在牆上。

那一下撞擊的力量是如此猛烈，令得他又昏了過去。

當他再度醒過來之際，他睜開眼，看到一張美麗的、充滿了關切的臉，那是黛娜！

他立時笑了起來。又看到了好幾個神色緊張的人在周圍，他是在一間佈置精美的房間之中。

還沒有等他開口，黛娜就先道：「鷹，你得好好解釋，你為何會在美國國防部的電腦控制中心內？」

羅開陡然一怔。剎那之間，他想起的是告托夫努力拼起來的那個圖形。

那是一個不規則的五角形！

他的目的是要拼成一個五角形，而美國國防部的五角大廈，是舉世知名的！

他睜大著眼，答不上來。

一個看來是高級官員模樣的人又道：「而且，他爆破了我們的一個儲物室。雖然那儲物室一直是空置著的，他也要解釋！」

羅開揮著手，先走過去，拿起一瓶酒來，大口喝了幾口，然後講述他的遭遇；從他如何進了那個組織講起，一直講到爆炸為止。

所有的人，包括黛娜在內，都現出了訝異莫名的神情來。

其中一個年紀最大的，用十分生氣的語調道：「我們可以接受寶娥的部分，但是你說什麼？我們的電腦，被一只鐘控制著，一只……活的鐘？」

羅開道：「是！」

黛娜在這時，介紹了其他的幾個人；他們都有著將軍的頭銜。

那位年紀最大的將軍冷笑一聲：「走，我們去看看去！」

他們離開了那房間，到了另一處地方。

羅開絕對可以肯定，那就是見到那只「活的鐘」的地方，一個大型電腦的控制室；而且，他立即伸手向控制台上，數字在跳動著的那只鐘。

兩個人走過去，拍著那只鐘，所有的人忽然都一起笑了起來。

三天後，黛娜在那三天中一直陪著羅開，也一直在埋怨他：「你接受了麻醉，所有的一切，全是幻覺！」

羅開並沒有分辯，雖然他也不明白，但是，他知道自己的經歷，並不是幻覺。那只活的鐘，如果是某種高級生物的話，那當然是在遭到了挫折之後，早就離開了，還會留在那裏嗎？

他並不分辯，只是道：「別管它了。我可以肯定的是，不必再去調查那個組織了，它已不再存在，至少，在短時間內，不會再有活動了！」

在黛娜還沒有來得及回答前，他已經深深地吻著她，含糊不清地道：「寶貝，別去找牙醫洗牙！」

〈完〉

妖偶

一　怪廣告的挑戰

報上登著相當大的廣告：「鷹，有一件禮物給你，如果你不敢接受，請通知你最接近的人。」廣告的用詞相當怪，不說「如果你敢接受」，也不說「如果你想接受」，而說「如果你不敢接受」，一看就知道充滿了挑戰的意味。

羅開看到了這個廣告，他只是置之一笑，就順手把報紙翻了過去，盯著一幅半裸美女的相片，看得津津有味。

那廣告是登給他看的，他可以肯定，因為雖然叫「鷹」的人，世上有千千萬萬，但是在那個「鷹」字邊，那個由簡單的線條組成，卻神態如生的那個鷹的圖案，卻是他特有的標誌。

這種事，本來是很能引起羅開的興趣的——他喜歡各種各樣的挑戰。但是這時情形，卻有點不同。他才從美國回來，在美國國防部大廈總電腦室中發生的怪事，一直縈迴在他的腦際。

他和黛娜就那些怪事，做過詳細的討論，可是一直不能肯定那個會活動的鐘，究竟是什麼東西。羅開會將之設想為外星人——一個看來像是一座數字鐘一樣的外星人，雖然太古怪了些，但倒也不是不可能的事。

但是，如果這活的鐘是外星人的話，它如今在什麼地方？是不是仍然躲在世界最大的電腦中心，在操縱著電腦，幹著懷有不可告人目的的勾當？還是它已經銷聲匿跡，離開了地球？還是它在用另一個方式，又在地球上製造動亂和災禍？

羅開對這些問題，都沒有答案，但是他可以肯定的是：這件事，和世界最大型電腦有關，和那鬼魂也似的活的鐘有關的事，絕沒有結束。非但沒有結束，更可能是才開始！

這帶給羅開相當大的困擾，他不但和黛娜商量，而且，向很多有學問的人提起過，希望能得到一點別人的見解，各種各樣的意見，聽來都不甚著邊際，只有一位哲學家的話，雖然不能實際上解決問題，但是聽起來，倒充滿了哲學意味，令得羅開一再回想。

這位哲學大師在聽了羅開的敘述之後，「呵呵」笑著：

「太有意思了！鐘，控制著大型電腦，展開種種的活動。朋友，鐘是時間的代表，要是沒有時間，就根本用不著鐘，對不對？可是時間是什麼呢？有人說，時間是人類文明創出來的一個抽象名詞。不對，朋友！時間是一切的主宰，時間主宰了宇宙間一切的生命，包括星球本身的壽命在內，沒有任何力量可以和時間對抗，時間的力量是如此巨大，它掌握了一切，在時間的主宰下，任何事、物，皆要聽命於它！所以，你看到了一個時間的具體的代表——一具活的鐘，這是一件十分有意思的事。因為事實上，你看到的正是一切的主宰！」

哲學大師的話，有時總會故作一下深奧，但那一番話倒是很容易懂的：沒有任何事物可以逃得過時間的控制，幾萬億年之後，整個太陽系都可能不再存在的！

不過羅開畢竟不是哲學家，他寧願有比較實際一點的假設。

他已經決定，略為休息一下，就和黛娜一起聯手，再進一步去調查這件事。

在這樣的情形下，雖然那廣告有挑戰的意味，自然也引起了他的興趣，他在看完了報紙之後，順手放下報紙，拿起電話來，按了一個號，自動跳號的電話發出輕微的「格格」聲，在還未聽到黛娜的聲音之前，他又想起和黛娜討論過關於那只鐘的情形。

（事實上，羅開幾乎每時每刻都想到那只鐘，這可以說是他有生以來遇到過的怪事之最，令他無法不想，像是一個一直環繞著他，而且不斷在擴展的噩夢一樣！）

羅開的意見不被黛娜接受，兩人之間的對話是：

羅開：「那一只鐘，一定有問題，它可能是一個特殊形態的外星人，也可能是這世界上最大電腦的主宰，或者是電腦本身，不知用了什麼方法，使它有了生命，足以控制一切。」

黛娜：「你想像力太豐富了，我已根據你的提議，請工程人員做過徹底的檢查，那只不過是一只極其精確的石英鐘，是世界上最準確的鐘，如此而已！」

羅開：「難道它和整座電腦沒有聯繫？」

黛娜：「當然有，電腦之中，有關時間的資料部份，全由這只鐘控制，而且，它還控制著電腦主要部份的運行，可以說是整座大電腦的極重要部份，你卻叫我吩咐國防部，叫人把它拆下來。」

羅開：「我仍然堅持，這只鐘，它是活的，以一種我們不知道的方式活著，就像——鬼魂一樣，它是一只『鬼鐘』！」

黛娜：「你胡說八道些什麼呀！」

（雖然黛娜在這樣說的時候，那種嬌嗔發怒的神態，極度迷人，可是羅開居然也無暇欣賞。）

羅開：「妳別忘了，一個龐大的組織，就是由這座電腦來指揮的。」

黛娜：「錯了，只不過是某些人，利用了這座電腦而已。」

討論進行過許多次，但是每次都大同小異，羅開的意見和黛娜的全然不同，而最主要的是，羅開的意見，並沒有多少事實的支持。

不過羅開卻憑他的直覺，深信這件事，一定還只是開始，未曾結束，一切謎團，遲早會有解答的！

當他思緒紊亂地在想著的時候，黛娜的聲音，已經從遙遠的美國傳了過來：「鷹，看到今天的報紙沒有？有人要送禮給你！」

羅開「哦」地一聲：「妳也看到了？」

黛娜的聲音聽來有點激動：「看來，登廣告的人，立心非要你看到這則廣告不可，我已接到報告，紐約、倫敦、柏林、香港……至少有四十個以上大城市的報紙上，都有用當地文字刊出的同樣廣告！」

羅開伸了一個懶腰：「隨它去吧！黛娜，妳什麼時候，再考慮我的提議？」

羅開這時所說的「提議」，是和一切無關的，是他們兩人之間的事。當寶娥死了，組織看來也已停止了活動之後，羅開和黛娜，曾有一個月極愉快的假期，他們兩人揀了黃石公園去紮營，每天在各種各樣的噴泉之旁，在青天白雲之下，在松濤泛泉之間，享受著寧靜甜膩的生活。那種毫無目的，只求身心舒暢的生活，很使羅開領悟到了一些人生真諦。

也就在那一個月中，羅開不住向黛娜提議：「把妳的情報工作拋開，我們找一個任何人找不到的地方，就這樣過一輩子算了！」

第一次他這樣提議的時候，他們是相擁著，躺在柔軟鮮嫩的草地上，在月色下草地上，紫色的、黃色的、白色的小花，環繞在黛娜潔白瑩滑如玉的肌膚旁邊，使她看來就像是神話中的美女一樣。羅開順手摘下了一朵小花，放在她飽滿高聳的雙乳之間，經過剛才的忘我顛狂，她的雙乳之間，還冒著晶瑩細小的汗珠，就像是清晨草尖上的露珠一樣。

黛娜在聽了羅開的話之後，胸脯起伏著，她睜著眼，望著星星閃耀的天空，長睫毛在輕輕地抖動，那表示她真是十分認真地在考慮著羅開的提議。

羅開在這時候，把臉貼向她的胸脯，隔著柔軟豐滿而有彈性的乳房，聽著她的心跳。

過了好久，黛娜才長嘆了一聲：「鷹，你知道那是不可能的。就算我能退出，你也脫離不了你的生活，我們……如果我們是普通人就好了，可惜我們不是！」

羅開輕輕地在她的乳尖上咬了一下，那令得黛娜的身子，陡然縮了一縮，發出了一下嬌吟聲：「我以為你的提議是不認真的！」

「當然是認真的！」羅開立時回答，然而他的聲音聽來模糊不清，黛娜的身子在不由自主顫抖著。

羅開又道：「讓我們變回普通人！」

黛娜緊緊擁住了他：「不可能，蝴蝶不能變回毛蟲，我們……已經定了……」

她沒有再說下去，不是她不想說，而是她不能說了，她只是張大了口，把手指掐進了羅開背部寬厚結實的肌肉之中。

在歡愉之中，日子過得特別快，黛娜的假期過去，他們又分手了，羅開一直在重複他的提議，可是黛娜的回答，每次都和這時在電話中的答覆一樣：「別一直重複沒有意義的話，你明知那是不可能的！」

羅開嘆了一聲：「我想妳，我來看妳！」

黛娜也不禁長嘆了一聲：「你一定注意到，那廣告登得十分巧妙！」

羅開怔了一怔：「巧妙？什麼意思？我——」

他一面說著，一面向被他剛才翻過去的報紙看去，一看之下，他也不禁「唔」了一聲：「是的，很巧妙。」

羅開在才看到廣告的時候，只看到文字，這時，才注意到在文字的背面，翻過報紙來之後，同樣的位置，同樣的大小，是四幅漫畫式的連環圖畫，畫中一個主要的人物，人身鷹首，第一幅是這個人雙手捧著一盒禮物，神情害怕，第二幅是這個人把禮物拋了出去，第三幅是這個人雙手搖著，身子發抖，第四幅是這個人跪在地上叩頭。

這四幅畫，一看便知道是在諷刺羅開不敢接受廣告中所說的禮物！

羅開吸了一口氣，他不會因此而生氣，和看到了廣告文字一樣，他只是一笑置之，這種挑戰伎倆，甚至是十分拙劣的！

黛娜的聲音又傳了過來：「請通知你最接近的人，我懷疑那個人是誰？」

羅開考慮也不曾考慮：「妳！」

黛娜立時追問：「那麼，你是接受，還是不接受？」

二　誰是送禮人？

羅開這一次，考慮了大約一秒鐘：「不接受！」

黛娜笑了起來，她的笑聲聽來極動人，羅開向著電話，發出了兩下親吻的聲音。黛娜道：「如果我是你最接近的人，那麼我該通知誰你拒絕接受他的禮物？」

羅開也笑了起來：「誰知道？世界上每一個人都可能刊登這樣的廣告。」

黛娜傳來了一下不以為然的笑聲：「你有沒有留意到那四幅畫中的禮物？在禮物盒子上，都有一個綢帶紮成的蝴蝶結？」

羅開「唔」地一聲，他早已留意到了。禮物的盒子上，有著綢帶紮成的結，這本來是極其普通的事，但是羅開也留意到了，因為那四個結不一樣，四幅畫中，四個禮物盒子是一樣的，就是上面的結不一樣。不過，他當時只是留意到了，沒有進一步去想，這時給黛娜一提，他才又向那四幅畫看了一眼。

就在這時，他陡然一怔，不過他還未曾說什麼，黛娜的聲音已傳了過來：「這四個不同的結的組成線條，看來像是四個不同的字，我對中國漢字不是很懂，想來你一定可以看得出來？」

羅開苦笑了一下，他是忽略了！當他剛才一眼看去之際，他也看出了那是四個字，四個古篆，而且，他一下就可以認出那四個是什麼字來。

那四個字是：「浪子高達」！

他立時道：「不錯，是四個字，浪子高達。」

黛娜在那邊，靜了一會兒，顯然羅開的回答，很出乎她的意料之外，過了一會兒之後，她才問：

「你……認識這個聲名狼籍的浪子？」

羅開笑了一下：「不認識，但相信我們之間，一定互相知道有對方這樣一個人，至於妳加在他身上的評語，我不敢苟同。浪子高達是一個傳奇性的人物，據說，也有著良好的信譽！」

黛娜悶哼了一聲：「要送禮物給你的是他？」

對於這個問題，羅開覺得十分難以回答。浪子高達大名鼎鼎，他亞洲之鷹，也非同凡響，兩個都是在冒險生活中打滾的傳奇人物，只不過浪子高達似乎比他來得入世一點，或者來說，更來得現實一點。作為男人，每一個都欣羨傳說之中，浪子對付女人的態度，但是卻並不是每一個男人都可以做得到的。譬如他，就沒有法子忘懷黛娜，他自己覺得和黛娜之間已經有了愛情，因而不能像浪子高達一樣，把每一個和他有過關係的女人，都當作是一件衣服，隨時可以拋棄！

如果要送禮物給他的是浪子高達，羅開一點也想不出是什麼原因來，他和高達之間，至多只是互相慕名而已，從來沒有任何活動是在一起的，甚至連見也沒有見過——或許曾見過，但至少就算見了，也互相之間，不知道對方的身分。

那麼，高達為什麼要送禮物給他，而且還要採取這種明顯的挑戰的形式呢？至少，那不是充滿了友情和尊敬的做法！

如果不是，那麼，又何以在禮物的綢帶結上，顯示了「浪子高達」四個字？

另一個可能是，有人希望在亞洲之鷹和浪子高達之間起了衝突，所以故意採用了這種挑撥的手法！可是羅開也想不起，就算兩人之間起了衝突，會對什麼人有好處？

在他思索期間，黛娜的聲音已充滿了妒意——雖然她是那麼出色，那麼與眾不同的女人，但只要是女人，就會有妒意。

黛娜冷笑著：「你在想什麼？是不是在想那傢伙會送什麼給你？我看你不必想了，浪子高達的禮物，多半是半打各國出色美女！」

羅開不禁啼笑皆非：「黛娜！我已經拒絕接受禮物了啊！」

「那是你剛才的決定，現在還可以改變主意！」黛娜的聲音冰冷，「或許他有事求你，向你討好？」

羅開嘆了一聲，又打了一個呵欠：「討論這種事情，多麼無聊，妳有假期沒有？妳不能把自己賣給情報工作！我們到非洲去怎麼樣？我知道在坦桑尼亞的雪山腰上，有一家十分幽靜的旅館……」

黛娜不等他說完，就打斷了他的話頭：「我有很重要的事要做——不過，我倒真的想知道，你會收到什麼樣的禮物！」

羅開陡然叫了起來：「黛娜，如果浪子要送禮物給我，為什麼要我告訴妳收還是不收，妳和浪子……」

黛娜聲音之中充滿了憤怒：「你再說下去，那是對我最大的侮辱！」

在聲音之中，聽出黛娜真的生氣了，羅開不禁伸了伸舌頭，不敢再說下去。任何男人，在戀愛中，心情和行動，都會像是初戀的中學生一樣。連亞洲之鷹也不例外，他忙道：「好，如果妳想知道我會收到什麼禮物，妳可以表示，我願意接受。」

黛娜遲疑了一下：「很怪的是，我該去告訴誰？」

「或許，妳也登一個廣告？」羅開提議。

「怪就怪在這裡，」黛娜回答：「為什麼不直接要你自己登廣告，表示接受或拒絕？」

羅開也覺得這一點很難解釋，看來雖然是多此一舉，但是既然對方這樣做，一定是有目的的，只不過一時之間還猜不透而已。

羅開在想了一想之後，道：「如果我拒絕，同類的廣告一定會不斷出現，我不想自己老成為報紙上的怪人物，還是接受了吧——無論是半打美女，或者是半噸烈性炸藥，都不要緊。」

黛娜也思索了一下：「你要小心，我覺得這其中，包含著巨大的陰謀！」

羅開笑了一下，他才不會將什麼陰謀放在心上，兵來將擋，水來土淹，在他的心目中，沒有什麼大不了的事情。他又道：「妳如果不喜歡非洲，我在紐西蘭有一個農莊，那是真正的世外桃源！」

黛娜的聲音突然變得聽來十分冷漠：「我要留在總部，我已經說過了，正有重要的事！」

羅開嘆了一聲，黛娜說有重要的事，那事情一定十分重要，說不定影響到世界大局，當然那是她工作範圍內的秘密，她絕不會告訴他那是什麼事的，所以他只好嘆息。他還想用話打動黛娜：「妳聽著，人的生命是這樣短促，我們都不是很年輕，再不及時——」

他只能講到這裡，傳來「答」的一聲響，那邊電話已掛上了。

羅開只好也按下了停止通話的掣鈕，雙手交叉著，抱住了後頸，心中在想：天下最沒有情趣的女人，大約就是有工作狂熱的那一類了！

但是，羅開又不自禁地想起黛娜的嬌羞和熱情，想起和她在一起的種種，他只好又長嘆了一聲。

對工作有狂熱的女人，也有一個好處，就是工作的效率十分高。

第二天，羅開一取過報紙來，就看到了廣告，那自然是黛娜代他刊登的，只有很簡單的三個大字：「送來吧。」具名是「最接近鷹的人」。

羅開一看到廣告，就不禁發出會心的微笑，他知道，黛娜是給想要送禮的人，出了一個難題。她叫人把禮物送來，可是全世界，連黛娜在內，也不知道亞洲之鷹羅開，這時是在什麼地方！他們之間的電話聯絡，全是羅開打過去的。

世界上已經有很多地方，長途通訊可以直接進行，而不必通過什麼總機接線生了。接到了一個長途電話，如果不是對方說明從何處打來的，那就可能來自世界的任何角落！當然，通過詳細而繁複的調查，可以知道結果，但那是多麼費事失時！

他，羅開，如今是在馬來亞半島的金馬倫高原的一所精緻的別墅之中，在陽台上，可以看到連綿的高山和蒼鬱的森林，氣候怡人，環境幽靜，世上誰會知道——

羅開剛在得意洋洋地想著，但是陡然間，他卻怔住了！在那一剎間，他想起了過去一年多來，不論他怎麼躲避，都可以知道他所在的組織！

在美國國防部電腦室的那間神秘房間中發生爆炸之後，那個組織好像已不存在了，他也用特殊的方法，把他的牙齒重新清洗過，可以肯定在他的身上，沒有任何會發信號的裝置！

可是，過去一年多來，那種無論如何躲避，結果都不免被組織找出來的經驗，真是十分可怖的，連羅開回想起來，也有點不寒而慄！

如今，這個送禮的廣告是什麼意思呢？是不是「組織」又恢復活動了，想展示一下它的威力，讓自己知道，自己仍然是在「組織」的控制之下？

一想到了這一點，羅開再也笑不出來了。非但笑不出來，而且還有點坐立不安，尤其，當他想和黛娜聯絡，但是得到的答覆卻是一個呆板的聲音：「對不起，黛娜中校正在執行重要任務，無法和她取得任何聯絡！」

羅開甚至有點神經質，怕突然有人把禮物送上門來。這是難怪他的，「組織」曾以如此可怕的陰影籠罩過他，而且他也知道，那只活的鐘還是一個未可解的謎團，要是他根本沒有擺脫組織的陰影，那也不是什麼值得奇怪的事！他一直擔心著，直到第二天，專職送報的人來時，他還嚇了一跳，以為他在那裡，已經被人知道了。直到他打開了報紙，才吁了一口氣。報上出現了第一幅廣告：「很高興你有膽量接受，由於無法送達，敬請大駕到下址，收取禮物。」

下面是一個地址，看了那個地址，羅開又不禁一怔，感到了極度的不自在。

三　一個金髮碧眼的「少婦」

一個地址，本來是絕不應該引起不自在的感覺的。就算這個地址是在埃及大金字塔的底層，也不會引起亞洲之鷹的不自在感覺。

這時，說羅開有點不自在的感覺，實在是一種十分客氣的形容詞，實際上，羅開感到了有一股寒意。

那地址，實實在在，是一個普通的地址，但是對羅開來說，卻有著特殊的意義：地址是在澳洲，就是他和寶娥見面的那幢小房子！

在那幢小房子中，他和寶娥第一次正面相對，在快樂之中，有花靈的屍體被送來，那時候，他全然不知道寶娥的真正身分。就是那幢小房子！現在，送禮者把禮物放在那裡，等他去拿。

這是什麼意思？羅開早就想到，寶娥不是「組織」真正首腦，真正的首腦……說起來有點滑稽，羅開認為是那只活的鐘！

寶娥當然已經死了，為什麼那幢小房子又被提出來？「組織」陰魂不散的可能性實在太大了！

看到廣告時才吁了一口氣的羅開，有連心都在抽搐的感覺！

但是，他亞洲之鷹的外號，畢竟不是白得來的，那種感覺只維持了極短的時間，他就抬起了頭，挺起了胸，心中在叫著：「就算是組織陰魂不散，該來的就來吧！」和組織鬥爭的第一個回合，經歷雖然可怕，但結果，還是自己勝過了組織，那又何必怕第二個回合的鬥爭呢？

一當有了決心，要開始行動，羅開就會全身都充滿了活力，別看他這時，仍然懶洋洋地半躺在籐椅上，他可以隨時行動，就如同在半空中盤旋翱翔的鷹，看來是那麼閒適，但是卻隨時可以高速下擊一樣。

他先在想：自己應該是親自去，還是派一個人去？

這是一個十分重要的問題，對方可能估計自己會派一個人去，因為莫名其妙，去接受一份不知道什麼東西的禮物，又是在這樣的一個地址，那是一件極其危險的事，不會有什麼人願意去冒這樣的險。

如果對方的目的是要對付他，那麼，當然會跟蹤他派出去的人，以達到目的。

在這樣的情形下，虛則實之，實則虛之，還是自己去，比較容易佔上風，當然，親自去，不是用本來面目去，而是以被派去的人的身分去。也就是說，出現在那個地址中，去收取禮物的人，看起來是他派去的，實際上是他本人。當然，那要經過精心的化妝，先要假定對方十分厲害，化妝必須天衣無縫。

羅開想到這裡，突然「哈哈」大笑起來，因為他想到了一個十分有趣的化妝念頭。

接著，羅開就思索整件事，和浪子高達這個人，是不是有關連。

這時，他倒寧願事情和浪子有關，那比「組織」陰魂不散好多了！

不過這個問題是無法設想的，必須在到了那個小房子之後，才會有答案，那時，必須隨機應變，羅開對自己這方面的能力，倒也絕不妄自菲薄。

他伸了一個懶腰，把雙臂儘量伸直，令得臂骨發出了一陣格格的聲響來——他的手臂在儘量伸直的時候，看起來比他手臂應該的長度，要長出三公分，這是他勤習的一種西藏密宗秘傳的武術，這種武術，是由氣功作為基礎，經過苦練而成的。

東方的武術，一向被披上一層極其神秘的色彩，但是如今，氣功甚至已被廣泛地應用在醫學治療方面，神秘的色彩漸漸淡薄，實用的價值得到了承認，但是雖然如此，要在東方武術方面有成就，這是極度艱難的事，不但要忍受鍛鍊時無比嚴酷的考驗，而且也要求有天生的練武體能。

羅開在伸了一個懶腰之後，一挺腰，整個人已從籐椅上彈了起來，然後，他就駕車離開了金馬倫高原。他先到了檳城，經了一天，從那裡上機，飛到香港，又經了一天。在報紙上，他看到那廣告還在登著，每天不同：「等了一天，你沒有來。」「等了兩天，你沒有來。」

羅開在第三天，就已經到了澳州，當地的報紙上還是有廣告：「等了三天，你沒有來。」

羅開根本不理會廣告，他人在澳洲的東岸，那裡有世界上最美麗的珊瑚礁。他在一艘遊艇上住宿，遊艇就停泊在大堡礁的附近，那一帶，是潛水愛好者、海洋生物研究者的天堂，大大小小的船隻極多，誰也不會去注意一艘普通的遊艇。

羅開的日子看來十分悠閒，白天晒太陽，太陽晒夠了，就配備著潛水設備下海去，沉醉在色彩繽紛，迷離奇幻的海底世界中。

他在等著，等著要和黛娜取得了聯絡之後，才開始行動。可是他用盡了方法，所得到的回答，只是「黛娜中校在執行任務中，無法用任何途徑和她取得聯絡，也不知何時才能與她聯絡。」

羅開只好苦笑，因為他知道，黛娜的工作範圍十分廣，「執行任務中」，可能只是開開會，也可能是隱瞞了身分，到鐵幕地區去了。

一連等了七天，羅開沒有法子等下去了。那天傍晚，在喧鬧的湯斯凡里市的一個碼頭上，一個金髮碧眼，身材迷人的少婦，穿著只堪掩遮她豐滿身材的衣服，姿態動人地走著，而迎面來的幾個小伙子，看得雙眼有點發直，被他們身邊的女伴，推得急速地走了過去之後，還忍不住回頭看看，發出尖銳的口哨聲。

那少婦像是習慣了別人向她吹口哨一樣，一副若無其事的樣子，繼續向前走著。

半小時後，這個少婦，穿上了比較正式的衣服，登上了飛往雪梨的飛機，當她上機的時候，幾乎所有男女乘客的目光，都集中在她的身上。

她坐了下來，心中感到十分滿意：現在的化妝術，加上高度的適應技巧，完全可以使人脫胎換骨，可以使他——亞洲之鷹，看起來是一個迷人的金髮少婦！

這是他過去七天來，用盡了他在化妝方面的知識，逐步逐步達成的結果。首先，他用一種防水的改換膚色的膠液，塗勻全身，那種膠質物體，在塗上了超過五層之後，就可以把原來的膚色掩去，而改變為任何顏色，如果他想扮金星人的話，他就可以使自己變成全身是亮綠色的。而且還有一個極大的好處，這種膠液，能夠掩住男性濃密的毛髮，這時，羅開露在短裙外的半截大腿和整個小腿，就滑膩得使看到的男人，要竭力壓抑著，才能壓下伸手去摸上一下的衝動。

比較起來，改變頭髮的顏色和眼珠的顏色，就容易多了，那是易容術的高級課程。困難的是要令得聲音變成尖利，那得利用一種產自西非洲的草藥，一連七天，不斷服食，使得聲音暫時收縮，變窄，於是，粗嘎的男聲，聽起來就會是嬌媚的女聲了。

富有彈性的，和改變了之後的膚色完全相配合的假胸和假臀也是簡單的事，最困難的，就是那一塊該死的，當年亞當一吃驚，未能吞下去的蘋果——男人的喉結。羅開一方面利用了軟膠，使自己喉結附近的頸部，看起來比較粗一點，再加上利用陰影來掩飾，然後，再俏麗地加上一條色彩艷麗的小絲巾，不但增加嫵媚，而且也使得本來已沒有什麼破綻的化妝，又得到一重掩護。

然後，他不斷地練習女性動作，直到他自己看來，也發現不到破綻為止。

羅開在一生之中，不知道曾經過多少次易容，多得連他自己對自己本來的面目，幾乎都有點陌生的程度，但是把自己的外型做這樣徹底的改變，卻還是第一次，這也就是為什麼當他一想到這個念頭時便忍不住哈哈大笑的原因。

不過，羅開立時發覺，自己這樣的化妝，有一個很大的缺點：他幾乎沒有法子安靜地休息，不斷有人藉故來向他兜搭，一個頭髮已禿了九成，滿面油光的中年男人，甚至在兩小時之內，向他問了七次時間，氣得羅開幾乎想當面給他一拳，或者把他殘餘的頭髮全部拉了下來，可是他卻還不得不裝出女性應有的溫柔笑容來！

下機之後，他一刻也沒有停留，駕著一輛租來的車子，直向那小屋子駛去。

到快接近那小屋時，已經是凌晨時分了，羅開想起自己上次來這裡的情形，多少有點傷感。

這幢房子，曾經是寶娥住過的，而且，曾經過寶娥悉心的佈置，寶娥是「組織」中的重要人物，如果不是羅開認定了「組織」實際上還有幕後神秘力量的話，寶娥簡直就是組織的首腦。而今，又重臨這幢房子，來的原因又這麼詭異，這實在不是很令人感到愉快的事。羅開在車子慢下來之際，幾乎想踏下油門，盡快地離開這裡，再也不理會那廣告的事！

但是，他終於深深吸了一口氣，令車子在房子前面，停了下來。

他下了車，來到了房子前，黑漆漆地，一點燈光也沒有，他伸手在鈴上按了一下，就看到門縫下有燈光透出來，接著，門就打開來。門內的佈置，和他上次來的時候，一模一樣，可是他卻沒有看到開門的人。自然，他立即明白門是自動的，或者是遙遠控制的，但是他還是裝出訝異的神情來，問：「請問有人嗎？」

一個相當動聽的男人聲音傳了出來：「請進，請進，妳是——」

羅開一時之間，辨不清聲音是由什麼地方傳來的，他仍然維持著訝異的神情：「一個叫鷹的人派我來的，說是這裡有一份神秘禮物給他！」

四　感到有一個關係重大的謎團

他一面說著，一面神情疑惑地，向屋內走了進去。他自信這時的演技是一流的，任何人都不可能知道他原來的面目。唯一的缺點是當他進了屋子之後，他不由自主，向通向樓上的梯級，望了一眼。就在那鋪著柔軟的栗鼠皮的梯級上，寶娥晶瑩如玉的胴體，曾給他帶來過那麼瘋狂的歡樂。

他進來之後，那男人的聲音又傳了出來：「原來是鷹派來的，等了妳好久了，請坐！」

羅開把視線自樓梯上拉回來，移向咖啡几上的一只盒子，聲音是從那裡傳出來的。當他走向沙發去的時候，突然聽到了一陣嬌笑聲，自樓上傳了下來，接著，自樓梯上，有兩個女郎，腳步輕盈地走了下來。羅開看到了她們，就不禁呆了一呆。

自從他按了門鈴開始，在應他的，一直是男人的聲音，可是忽然之間，下樓來的卻是兩個俏麗得令人怦然心動的女郎！

她們一面笑著，一面幾乎是跳躍著下來的，兩人膚色，一個晶瑩潔白，另一個卻晒成了耀眼的古銅色，當她們用跳躍的步伐下樓來之時，四條修長的玉腿移動著，腿上肌肉的跳動，單在視覺上，已經使人感到彈性和結實。

兩人都穿著短到不能再短的短褲，而且只用了一條絲巾，紮在胸口，算是上衣，羅開並不是色情狂，可是看到了這樣的美女，卻也無法把自己的視線挪開。

那兩個女郎，一下了樓，就向他走了過來，帶著一種看來相當曖昧的笑容，來到了沙發前，竟然不由分說，一邊一個，就緊擁著他，在他的身邊坐了下來。

羅開感到氣溫彷彿陡然之間升高了不少，連喉際也有點發乾，他幾乎要忍不住雙臂伸出去，去摟抱那兩個女郎的細腰了，但是他卻沒有動，他沒有忘記自己這時的裝扮，也是一個女人！

那兩個女郎坐下來之後，羅開聞到了兩股不同的幽香，在鼻端飄盪著，膚色古銅的那個，散發著一種被烈日晒乾了的青草一樣的特有的清香，而膚色瑩白的那個，散發著玫瑰花的香味，使人如同站在一大簇盛開的玫瑰花旁邊一樣，那種香味，羅開並不陌生，是來自一種叫「TEA ROSE」的香水。可是那種清香的乾草味，他卻分辨不出是什麼香水，或許是那女郎身上自然散發的幽香？

羅開在兩個美女緊貼著坐下來之後，不免有點精神恍惚，胡思亂想，但是他立時警惕了起來，一切還在那樣不可測的情形之下，他實在不應該這樣子的！他迅速地轉著頭，打量著身邊的兩個美女，古銅膚色的那個向他發出迷人的微笑，用磁性的聲音先開口：「妳就是他要等的人——」

羅開搖著頭：「我是受僱來的。」

那女郎誘人的口唇，張成了一個圓圈，發出了「哦」地一聲，又笑了笑：「妳能使他對妳有興趣？」

羅開心中一凜，那女郎的這句話，聽來像是大有弦外之音在！縝密的推理思考方法，在剎那之間，可以把許多無關緊要的事，一環一環連接起來，變成一條鍊子。

那女郎話是指他而說的，他這時是一個看來很動人的黑髮美女，能使什麼人感到興趣呢？自然是好色之徒，答案接近了：浪子高達正是好色之徒！

那個送禮人，本來就可能是浪子高達，這樣一來，又得到了一個確切的證明！

羅開剛想說什麼，咖啡几上的那盒子，又傳出了那個男人的聲音：「妳們快把禮物交給這位美麗的小姐帶回去，別胡言亂語。」

那男人的聲音聽來很溫柔，可是卻也相當有男性的權威，那兩個女郎一聽，立時站了起來，互望著，互相作了一個鬼臉，又跳躍著走了開去。

羅開盯著那盒子，心中迅速地在想：那是不是浪子高達的聲音，他躲在哪裡？在樓上？他為什麼不現身，這個神秘程度不在自己之下的人，究竟在鬧什麼鬼？

他一面想著，一面看著那兩個女郎，看到她們走到客廳的一角，兩人合力，搬著一只包裝得很好的箱子，看起來，那箱子十分沉重，兩人要彎著腰，吃力地才能夠搬得動。

如果是在平時，羅開一定趕過去幫助那兩個女郎了，那是一個紳士所應有的起碼風度。事實上，羅開的身子，也不由自主，欠了一欠，可是他立時想到了自己這時的女性裝扮，他就仍然端坐著不動。

那男人的聲音繼續從擴音器中傳出來：「鷹自己本身不來，我很失望。」

不管對方是誰，人不露面，通過了通訊設備來講話，這一點，令得羅開十分不高興，他冷冷地道：「大概是他不想參加『查理的天使』的演出吧！」

「查理的天使」是風行一時的電視片劇，劇中的查理，永不露面，只是通過擴音器來講話的。

那男人立時發出了幾下笑聲：「小姐，妳真幽默，如果鷹親自來了，我當然會出現！」

他的話已經說得很明白了，在這樣的情形下，他是不會現身的。羅開真有一股強烈的衝動，告訴他，自己就是亞洲之鷹，至少也好看看對方究竟是何等樣的人物。

但是他又忍住了這個衝動，因為一則，情況未明，二來，易容術並不是什麼人的專利品，人人都可以把自己的本來面目徹底隱去的。

就在這時，那兩個女郎已經把那隻長方形的，紮著綢帶的箱子，吃力地搬了過來，放在離羅開相當近的地方，然後，又一起退了開去，用十分優美的姿勢站著，目不轉睛地打量著羅開，在她們的注視之下，羅開甚至感到有點不自在，因為如果他的化妝，被人揭穿了的話，傳了出去，將是天大的笑話，對他的名譽，有相當程度的打擊！

他緩緩伸出手去，把手按在那豎放著的箱子上，那箱子大約有八十公分高，各三十公分寬、厚，是一個柱形的箱子。

羅開的本事再大，自然無法藉手按在箱子上而知道箱中是什麼東西，他緩緩地道：「鷹囑咐我，要問送禮人幾個問題！」

那男人的聲音道：「歡迎！歡迎！」

羅開裝出想一想的神情：「鷹想知道，送禮人是什麼人？」

那男人聲音答：「這是明知故問，在第一次的廣告中，他早就知道送禮人是誰了！」

羅開表面上看來，不動聲色，心中在想：嗯，這等於承認了自己是浪子高達了！他沉聲道：「鷹不明白的是，為什麼素無來往的閣下，會突然和他聯絡，要送禮物給他？」

那男人發出了一下嘆息聲，聽來十分沉重，像是有著什麼極大的心事一樣，這又令得羅開呆了一呆，傳說中的浪子高達，本領高超，風流快活，似乎和這樣的嘆息聲極難聯繫在一起！

在嘆息聲之後，接著是他的聲音：「我為什麼要這樣做，鷹只要看到了我的禮物，就會明白，人和人之間的關係，是很難說的，有時，再習慣於獨立獨往的人，也會感到孤單的！」

羅開仔細地聽著，可是一時之間，實在不明白這幾句話是什麼意思，聽起來，像是講這話的人，遭到了什麼重大的困難，想要求助！

但是，浪子高達會有什麼困難呢？

他沒有再問，只是道：「我會轉達你的話，還有一個問題，鷹想知道，何以你選擇了這裡來交禮物？」

那聲音道：「我不知道鷹在何處，我和我的手下，花了不知多少時間，想知道他在何處，可以直接把禮物送過去，但是卻失敗了，所以只好請他來。」羅開聽到這裡，不禁有一股自豪感，是的，他在何處，人家是不可能找得到的。但是這種自豪感，立時又化為烏有，因為至少在過去一年多的時間內，「組織」隨時可以知道他在何處。

他吸了一口氣：「那麼，又何以是這裡呢？」

那聲音有點奇怪：「何以鷹對這裡特別感到興趣？我選擇這裡，並沒有什麼特別的意義，這裡本來就是我的產業，是屬於我的一處住所！」

羅開絕想不到會得到這樣的回答！

剎那之間，他的思緒紊亂到了極點！這裡，怎麼會是這個人的產業呢？明明這是寶娥的房子，這個人——如果這個人是浪子高達，為什麼他說這是他的房子呢？

這其間，又有著什麼樣的聯繫？羅開隱隱感到這一點關係十分重大，但是他又無法作直接的詢問，因為他這時隱瞞著身分，問得太直接，會露出破綻來的。但是，事情卻又非弄清楚不可！

他先發出了「哦」地一聲，拖延著時間，心中急速地在轉著念，想著應該如何技巧地發問，然後才道：「原來是這樣，不過鷹對這幢房子，好像有特別的印象，他在指示我來的時候，把屋子中的情形告訴過我，囑咐我如果在危急時候，該如何應付！」

擴音機中，傳來了一下表示驚訝的聲音，接著道：「怎麼會呢？嗯……有一個時期，我在格陵蘭……這裡曾借給我的一個好朋友使用過——」

他講到這裡，語調之中，充滿了思念的傷感。羅開立時明白了，他指的那個「好朋友」，一定是寶娥！

寶娥是那麼出色的美女，而高達是風流成性的浪子，兩個人是相識的，並不令人驚詫，但是，他們的關係就是這樣嗎？

羅開越來越感到，其中有著一個他未能解得開的大謎團在，而且，他還想到，這個謎團，一定關係重大！

但是，在如今這樣的情形之下，他卻無法再進一步問下去了。

五　兩個女郎的來歷

在當時情形下，羅開只好裝著對這件事並沒有多大興趣的樣子，順口道：「好，我會轉告鷹。」

自擴音機傳來的聲音，變得有點焦急：「等一等，我也有幾個問題，想問鷹，請你轉達……不必了，你只要告訴他，在他看到了禮物，明白了我為什麼要送禮給他時，請他和我見見面。」

羅開已經站了起來，他點著頭：「好的，高先生。」

他故意在「高先生」三個字上，加重了語氣，擴音器中傳來了一下悶哼聲，羅開雙手去捧那隻箱子。由於剛才看到那兩個女郎，將箱子搬過來時，十分吃力，估計那箱子一定很重，所以他雙手去捧的時候，用足力道。誰知道雙手向上一提，那箱子卻輕飄飄地，沒有什麼份量，羅開的力道沒有了著落，幾乎向後仰倒。

而也就在這時，那兩個女郎一起發出「格格」的笑聲來。剛才，她們故意裝出很吃力的樣子，來搬那只箱子，顯然是一個惡作劇！

羅開也未曾想到，自己竟然會在陰溝裡翻船，在那兩個女郎分明是沒有什麼惡意的玩笑中，栽了小小的一個筋斗！他又是好氣，又是好笑，他望向那兩個笑成了一團的女郎：「妳們剛才裝得真像！」

那兩個女郎笑得胸脯起伏，體態撩人，一副佻皮的神情，透過她們全身散發著的青春活力，直逼了過來，叫人再也不能責怪她們。

羅開沒有說什麼，只是向樓上望了一眼，就向門口走去，那兩個女郎忙急步走向門，替他打開，羅開向外走去，那兩個女郎卻跟在他的後面。

羅開走出了十來步，轉過頭來，望向那兩個女郎：「不必送了，我車子就在這裡！」

那膚色瑩白的一個道：「帶我們進城去玩好不好！這裡真悶！」

羅開又是陡然一呆，心想：今晚的怪事雖然多，但不會比這個女郎的話更怪了！這真是天下一大奇聞！除非根本不知道有浪子高達這個人，不然，人人都可以知道，只要是女性，從三歲到八十三歲，浪子都可以令她們感到和他在一起，是最快樂的事！

而這兩個那麼美麗的妙齡女郎，卻感到「悶」！

羅開又立時感到，這其間又有他所猜不透的事情在！他立時又問：「悶？妳們知道妳們是和什麼人在一起？」

古銅皮膚的那個，一副不屑的神情，撇了一下嘴：「知道，一個性無能的男人！」

羅開幾乎直跳了起來！他可以設想世界上任何形容詞加在浪子高達的身上，可是對不起，「性無能」，那絕對是扯不上關係的！可是那女郎卻又千真萬確地這樣說！一時之間，由於驚訝太甚，羅開甚至忘了自己的化妝，只是直視著那女郎。

那女郎笑了起來：「我想我們沒有冤枉他，他甚至未曾用你現在看我的這樣眼光望過我們。」

羅開覺得事情越來越古怪了，看來只有一個可能：在樓上，通過了擴音器和他講話的人，根本不是浪子高達。不然，這樣出色的兩個美女，竟然連看也不向她們看一眼，那是絕不可能的事，就像是餓狼看到了大塊肉而不撲過去一樣，簡直是違反了生物天性的怪事！

羅開也從語言之中，聽出這兩個女郎，和她們口中的「那個男人」相識不是太久，他感到必須和這兩個女郎，好好談一談。

他又回頭向那幢房子看了一眼，屋子中沒有任何聲音發出來，他道：「好，兩位請上車！」

那兩個女郎十分高興，跳躍著上了車，一起擠在前面駕駛人旁邊的座位上。羅開把那只箱子，放在車子後座，也上了車，駕著車向前駛去。

他一開始駕車之後，就在盤算該如何向那兩個女郎發問，緊捱著他坐的，是那古銅皮膚的女郎，當他還未曾想到如何開口之際，那女郎的動作，令他嚇了老大一跳，幾乎無法駕駛！

這時，如果那女郎忽然拔出了一柄手槍來，指住了他的咽喉，他也不會更吃驚。可是，那女郎的動作卻是突然伸過手來，按向他的胸口，按在他胸前的假乳之上，望著他媚笑：「妳身材保持得真好！」

在這樣講了一句之後，她又媚態十足地咬著下唇，用甜膩的聲音道：「妳當然知道，就算沒有男人，我們一樣可以享受性的歡樂！」

羅開陡然吸了一口氣，低眼看了一下，他看見那女郎的手，不但按在他的「胸脯」之上，而且手指還在最敏感的部份輕輕捏著——當然，羅開是不會有任何感覺的，那只不過是一團軟膠而已。

羅開立時用一隻手，把那女郎的手，輕輕移開，當他觸摸到那女郎的手時，柔軟膩滑的感覺，令得他心跳有點加速。

那女郎的手被他移開之後，卻又放到了他的大腿上，羅開嘆了一聲：「有意想不到的事會發生，妳別心急！」

羅開所指的「意想不到的事」，自然是指他原來是一個男人而言，可是，他這句話才出口，一下隆然巨響，陡然傳了過來。

羅開立時踏下剎車，他停車停得如此之急，車身劇烈地震動了一下，車子還未完全停下，羅開已經轉頭向爆炸聲傳來的方向看去，他看到了迸射的火光，然後，又是一下爆炸聲，火光竄起更高。

那兩個女郎也嚇得有點怔呆，羅開盯著冒起火光的地方，心中像是被利刺刺了一下一樣，那地方，正是他才離開的那種房子！

他立時又踏下油門，急速地轉了一個彎，以極快的速度，往回駛去，那兩個女郎不斷在問：「妳！妳怎麼知道立即會有意外發生？」

羅開懶得向她們解釋，只是把車子駛得飛快，他離開那屋子之後，根本沒有駛出多遠，所以很快就駛了回來，而當他停下車時，那兩個女郎也呆住了，她們一起發出一下驚呼聲。

那兩下爆炸，一定猛烈之極，因為那幢精緻的小房子，已經整座不見了，剩下的瓦礫堆，有火舌在竄冒著，爆炸的破壞力是如此徹底，好好一幢房子，已變成了平地！如果屋子中有人的話，那麼這人的生還機會是多少呢？羅開簡直不敢想像！

這時，附近的房子都已亮了燈，還有不少車子，正向這裡駛過來，那自然是附近的人，聽到了爆炸聲，紛紛趕過來探視究竟。

羅開沒有停多久，在那些車子還未曾到達之前，他就駕著車，以正常的速度駛了開去，一直到警車和消防車，在他的車旁飛駛而過之後，那兩個女郎才以驚駭莫名的聲音叫：「天！就是那幢房子！」羅開吸了一口氣：「是，如果妳們不是跟我坐了車，現在已——」

那兩個女郎身子顫動著，互相緊緊摟在一起。這時候，羅開的思緒更亂了，他先要肯定一件事，所以他立時問：「和我講話的那個人，是在樓上？」

兩個女郎一起點頭，她們的身分，本來是十分可疑的，尤其是她們及時離開了那房子。但這時，她們臉上那種驚惶失措的神情，卻又不是假裝的！

羅開又問：「妳們不知道他是誰？怎麼會在他的住所中？和他認識多久了？」

那兩個女郎仍然一副驚惶的神色，語聲之中，帶著哭音：「我們真的什麼也不知道，今天下午我們搭順風車，在這裡附近下了車，一時又找不到車子再搭，只好向前走，看到他拿著一杯酒，站在門口出神，我們就走過去，問他能不能請我們進去喝一杯酒，他的樣子十分英俊神氣，很少看到那麼高大神氣的東方人的！」

羅開一面駕車，一面問：「就是這樣？」

兩個女郎又一起點頭：「我們不知道他是什麼人，他只告訴我們，他在等一個人，已經等了好久了，可是那個人還沒有來。我們進屋子去一看，天，他一定是一個極有錢的人，我們……自然不想走……現在，又有錢，又能引起女人興趣的男人太少了！」

羅開揮了揮手：「妳們的職業是──」

兩人齊聲道：「模特兒，有什麼關係？」

羅開聳了聳肩：「沒有關係，再繼續說下去。」

古銅皮膚的那個嘆了一聲：「我們……用了點方法，想使他對我們感到興趣，可是他卻連看也不向我們看一眼，我們兩人甚至要去強吻他，他也將我們推開去，所以我想他不是同性戀者，就是性無能！」

羅開喃喃地：「他不是浪子高達，不是！」

那膚色瑩白的道：「妳說什麼？」

羅開搖著頭：「沒有什麼，說這個人的情形。」

那女郎側著頭：「他看來像是心事重重，我們怎樣撩撥他，他都沒有興趣，他說他在等人，又說他本來是一個最喜歡女人的人，我們只是聽著，他待我們不錯，讓我們在他豪華的浴室中洗澡，天，那真豪華，後來，你就來了，就是這樣。」

羅開心中不禁苦笑，如果這兩個女郎說的是實話，他在那屋子之中，還自以為縝密的推理頭腦，就完全不是那麼一回事了。

兩個女郎又問：「這個人，究竟是什麼人？」

羅開苦笑：「不知道，真的不知道！」

他一面說，一面停了車，打開了車門，自車後面，取出了那只箱子來，放在行李箱蓋上，那兩個女郎也下了車，十分有興趣地看著他，羅開扯開了包紙，裡面是一隻紙盒，他揭開盒蓋，盒中是滿滿的軟膠粒，撥開了軟膠粒，是一只十分精緻，鑲著許多寶石，甚至在黑暗中也閃耀著奪目光華的小盒子。

六　坐著輪椅來的少女

一看到了那只小盒子，那兩個女郎都不由自主，發出了一下讚嘆聲來，問：「這些寶石，全是真的？」

羅開並沒有回答，當然那是真的，如果送禮人是浪子高達，他會用假寶石嗎？金錢，對於高達或羅開這樣的過著冒險生涯的人來說，簡直不是一件事。但是冒險生涯也有代價的，浪子高達付出的代價是什麼呢？他已經在爆炸之中，化為飛灰了嗎？

一想到這裡，羅開的心中，不禁抽搐了一下，事情太詭異難測，他之所以迫不及待在路邊停下了車，拆開禮物來，就是想看一看那究竟是什麼禮物，有什麼作用，因為在那屋子中，送禮人曾告訴過他！鷹只要一看禮物，就會明白的。

當他把那只小盒子取出來之後，那古銅皮膚的女郎忽然道：「妳是受僱來取禮物的，怎麼可以私自取出禮物來？」

那白女郎也道：「妳是想……做什麼不法的事？」

羅開聽得她們這樣說，真是啼笑皆非，要向她們解釋，那實在是不可能的事，他怎麼能使那兩個女郎相信，他就是禮物的接受人？因為他這時，是一個體態動人的少婦！他只好叱道：「走開！」

那兩個女郎互望了一眼，突然間，一起把手放到了盒子上，道：「妳想吞沒這盒子，我們三個人平分！」

羅開先是一怔，若不是剛才那一下爆炸，和事情的詭異，浪子的生死未卜，心中充滿了疑問的話，他真要哈哈大笑起來！這兩個女郎，竟然向他，亞洲之鷹，提出勒索，要求分贓！

他並沒有和這兩個女郎糾纏下去的意思，所以他連話都懶得去說，只是迅速地踢出了兩腳，正好踢在那兩個女郎的小腿上。

這兩腳，羅開要是使足了勁的話，足可以令得被踢中的人，小腿骨碎裂到無法接合的程度。

羅開當然不會用那麼大的勁道，他的目的，只是小小懲戒那兩個女郎一下，使她們痛上幾分鐘，那就夠了！

他對自己的出手，極有信心，可是一個人如果太有信心了，往往就是失敗的開始。他，亞洲之鷹羅開，本來也不是太自信的人，所以這一次，他的失敗，他引以為一生之中的奇恥大辱！

當他迅速踢出了兩腳，而且分明踢中之後，那兩個女郎卻沒有發出尖叫聲跌倒！

就在那一剎間，羅開已經知道事情不對頭了！那兩個女郎，絕非她們自己所稱的那種身分！

可是當羅開想到這一點時，卻已經遲了，那兩個女郎中的一個，陡然一揚手，羅開只看清她的手中，多了一支如同唇膏也似的東西，一蓬水霧，已向他迎面噴了過來！

羅開的反應極快，那蓬水霧，又帶著他一聞到就可以肯定是強烈麻醉劑的氣味，所以他立時屏住了呼吸，頭向側轉去。

如果對付他的只是一個人的話，那麼，他還不至於失敗，可惜對付他的是兩個人，當他一轉過頭去之時，先是自然而然吸一口氣，而就在那時，另一個女郎手中，同樣有噴霧，射了出來，恰好全吸了進去！

剎那之間，羅開只覺得天旋地轉和一股強烈的作嘔之感，令得他身子連退了幾步，退到了車子旁邊，反手扶住了車子，才算勉強站住。

這時候，強力的麻醉劑已生了作用，要是換了普通人，早已昏迷過去，但羅開畢竟不是普通人，對於控制呼吸，甚至控制心臟跳動的本領，十分高強，這種本領，世人以為印度的瑜珈術是其中之最，卻不知道瑜珈只不過是西藏密宗氣功傳過去的一個旁支，而羅開對密宗氣功有著極高的造詣。所以這時候，他的情形是，全身一點氣力也使不出來，就像是處在夢境之中一樣，看出去的東西，也在旋轉不定，但是在他的意志力的控制之下，思路還保持著清醒。

在他後退之際，那只盒子，已被那兩個女郎，奪了過去，羅開聽到她們發出一下歡呼聲，短髮的那個，急急忙忙，把盒子挾在脅下，兩人一起向他走來，十分粗魯地抓住了他，用力向他一推，推得他離開了車子，羅開在地上打了一個滾，眼看著她們快要帶著盒子，登上車去了！

這時候，羅開的心中，真是懊喪到了極點，不知道罵了自己多少遍，他自己罵自己的那些話，如果是出自別人之口，那麼這個人絕說不到第二句，就會這一輩子再也發不出任何聲音來了。

在那兩個女郎快上車之際，長髮的那個伸手向他拍了一拍，說了一句：「這女人怎麼辦？」

短髮的那個道：「別管她，我們去交貨要緊！」

就在這兩句話的功夫，在路旁的一條小徑上，忽然有一輛十分小的車子，駛了過來。羅開躺在地上，恰好面對著這條小徑，所以看得見。當他才一看到那輛車子之際，一時之間，還弄不清那是什麼車子，只見到車子向前衝過來的速度十分快。

而等到他看清了那是什麼種類的車輛之際，他真的不能相信自己的眼睛，以為那一定是麻醉藥令他產生的幻覺！不管是幻覺也好，是真實情景也罷，這時，躺在地上的亞洲之鷹羅開，所看到的是，自那崎嶇不平的小徑上，以極高的速度駛過來的，並不是什麼車輛，而是一張輪椅！

對，是一張輪椅！就是那種不能行走的殘廢者所坐的輪椅！

那張輪椅，看來比普通的要大一點，但始終是一張輪椅。坐在輪椅上的，是一個身形十分苗條，淺棕色的長髮飛揚的女子。由於輪椅的速度相當高，她的一頭秀髮飛拂著，有一小部份緊貼在她的臉上，所以她的臉孔，不是十分看得清楚。

輪椅一下子就從小徑，衝到了公路之上，直向汽車駛了過來。

那兩個女郎，顯然也被這種奇異的現象弄得呆了一呆，一起向輪椅望去。

就在那一剎間，輪椅陡然停下，真是說停就停，幾乎連十分之一秒的間歇都沒有，輪椅才一停，坐在輪椅上的那個女子，像是一頭覷準了獵物的美洲豹一樣，騰空而起，直撲了過來！

她的來勢是如此之快，相距又不遠，一下就撲到了那兩個女郎的身前，羅開可以肯定，那兩個女郎一定連發生了什麼事都沒有機會想！那撲上來的女子，雙手已經擊出，斜斜兩掌，分別擊中在那兩個女郎頭側的大動脈上，那兩個女郎連聲音都沒有出，身子一軟，就倒了下來。

那女子直到這時，才以一種十分優美的姿態，落下地來，穩穩站著。從她剛才那種矯捷絕倫的身手看來，任何人都可以看出，她絕不會需要輪椅的，可是她剛才卻又的確是坐著輪椅來的！

有誰會用輪椅來作為交通工具呢？而且，這張輪椅看起來性能極佳，剛才衝向前來的速度，至少超過時速一百五十公里！而她出手擊人的手法，又如此乾淨俐落，要不是羅開因為麻醉劑的藥性，喉嚨乾得像火炙一樣，無法發出聲音來的話，他一定要大聲喝采了。

看來這個女子的年紀並不大，她——

羅開才想到這裡，心頭陡然震動了一下，想起了一個人來，那個傳奇人物，由於小兒痲痺症，小時候是在輪椅上渡過的。據說，她是中了南美洲獵頭族的一支毒箭之後，毒箭上毒藥的毒性，反倒令她的宿疾，得到了奇蹟似的意外痊癒！

這個女子……

羅開只感到心頭有巨大的震動，因為這個女子有著非同小可的來歷，是世界各地，大大小小犯罪組織，即使是再窮凶極惡的罪犯，一聽到了她的名字就頭痛的一個傳奇人物！

羅開寧願自己料錯了，因為他實在不願在如今這樣的情形之下，和這個享盡了盛名的人見面。

他，亞洲之鷹，究竟也不是泛泛之輩，可是這時他的處境，卻狼狽如斯，不但扮成了一個女人，而且還被兩個無名小卒，毛手毛腳地弄得處在半昏迷狀態之中，這種事要是傳了出去，他會成為笑柄！

羅開再機智百出，在這樣的情形下，也使不出辦法來，他只好眼睜睜地看著，他看到那女子一落地，就一俯身，取起了那只盒子來。她的身形相當高，可是那一頭淺棕色的柔髮，卻長得驚人，泛著自然的大波浪紋，當她俯身之時，長髮碰到了地上。

她一取了盒子在手，立時直起身子來，掠了掠頭髮，連看也不向那兩個女郎看一眼，卻向羅開望了過來！

這時，羅開也可以看清她的臉容了，那是一個極其清秀的少女的臉，鼻子異樣地挺直，襯著大而烏黑的眼睛。她看來相當瘦，所以，當她只是站立著不動，長髮隨風飄拂之際，給人的印象，是十分文靜的，可是羅開剛才卻看她出過手，知道一頭豹子，未必會比這個少女更加敏捷。

那少女看了羅開一眼之後，在她看來竭力裝著成熟，但卻又有著明顯稚氣的臉上，現出了幾分訝異的神色，逕自向羅開走了過來！

羅開的心中暗嘆了一聲，他真恨不得路上忽然有一個大洞，好讓他躲進去！可是，一直到那少女來到了他的身前，他還是只好躺在路上，無法動彈，那少女俯身，盯著他，訝異的神情，變為一種揶揄，向他笑了一下，羅開竭力想在自己的臉上擠出一個笑容來回報，可是他整個臉部肌肉，都是麻木的，根本無法做到這一點。

那少女看了他一會兒，又直起身子來，搖著頭，用一種十分柔和動聽的聲音道：

「你這種化妝，只好騙騙小孩子！」

七　兩個女郎的真正身分

羅開的臉部肌肉，依然麻木，他也無法知道自己的臉是不是發紅，他只感到慚愧，自己那麼精巧的化妝，那少女竟然在半分鐘之內就識破了！那令得羅開苦笑，他想：浪子高達未曾和他正面相對，如果曾正面相對的話，以高達的機智，和他對女人的豐富經驗，是不是也一下子就可以拆穿他這個男扮女裝的把戲呢？

那少女說完之後，就轉過身，向前走去，羅開用盡了氣力，想叫：「那盒子是我的！」

可是他卻無法發出聲音來，那少女來到輪椅之前，坐下，控制著輪椅，一下子就駛入了小徑，不到一分鐘，就看不見了。

羅開心中長嘆了一聲，閉上了眼睛，儘量令自己的呼吸，變得緩慢。漸漸地，他的腳趾尖和手指尖，開始有了知覺，而且在逐漸擴大，大約半小時之後，他已經可以支撐著，勉強站立起來，當他再做了幾十下深呼吸之後，他可以行走了。

他來到那兩個女郎的身前，發現那兩個女郎，依然昏迷不醒。剛才那少女的一擊，看來只是快，並不是太重，但羅開早就看出來，那是極其精妙的東方武術，一下擊中要害，頸際大動脈受擊，是最容易令人昏迷過去的。羅開遲疑了一陣，這兩個女郎顯然另有來歷，和她們自己所說的不同，她們是什麼身分呢？

羅開蹲下身，毫不客氣地在她們的身上搜索著，這兩個女郎身上所穿的衣服如此之少，看來並不能藏下什麼秘密，羅開自那個短髮女郎的外衣中伸進手去，當他的手指滑過飽滿的胸脯之際，他也不禁有點異樣的感覺，在雙乳之間，如果是胸脯豐滿的女郎，那兒是藏上一些小秘密的地方。可是羅開觸摸到的，只是西方女子的濃密的汗毛。

他再在那長髮女郎的身上撫摸著，一樣一無所獲。這不禁令他感到有點躊躇，但是他並沒有再猶豫了多久，就先把那短髮女郎的上衣，脫了下來，當一雙豪乳彈跳出來之際，他看到在左乳上，那女郎有一個小小的刺青記號，只有指甲般大小，刺的是一個嘻笑的面具，和一個啼哭的面具，這種面具的造型，和常見的並無不同。

羅開吸了一口氣，直了直身子，他不必再去看另一個女郎，就已經知道這兩個女郎是夏氏兄弟手下的人物了。

夏氏兄弟，在羅開這樣身分的人看來，並不是什麼狠角色，不過是一個新崛起的犯罪集團的首腦，「業務」集中在販賣人口上面，阿拉伯酋長在大發石油財之餘，自然想享受一下各國美女，夏氏兄弟主持的集團，就提供了這種方便。他們自己大言不慚，用兩個面具作為他們的標誌，意思是得罪他們的人就要哭喪著臉，而順從他們的，就可以得到歡樂。

羅開知道有這樣一個集團，也知道他們在販賣人口之際，也做點私運軍火的不法勾當，但是在羅開看來，那全是微不足道的事。

這樣的角色，居然敢去向浪子高達下手，這真是出人意表的事，可能是他們自己知道地位不夠高，所以急於成名，找一個有名人物來挑戰一下？如果那場爆炸是由這兩個女郎製造的，浪子高達一時大意，死得實在太冤枉了！

羅開深深地吸了一口氣，機智百出的浪子，真的會就此消失了嗎？

這個問題，暫時沒有答案，另一個問題更令他困擾，浪子要送給他的禮物究竟是什麼呢？

那個用輪椅做交通工具的少女，如果自己所料不錯，她真是大有來頭的話，為什麼她也會參與這件事之中呢？

想到這裡，一連串的問題，似乎有必要把這兩個女郎弄醒來問上一問！

羅開繼續搜摸著，在兩個女郎的大腿內側，又各找到了一支可以噴射強烈麻醉劑的噴射器，羅開對準了她們的臉，狠狠地噴著，估計兩人至少昏迷超過六小時以上。這時，他的體力已經完全恢復了，他打開行李箱，把兩個女郎塞了進去。這一來，令得行李箱蓋合不上，而差了約莫十公分。羅開扯開了一個女郎的上衣，把行李箱蓋綁了起來。這樣，除非有人向那十公分的空隙張望，不然看起來就像是放了過多的行李一樣，不會有人注意的。

他駕車向前駛，在駛過那條小徑之際，略為猶豫了一下，考慮是不是應該去追蹤一下那突如其來，像是自天而降的女神一樣的少女。

但是他想了一想之後，就決定慢慢來，這時他最想做的事是恢復自己的本來面目，那少女和浪子高達不同，正義凜然，他不想在和對方打交道的過程之中，貽人笑柄。所以，他立時踏下油門，車子飛快地在公路上直馳出去。

半小時之後，在一種看來十分普通，就像是一般澳洲人家庭的房子之中，羅開在忙碌完了之後，已經使他看來，回復了八九成原來面目，只是膚色還有點蒼白，瞳孔的顏色還有點藍，以及頭髮是淺金色的而已，但無論如何，他已經回復了是一個氣宇軒昂的男人，再也不是女人了。

然後，他把那兩個女郎，自車子的行李箱後，拖了出來——這所房子，和羅開在世界各地，經過精心選擇而準備了的住所一樣，說不定十年八年，派不到一點用處，但有時，就會用得著。羅開選擇這類房子的原則是：外貌儘量普通，不引人注目，最近的鄰居，至少也在三百公尺之外，等等。所以都有他可以放心行事的條件。

他把那兩個女郎，拖進了大型的浴缸之中，然後扭開了水龍頭，令得急驟的冷水，淋在兩人的身上，又取了一大盆冰來，向著她們，沒頭沒腦地倒了下去，把冰塊用力按向她們的臉部。

不到五分鍾，那兩個女郎就發出呻吟聲來，羅開後退了幾步，任由冷水繼續淋著，她們開始在浴缸中掙扎，終於一起掙了出來，伏在地上喘氣。

這時，那短髮女郎用來作上衣的絲巾，已經被羅開扯去了，她是赤裸上身的，當她伏在地上喘氣之際，水滴順著她的乳尖向下滴著，看起來十分動人，尤其她一身古銅色的皮膚，但是有著明顯的兩截泳衣的痕跡，在陽光晒不到的地方，膚色又是那麼白膩。

那長髮的一個伏在地上喘氣，還沒有撐起身子來，羅開走過去，用腳把兩人的身子轉了過來，使她們仰躺著。

兩人都現出十分驚懼的神色來，顯然她們都認不出羅開是什麼人了。羅開站著，冷峻地望著她們。當羅開用這種眼光望人的時候，他的目光極其懾人，可以令膽子極大的人，感到震慄。

這時，那兩個女郎在他的注視之下，掙扎著坐了起來，短髮的那個，甚至忘記了遮掩自己的胸脯，只是充滿了驚懼，身子在微微發著抖。

羅開冷冷地道：「好了，我不喜歡重複我的話，我問，只問一遍！」

兩個女郎喘著氣，神情更加驚駭。羅開揚了揚手：「妳們在浪子那裡出現的目的是什麼？」

兩個女郎互望了一眼，驚懼使她們的身子抖得更甚，羅開冷笑一聲：「像夏氏兄弟這種沒出息的東西；如果為了怕他，太不值得了！」

短髮女郎喘著氣：「先生，你……你是……」

羅開冷冷地道：「是我在發問。」

長髮女郎幾乎哭了出來：「我們只是……只是奉命把一只小盒子，放進那房子去，根本不知道什麼浪子高達……我們總算完成了工作，忽然，又有一個女子進來，說是代表什麼人來取禮物的，那女人……後來自己打開了禮物，是一只鑲滿了寶石的盒子，我們……」

她說到這裡，推了推短髮女郎，短髮女郎忙道：「我們起了貪意……可是才將盒子取到手，又被人搶走了……」

羅開皺著眉，事情實在十分容易明白，這兩個女郎，可能只是貪圖金錢，墮進了夏氏兄弟人口販賣集團中的無知者，她們遲早會被賣到阿拉伯去，而她們奉命帶去的那只小盒子，當然是遙遠控制，或是定時的爆炸裝置，目的是對付浪子高達，看來夏氏兄弟根本沒將這兩個女郎放在心上，要不是她們恰好離開，就一定會死在爆炸之中了。

浪子高達和夏氏兄弟之間又有什麼衝突呢？羅開對這一點，不感興趣，他能想到的是，浪子風流成性，不知有多少美女是他的親密女友，可能其中有個人吃了夏氏兄弟的虧，所以他們之間，才有了衝突。

羅開想到這裡，嘆了一聲，揮著手，就他所知夏氏兄弟的所為，簡單地講了幾句，那兩個女郎驚呼了起來：「對！他們說，下個月，就派我們到中東去，演出一個盛大的時裝表演！」

羅開笑著：「在阿拉伯的後宮，妳們根本什麼衣服也不必穿！」

兩人又互望著，一起站了起來，慢慢地，看來神情有點扭怩地來到了羅開的身邊，羅開忙舉起了手：「不必了，我不想佔妳們便宜。」

兩個女郎動作一致，一起伸手，撫摸著羅開寬厚的胸膛，膩聲笑：「怎知道一定是你佔我們便宜，不是我們佔你的便宜？」

在這種大膽的挑逗之下，羅開也不知該如何應付才好，那短髮女郎已慢慢地跪了下來，當她跪下來之際，她柔軟的胴體，看來像是一條水蛇一樣扭動著，而且是緊貼著羅開的身子在扭動著的，那令得羅開深深地吸了一口氣，而長髮女郎已經用她灼熱的唇，封住了他的唇。

羅開不再說什麼，在這樣的情形下，只有傻瓜才會再說話，他拉開長髮女郎身上的絲巾，長髮女郎熟練地解開他上衣的扣子，使她自己的胸脯，和羅開的緊緊貼在一起，這兩個女郎顯然是個中老手，兩個人的動作，配合得極其純熟。

八　木蘭花的妹妹天使俠女

當羅開終於長長地吁了一口氣，攤開手腳仰躺之際，那兩個女郎全身都是透濕的——那不是浴缸中的水，水早已乾了，那是她們的汗。短髮女郎身子縮成一團，蜷伏在羅開的腳旁，長髮女郎伏在羅開的身上，還令得羅開感到一陣陣異樣的舒暢。

對於這樣的變化，羅開自己也感到有點意外，他伸手可及，撫摸著兩人的頭髮：「等一會兒我會給妳們錢，回到妳們的家鄉去吧！」

兩個女郎仰起臉來，用帶著祈求的神情望著他，羅開卻神情堅決地搖了搖頭。他在將那兩個女郎趕出房子之前，只再問了一句話：「那個坐輪椅來的少女，妳們以前見過沒有？」

他得到的答案是：「沒有，想也沒想到過會有人……坐在飛快的輪椅上。」

羅開簽了兩張支票，支票上的數字，令這兩個女郎驚愕得不約而同，流下淚來。在她們離開之後，羅開練了大約二十分鐘氣功，然後，他打算著如何去找回被那少女搶走的那只盒子——浪子高達給他的禮物。

要去找那少女，並不十分困難，只要沒有猜錯她的來歷，這個少女，自小和兩個出色的、傳奇性極濃的女俠一起長大，情同姐妹，那兩位女俠雖然行蹤不定，但羅開自信一定可以找到她們。

問題是：找到了以後，怎麼應付呢？羅開並不低估自己的能力，可是他更不低估對手的能力！

羅開感到了真正的為難，因為那少女絕不是容易對付的人，而那只盒子又非弄回來不可。雖然，他有沒有那只盒子，對他來說，一點損失也沒有，那是浪子高達給他的「禮物」，就當他沒有收到過好了。但是羅開知道自己不能那樣做，如果這樣做的話，他會自己看不起自己。

一個人，若是連自己都看不起自己了，別人如何還會看得起他呢？

羅開嘆了一聲，從熱水中站了起來，事情不論如何困難，他必須去進行！

就在他剛從浴缸中跨出來之際，浴室的門柄上，有一盞小小的紅燈，不斷地閃耀了起來，同時發出「滋滋」的聲響。

和所有在冒險之中生活的人一樣，羅開在他處於世界各地的住所之中，都有著十分先進的電子科學裝置。這一類的裝置，在許多情形之下，可以成為屋子主人生命的保障。這時，看到那盞紅燈在閃耀，羅開就知道有人在按門鈴了。

他略怔了一怔：是那兩個女郎又回來了？那兩個女郎雖然迷人，羅開也不會輕易忘懷剛才他那種皇帝式的享受所帶來的愉快，但是他卻絕不想再和她們糾纏下去，至少，他不能因為這種的風流際遇而失去了黛娜——那是他和浪子高達不同的地方，浪子絕不會在乎任何女子，但是他會，會認真。

他有點厭惡地把洗臉盒上的一個水龍頭，向上拉了一拉，那是一個隱蔽的控制鈕，一拉之後，洗面盒上面的鏡子，向上升起，現出了一個螢光幕來，使他可以看到，是誰在門口按鈴。

他在這樣做的時候，已經下了決定：要是那兩個女郎又回來了，反正她們不知道他的身分，至多犧牲了這間屋子不要，也不要再和她們糾纏不清。

可是，當他望向螢光幕，看清了站在門口的是什麼人時，他卻呆住了！

他絕想不到在門口按門鈴的會是那個長髮少女！就是在公路上，坐著輪椅出現，一下子就搶走了那只盒子的那個少女！也就是剛才他浸在熱水之中，思量著如何去對付她才好的那個少女！

現在，那少女反找上門來了！

剎那之間，羅開的思緒極混亂，一連串的疑問，湧上了心頭，她是怎麼知道自己在這裡的？她來的目的是什麼？不過問題雖多，當那少女現出不耐煩的神情，又按了一次門鈴之後，羅開知道自己總不能躲在浴室中不出去的！他吸了一口氣，對著螢光幕，道：「請進來，請隨便坐，我立刻下來！」

他順手在螢光幕下的一個掣鈕上按了一按，就匆匆離開浴室，進臥室先換衣服。

兩分鐘之後，他走進了客廳，看到那少女以一種十分閒適的姿態坐在沙發上，自然而秀麗，一點也沒有緊張的神態。

這一點，令得羅開十分佩服，因為他知道，這屋子，對她來說，是一個陌生的所在，而他，就算對方已知道了他的身分，也應該知道他不是一個容易對付的人物。可是那少女這時的神態，不是鎮定。鎮定還是要經過一番努力之後的表現，她這時，簡直是自然地當作沒有什麼大不了的事！

那少女的這種態度，也多少使羅開感到有點狼狽，他還在樓梯上時，就故意加重腳步，那少女抬頭向他望來。羅開先開口：「小姐，妳是……」

他這樣開口，算是很得體的了，可是那少女笑了一下：「我們已經是見過面了，你不必假裝不記得！」

羅開若是本來只有一分狼狽的話，那麼這時，他的狼狽程度，增加到了三分。

他除了勉強一笑，來掩飾自己的窘態之外，別無他法。

那少女伸手，向她面前的茶几拍了一下：「對不起，我弄錯了，那是你的東西，和夏氏兄弟集團無關。第二個對不起的是，我打開看了一下才知道！」

羅開的尷尬，從三分增加到了五分，那少女說她打開盒子看過——那盒子就放在几上，羅開剛才竟會沒有留意到！而浪子高達曾說過，只要打開盒子，就可以知道送禮的目的，那麼，那少女是已經知道他的身分的了，這豈不是尷尬之極？

他勉力定神，保持著微笑，雖然這時來保持微笑，令他的臉部肌肉發僵，他做了一個手勢，那多少可以掩飾一下窘態：「真不好意思，還叫妳送了回來，妳是在車子上留下了微波發射儀？」

那少女笑了一下，表示承認：「我正在對付夏氏兄弟集團，夏老二已經喪生在地中海，夏老大逃走了，我追到澳洲來，恰好路過，認出那兩個女人是夏老大的手下，所以順手牽羊，不知道那是你的東西——」

她講到這裡，忽然又俳皮地眨著眼：「其實你的易容術已經相當高明，我只不過是說笑。」

羅開有點沮喪：「要是高明，就不會一下子叫妳看出來了！」

那少女神情更俳皮：「那是你一個小小的疏忽，你頸際結著一條絲巾，絲巾的結在右邊，通常，女人總是把結放在左邊的，那和男女服裝鈕扣方向不同有關，是從小養成的習慣！」

羅開只好苦笑，他不想再討論下去，令自己更尷尬，所以他轉變了話題，拍著那盒子：「這是一位朋友所送的禮物，我還未曾知道裡面是什麼東西！」

那少女在忽然之間，臉色變得十分莊嚴，令人有一種肅然起敬之感：「高達是一個聲名狼籍的浪子，你把他當作朋友？」

羅開這時道：「我和他沒見過面，但是我不同意妳對他的評語！」

少女現出一絲不屑的神色來：「對於你，我姐姐倒常說，你是一個十分耿直，富有正義感的人！」

羅開高興了起來，他是感到真正的高興，他由衷地道：「能聽到女黑俠木蘭花的一語之褒，真是比什麼都光榮，真叫人高興！」

那少女略怔了一怔：「原來你早知道我是誰了？」

羅開笑了一下：「看到了那張輪椅和妳的身手，再要認不出妳是天使俠女安妮，那真別再混了！」

「天使俠女」的名字，是早兩三年才傳出來的，她自己也很喜歡這個名稱。而女黑俠木蘭花的名字，舉世皆知，安妮是木蘭花、木秀珍姐妹自小收養來的一個孤兒，她有著木蘭花的機智，深邃，也有著木秀珍的勇敢和衝動，名聲響亮，已不在她兩位姐姐之下了。

這時，她略現矜持地笑了一下，站起身來：「我要告辭了，對於高達這個人，我還是堅持我的評語。」

羅開聳了聳肩，表示不想爭論下去，他很高興可以認識安妮，也很高興大名鼎鼎的女黑俠木蘭花對他的評語，他也站起身來。

安妮已向外走去，可是在走出了一步之後，又轉過身來，指著那只盒子，現出一絲奇訝的神情：「這盒子中有一個人，看來像是著名的雙重間諜寶娥。」

羅開陡然一怔，安妮的話，他有點不明白，什麼叫「盒子中有一個人」？那個人，又怎麼恰好會是寶娥？

羅開心中想到「恰好是」的原因是，寶娥和那個控制了他一年多的那個組織有關，而那個組織的神秘，還有許多謎，他至今未曾解開。

他忙道：「請妳等一等，或許，我心中有些謎團，妳可以幫我解決。」

安妮略考慮了一下，看她的神情，像是也因為那盒子中的東西，使她感到十分好奇，所以她才在考慮，是不是應該留下來。她想了極短的時間，就點了點頭：「恐怕我不能幫你什麼，這盒子裡的東西，我只看了一眼，可能是你和浪子之間約定的密語？」

羅開見她願意留下來，而且對自己並無敵意，心裡更是高興，他一面去打開那盒子，一面道：「我和他之間，沒有任何密語的約定！」

盒子蓋只是用一個簡單的扣子扣著，伸手一拔，就拔開了扣子，當羅開向盒子中看去時，他怔呆了一下，這才明白了「盒子中有一個人」的意思。

九　浪子的一封怪信

盒子中當然不是真的有一個人，因為盒子十分小，放不下一個人，但是盒子中又真的有人，不止一個，是兩個，那是兩個栩栩如生的人像，每一具，大約有三十公分高，一眼望去，就可以知道那是中國傳統的手捏泥人，上面還塗著彩色，那兩個人像——其中一具是，另一具還不能說是人像，為什麼會這樣說，下面會解釋——之中有一個，是一個十分美麗的女人，可是塑像卻把她塑成了一個兩面人，一面臉，泛著甜膩的笑容，另一面，卻是美麗得帶著濃重的煞氣。

捏塑這具人像的，一定是第一流的藝術家，因為臉部的神情，表現得這樣維妙維肖，任何人一看，就可以知道這具泥像，塑的是寶娥！

這具人像的姿勢也十分奇特，是跪著的，雙手高舉，看來是準備五體投地膜拜之前的姿勢。盒子之中，有著象牙色的絲絨襯墊，泥像是橫放著的。

毫無疑問，那是寶娥，藝術性的雙面造型，也十分技巧地表達了寶娥這個厲害人物的雙重性格。

由於泥塑是如此逼真，所以羅開怔怔地看著，不由自主地回想著和寶娥在一起的那段時光。

但是他當然不會一直想下去，因為另一具泥塑，早就吸引了他。那是一具奇特無比的泥塑像，看得出是一個男人，或者說，從塑像所表示的強有力的肌肉上，看得出那是一個男性的身體，塑像是半裸的，單看身體，像是希臘神話中大力神赫寇力斯的造形，優美而生動。

這具塑像也有一個頭，奇怪的是，塑像的頭，和人頭沒有不同，但是又絕不能說這是一具人像，因為在臉部，並沒有眼耳口鼻五官，只是一只數字跳動著的錶！

就和普通六位數字顯示時間的那種電子錶一樣！

當然，那可以說是一只鐘，是一只有裝飾作用的鐘，放在床頭或是寫字檯之上，但是羅開卻知道，事情絕不是那麼簡單，那是一種象徵，就像他曾經在半昏迷中見到過的情形一樣，一具活的鐘。

他嚥下了一口口水，竭力鎮定著，把兩具塑像，一起從盒子中取了出來，放在茶几上，然後，他向天使俠女安妮，望了一眼。

安妮緩緩地搖著頭，表示她不知道那是什麼意思。

兩具塑像取出來之後，看來是那個有著鐘臉的人昂然站著，在接受著寶娥的崇拜。

羅開盯著兩具塑像，安妮先打破沉默：「這兩個玩偶，意味著什麼？」

「玩偶？」羅開重複了一遍：「我不認為那是玩偶，那是……那是……」

「不是玩偶，是什麼？」安妮進一步追問。

羅開的思緒十分亂，不是玩偶，是什麼呢？他也說不上來，他只是有一個模糊的概念，如果要說的話，必須自他如何進入那個組織說起，說到如何認識寶娥，如何看到過一具活的鐘，而那具活的鐘，又像是一切的主宰為止。

那個有著鐘面的玩偶，是不是正象徵著寶娥的主人？

這一切，要說的話，實在太複雜了，羅開不由自主搖了搖頭，把視線從自盒中取出來的玩偶，移到了盒子上，在盒蓋上，附著一封信，信封上十分簡單，寫著：「給鷹。」下面並沒有署名，只是用十分簡單的線條，但是畫出一個十分生動的，看來一副毫不在乎，有點嘻皮笑臉的男子的全身，這是浪子高達的記號，十分有名。

羅開又向安妮望了一眼，安妮立時道：「我只是打開了盒子的蓋子，並沒有動裡面的東西。」

羅開吸了一口氣，伸手去取信，安妮又道：「如果我是你，我會小心一點，浪子高達並不是什麼人格高尚的人！是不是？」

羅開嘆了一聲：「小姐，這一點，妳可能不是很明白，他聲名不好，我們也從未會見過面，但是我相信，他是一個可以成為朋友的人！」

安妮冷冷地道：「所謂男人的第六感？」

「可以這樣說，」羅開說著，已經取下了那封信來，並且打開，「女人也有第六感，而且往往比男人的第六感更靈敏！」

安妮沒有什麼特別的反應，羅開把信紙打了開來，立時攤在他和安妮的中間，那表示他願意和她分享任何秘密，不準備有任何隱瞞。

安妮對於羅開這一行動，看來十分欣賞，她的視線也移向信紙，信是用法文寫的，看來浪子高達十分講究生活的情趣，信上的字體優美。看起來，還是用古式的鵝毛筆蘸著墨水寫成的。現代人已經絕少用這種方式來表達文字了，就像是沒有什麼人在用毛筆來寫信一樣。

整封信，羅開和安妮大約花了不到五分鐘，就看完了，看完之後，兩人呆了半晌，都說不出話來，在他們互望一眼之際，羅開注意到安妮的臉色，變得相當白。同時，他也感到自己的臉頰上，有點麻痺，想來臉色也不會好到什麼地方去。

事實上，這封信在一開始，已經給羅開帶來了極度的震撼，因為它一開始，就提到了那個組織！

十　浪子與寶娥的相處

以下就是那封信的內容：

「鷹：

我們互相聞名，但是沒有見過——是真的沒有見過嗎？當然不是，還記得那個組織嗎？你曾是其中的一員，是不是？而且在幾次會議之中，都有人誤以為你是我，相信你還記得這種可笑的情形——是的，看到這裡，你一定已經知道，我也曾經在這個組織中。你沒有認出我，我認出了你，這並不是說我的能力比你強，而是有人肯定地告訴我，你在組織之中。如果你肯定地知道了我在組織之中，你只要稍加留意，一定可以在十多個人之中把我辨認出來的，是不是？

「告訴我你在組織之中的，就是寶娥，現在，你看到的兩具玩偶，是寶娥給我的，那是在一種十分奇異的情形之下給我的，詳細的經過我不說了。你注意到這兩具玩偶的神態是何等生動嗎？寶娥和我，有一段時間，十分親密，我是一個浪子，而寶娥是這樣出色的一個美人，我們曾有一段十分快樂的光陰，那種快樂，足以令得一個再沒有人性的人，也激發出人性中隱藏的一面來，或許，這是我這個浪子對女人的特殊本領。有一天，她也感到極度的快樂之後，忽然對我說：『浪子，你在一個組織之中，你千方百計想擺脫這個組織，可是你做不到，是不是？告訴你，別再努力了，你無法做得到的，好多在組織控制下的人都在努力，譬如說亞洲之鷹，他盡力想擺脫控制，但是他做不到！』

「朋友，你可以想像，身受組織控制的我，當時在聽了這樣的話之後，所受到的震撼，是如何之甚？但是我還是盡力維持著鎮定，用說笑的口吻說：『寶貝，聽起來，妳像是組織的首腦一樣！』

「寶娥伸了一個懶腰：『是的，我可以說是，但是真正的主宰，浪子，不是人，是神！』

「我哈哈大笑了起來：『神？我倒要見識見識，神是什麼樣子的！』

「寶娥神情忽然變得嚴肅，一個千嬌百媚的女人，又是在玉體橫陳的情形下，忽然現出了這樣的神情來，我立刻就知道，事情一定十分不尋常了，於是我繼續取笑，她在我繼續取笑了幾分鐘之後，一躍而起，離開了一會兒，然後就取來了那兩具玩偶。

「玩偶的精巧程度，你一定已經欣賞到了，當時，她指著那個鐘，說：『這就是神，時間之神。時間是一切主宰，雖然它被解釋成一種抽象的觀念，但是地球上沒有任何一種現象，沒有任何一種生物，可以擺脫時間的控制，在時間不斷的轉移之中，任何生命，都受著控制，從開始到結束！」

「當時我的回答是：『這算是什麼？一種新的宗教的教義！』

「寶娥說：『不是，時間之神，並不是抽象的，而是具體的，它使我相信了它的存在，組織是由它在控制的，而我是它選中的得力助手！』

「這實在是很駭人聽聞，而且難以想像的，是不是？當時，我不可控制地感到了一股寒意，一種妖異莫名的感覺侵襲著我，我甚至不由自主地，大聲講著話：『妳在胡說些什麼，這不過是一個玩偶，一種擺設，一具設計別具心思的鐘！』

「我一面在說著，一面用力把這具玩偶，向牆上摔去，我想一定可以把它摔成粉碎，但是它卻絲毫無損，寶娥得意洋洋地笑了起來：『看，你不能損害時間大神的造像的！你不能，我也有一具造像，也是時間大神賜給我的！』她說著，又取出了自己的塑像來。

「這兩具塑像，我曾用各種方法，檢驗過它們的質地，但是卻沒有結果——它們不知道是什麼質地製成的？怪不怪！兩具妖異的玩偶，據稱是時間之神為了表示祂的存在而製造的！

「像這種怪異的事，我知道有一位先生和他的夫人，十分有興趣，會鍥而不捨地追尋結果。你一定知道我指的是誰，是的，可是那位衛斯理先生和他的夫人白素，實在太忙，我用了許多方法想和他們接觸，未能成功。我也曾想到過和著名的女黑俠木蘭花聯絡，雖然我知道她私下對我的評語，不是怎麼好。可是一件事發生了，使我改變了主意，和你聯絡。

「這件事，是寶娥給我的一個訊息。

「你或許不明白那是什麼意思，如果我說寶娥給我的信息，是她瀕臨死亡之際一剎那間發出來的，或者甚至於是她死亡之後發出來的，只怕你更加不明白了，是不是？」

羅開在看到這裡的時候，不由自主，喃喃地道：「不明白！真是不明白！」

這時，他向安妮看去，看到她緊抿著嘴，顯然她也感到極度的疑惑。

十一　令自己也難以相信的假設

羅開深深吸了一口氣，繼續看下去：

「這，要解釋起來，十分複雜，我假定你看到了我的信之後，一定會設法和我見面，所以我保留到那時候，再向你詳細解釋，或許，這是我玩弄的一個小手段，引起你的好奇心，非和我見面不可。因為我也假定，我用登廣告的形式，要你接受一件禮物，你不會親自來取——換了我，我也不會親自來，生活中的各種陷阱，實在太多了，朋友，是不是？

「奇怪的是，組織近期，活動好像停頓了，我想這和寶娥發生了意外有關——我肯定她遭到了意外，是根據那段信息來判斷的。所以，我認為現在是對付它，對付所謂主宰一切的時間大神的良好機會。組織中曾有超過十個成員，但對他們的身分，我只能揣測，只有你，我才是肯定的，所以我首先聯絡你，希望能和你共商對策，我們不能一直由這個組織控制下去的，對嗎？

「請你和我見面，相信那對我們兩人來說，都有莫大的好處。」

信到這裡結束，信末，仍然是浪子的那個標誌——一個線條簡單，看來像是什麼都不在乎，吊兒郎當的一個男人。

羅開在看完了這封信之後，感到了震憾，是有原因的。他沒有想到，浪子和寶娥間的關係，是那樣地密切。

這當然就是寶娥曾利用過浪子的那間房子的原因，而更令他震動的是，浪子怎麼肯定寶娥遭到了意外呢？在那間發生爆炸的電腦室之中，爆炸一發生，寶娥就應該死了，她哪有時間去發出什麼信息給浪子？

如果不是浪子的住所，也發生了爆炸，看了這封信後，他一定會應邀見面，因為浪子的信中，還提及了一個古怪的名稱：「時間大神」！這個名稱，是寶娥提出來的，羅開看到了這個名稱，臉上的肌肉，忍不住跳動了一下。「時間大神」！這個神是什麼樣子的？是不是就是一個活的鐘？有數字不斷在跳動的那種鐘，可是，卻是活的？

羅開的思緒十分紊亂，在他對面的安妮，也一直不出聲。過了一會兒，羅開才緩緩地吁了一口氣：「關於那個組織，我想先和妳解釋一下。」

安妮卻出乎意料之外地搖了搖頭：「不必，我知道有關那個組織的事！」

羅開有點駭然：「安妮小姐，妳也——」

他本來是想說「妳也曾被那個組織控制過？」但是安妮立刻揮著手，打斷了他的話頭，她道：「不是我——是——」

她略為猶豫了一下，羅開故意半轉過頭去，表示如果她不想說，大可以不說。

但安妮還是說了出來：「是我姐夫，高翔。」

羅開深深吸了一口氣，十二個成員之中，有一個是高翔！和木蘭花、木秀珍三人，合稱「東方三俠」的高翔！安妮又道：「所以，我對那個組織的一切，已經知道得很清楚了。」

羅開在那一剎間，產生了一股自豪感。曾被組織控制，那當然不是十分愉快的經歷，但是想想，曾被組織控制的，都是那麼出色的人，結果，由他，亞洲之鷹發難，而消滅了寶娥，炸毀了組織活動的總部，令得組織暫時停止了活動。

他指了指浪子的信：「組織暫時停止活動，或者，永久停止了活動，是我造成的！」

安妮睜大了眼，神情倒並不是不相信，只是充滿了驚訝地望著他。羅開道：「如果妳有興趣，我可以把經過，簡單地向妳說一下。」

安妮連連點頭道：「當然有！在你說的時候，可以錄音嗎？我想高翔一定更有興趣！」

羅開爽快地答應，開始講述，他也沒有看到安妮有什麼特別的動作，那自然是在使用一種超小型的錄音設備了。羅開也知道，安妮的另一個姐夫，木秀珍的丈夫，是雲氏企業集團中的核心人物，而雲氏企業集團，一直在向尖端科學進軍，屬下幾座精密儀器製造工廠，是世界上同類工業的頂尖，在太空科技方面的成就，連幾個大國的太空研究發展工作，都要依靠他們的出品！

安妮有這樣的關係，一具不為人所覺察的小型錄音機，那自然是微不足道的事情了。

羅開把那一段經歷，簡單扼要地講述了一遍（這段經歷，記述在《鬼鐘》這個故事之中），安妮用心聽著，一直到羅開講完，她才問了一個最主要的問題，也就是羅開心中一直解不開的謎：「一具……活的鐘？我不明白這是什麼意思！」

羅開的神情多少有點苦澀：「我也不明白，但是當時我的確看到，而且強烈地感覺到，那是一具鐘，可是……卻是活的，像是鬼靈一樣！」

安妮蹙著眉，緩緩站了起來，來回走了幾步：「一具活的鐘，你所指的『活』……是……」

羅開沉聲：「它會活動，而且，並不是指那種機械動作的活動，妳知道，看到一個機械人在動，和看到一個真的人在動，感覺是不同的，很容易分辨出來。」

安妮的眼睛，大而明亮，可是這時，在眼神之中，卻充滿了疑惑：「你有什麼想法？」

羅開緩緩搖頭：「我說不上來，一點概念也沒有。」

安妮的語調相當沉緩：「去年，我和蘭花姐，一起和一位先生見過面，那位衛斯理先生，他有一種十分超卓的見解——」

她講到這裡，頓了一頓，羅開忙道：「衛斯理！豈止有超卓的見解而已！」

安妮在停了一停之後，繼續著她的話：「他說，過去，現在或將來，地球人想像外星生物的外形，都是根據地球上的生物外形衍化出來的，脫不了地球生物的造型，最多把一個頭變成兩個頭，把兩隻手變成八隻手，把皮膚變成綠色，等等。而實際上，他說，外星生物的形狀，可能是完全超乎想像之外的，看起來，可以像任何東西，甚至，像……像是一個鐘！」

羅開又「嗖」地吸了一口氣，這一點，他也曾想到過，不過不如衛斯理所想的這樣具體而已。

安妮不由自主地搖著頭：「一個看起來像是數字鐘一樣的生物，這真是難以想像，但如果這假設成立，假設你看到過的那『活的鐘』，寶娥口中的『時間大神』，是一個外星來的生物，這個外星來客，運用了他的技能，控制了美國國防部的大型電腦，在從事他的活動，這是唯一可以解釋何以這個組織是如此神秘的原因。」

羅開點了點頭，表示同意。在眾多的設想之中，他也曾作過這樣的解釋。但一來，他是獨來獨往慣了的，所作的假設，沒有和別人商量的機會。二來，他總覺得自己的假設離奇了些，連自己都無法相信。

這時，安妮也作了同樣的假設，那登時令得他信心大增，覺得那並不是不可能的事。

安妮又道：「由此推測下去，那個外星來客，不是那麼容易被消滅，他一定還存在！」

羅開嘆了一聲：「這些日子來，我就是在擔心這一點！可是，他的活動方式怎樣？是不是一定要佔據一座電腦，還是有別的方式，我們對他……一無所知，這才是真正的困難！」

安妮走近茶几，把那具鐘面人塑像，拿了起來。仔細看看。羅開心中一動：「如果從這具玩偶中，可以找到什麼線索的話，妳大可以拿回去，交給雲氏企業集團屬下的工業實驗所，去做詳細的研究！」

安妮點頭：「我正這樣想，方便嗎？」

羅開笑了一下：「我想，我們有共同的目標，至少，我和高翔之間，有共同的目標！」

安妮沒有表示什麼，只是皺了皺眉，羅開倒可以明白她的意思，那自然是她想到了，除了他，高翔之外，還有一個「聲名狼籍」的浪子，也有著共同的目標之故。羅開嘆了一聲，又把那所屋子突然爆炸，浪子不知吉凶如何的經過說了一遍，他在說的時候，聲音之中，自然而然，充滿了憂慮。

安妮聽了之後，卻冷笑了一聲：「我看也不必為他擔心，你什麼時候見過魚在水裡淹死的？一場小小的爆炸，怎會叫浪子高達送了命？」

羅開怔了一怔：「妳對他的評價——」

安妮立時道：「我只是對他的行為不敢恭維，聲名狼籍，可是一點也沒有否定他適應冒險生活的能力之意！」

羅開抬起了頭：「如果他沒有事，一定還會和我聯絡，請問我怎麼和妳聯絡！」

安妮笑：「這正是我想問你的問題！」

他們交換了聯絡的方法之後，安妮拿著那個鐘面人玩偶：「很高興認識你！」

羅開送她出去，自嘲地笑著：「下次我再扮女人，會注意這些小節的！」

安妮忍不住大笑了起來，羅開有點窘，但他也爽朗地笑著，既然雙方已是朋友。被朋友取笑，那是沒有關係的。安妮走出了沒有多久，一揚手，羅開看到她手中有一具小巧的無線電遙控器，在她一揚手之際，灌木叢中，一輛輪椅，已經緩緩駛了過來，安妮坐上了輪椅，笑著：「小時候的習慣，有時是很難改的！」

她一坐上輪椅，速度加快，向前駛了出去。羅開在門口呆立了片刻，才轉回身來。

他在送安妮出來的時候，並沒有關上屋子的大門，所以，當他轉過身來之際，他可以從敞開的大門，看到屋子中客廳的情形。

他一看之下，不禁怔住了！

客廳中多了一個人！那個人，坐在沙發上，翹起腿，啣著煙，樣子悠閒得看起來，像是在自己家中一樣！

十二　被稱為「生命之屏」的儀器

當羅開看到了那個人，怔了一怔之際，那人甚至還向他揮了揮手！羅開一時之間，真不知是生氣好，還是也和那個人打招呼好！那是他的地方，這個人是什麼時候進去的？如何進去的？他是什麼人？剎那之間，羅開不但迅速地轉著念，而且，在外表看來，他若無其事地向前走去，實際上，他至少已有了七八種應付突變的方法！

可是，他準備的應付方法，卻一樣也沒有用上，他才踏進門去，那個人就以一種十分瀟洒自如的動作，站了起來。向羅開伸出了手：「鷹，我是高達！」

羅開怔了一怔，雖然浪子高達大名鼎鼎，可是他以前從來沒有見過，但這時，他只怔了不到一秒鍾，就可以肯定，這個人，就是浪子高達！

在他面前的這個人，大約三十上下年紀——男人的年齡，一到了成熟之後，是很難判斷的，身形高而健壯，可以肯定他是一個運動健將，而最主要的，還是他那種滿不在乎的神情，一個人若不是真正在他的人生觀上，抱著什麼都不在乎的態度，是決不可能全身都散發著這種滿不在乎的神情的。

而這種神情，又維妙維肖地表現在高達那封信最後的那個代替簽名的人形上。

羅開也伸出手去，和高達握著手：「很高興認識你，剛才安妮說得對，魚是不會在水中淹死的。」

高達皺了皺眉：「如果某方面也這樣判斷的話，那我的一切安排就白費了！」

羅開揚了揚眉，高達又自顧自坐了下來，揮著手：「先說我這方面的情形，我的信，你已收到了，事實上，在寶娥死後——我假定她已經死了，我感到那個『時間大神』對我的威脅，一直未曾停止過！」

羅開嘆了一口氣：「不必假定，寶娥的確已經死了！」

高達做了一個十分可惜的神情，這種神情，使羅開感到有點不舒服。因為看來，高達只是在痛惜一件什麼美好的東西損壞了一樣，而不是為一個曾和他有密切關係的女人的死亡而難過。

高達的這種神情，使人感到他這個人，甚至是不懂得什麼是人和人之間的感情的，使人感到他的冷漠，幾乎接近冷血！

高達並沒有追問寶娥的死因，繼續道：「為了減少這種威脅，所以我必須安排一場自己的死亡。我故意和夏氏兄弟作對，破壞了他們幾樁買賣，引得他們派了兩個殺手來放炸彈——那兩個美麗的女殺手，還不錯吧？」

羅開沒有料到他在敘述如此嚴重的問題之際，忽然這樣問了一句，他感到有點尷尬，只是含糊其詞地答應了一句。高達又用力一揮手：「我的目的，是想要令到對方以為我已經死了！」

羅開直截地問：「你心目中的『對方』究竟是什麼人？」

高達搖頭：「不能確定，但如果必須要有一個名稱的話，『時間大神』是恰當的。」

羅開深深地吸了一口氣，並沒有說什麼，高達把背靠在沙發上：「我感到一個人的力量，是不足以對抗的，所以才想起聯絡你，終於能和你見面……」

他說到這裡，忽然笑了一下，顯得有點輕佻：「你的易容術其實已經很好了，安妮不過是故意挑剔而已！」

羅開咕嚕了一句：「去扮一個女人，大概是我一生之中最蠢的事了！」

高達居然同意了他的說法：「不要緊，人總是會做點蠢事的，你對寶娥的說法的意見，我已經知道了──對不起，我一直在偷聽你和安妮的對話。」

羅開不由自主，皺了皺眉，他知道，眼前這個人，看起來一副吊兒郎當的樣子，但是如果他真的是敵人的話，那可能會是最可怕的敵人！

既然自己扮成女人一事他都知道，那麼可知他一直在暗中跟蹤自己，他是如何進屋子來，利用了什麼先進的儀器來偷聽的，其中的經過，實在不必再問了，問了，反而顯得自己的低能！

現在值得慶幸的是，浪子高達是朋友，而不是敵人！

羅開在想著，沒有說話，高達問：「你說曾見過一座活的鐘？我真無法明白那是什麼意思？」

羅開嘆了一聲：「連我見過，也無法明白，而且我發現也十分難以形容。」

高達在那一剎間，居然現出了一絲嚴肅的神情來：「鷹，如果你假設那是一個外星生物，我不會反對。」

羅開直視著他，等著他作進一步的解釋。高達揚了揚眉——他有濃而秀氣的眉毛，那使他看起來，相當英俊：「那兩具玩偶，是什麼原料製成的，我不認為雲氏工業機構可以化驗得出來！」

羅開遲疑著：「你的意思是，那……不是地球上的物質所塑製的？」

高達點著頭：「還有，我信中向你提及我收到了寶娥的信息。」

羅開「嗯」地一聲：「是的，我全然不明白。」

高達略欠了欠身，自衣袋中，取出一樣東西來，順手向羅開拋了過來，他的動作自然而瀟灑，羅開遲疑了極短的時間，一伸手，把高達拋過來的東西，接在手中。

事後，羅開很為自己那一剎間的遲疑而感到慚愧，因為那表示他對高達始終還是不能全無戒心，而如果作為朋友來說，是不應該有任何戒心的！

當時，羅開一接住高達拋過來的東西，就是一怔，那是一只粉盒。粉盒，是極普通的東西，幾乎每一個成年女性的手提袋之中，都有一只。這只粉盒看來比普通的略為大一些，六角形，看起來像是銀質的，而粉盒的表面，看來十分光滑，而在盒的外面，更沒有任何裝飾花紋。

羅開向高達望去，高達做了一個「打開來看看」的手勢，羅開按下了一個小小的掣，粉盒打了開來。一打開之後，羅開就知道，那盒子，不是粉盒，而且一時之間，他也說不出那是什麼東西來。

盒子打開之後，兩面都是螢光屏，也是銀灰色，看起來，倒有點像極小型的電視接收機。

高達在解釋：「這是寶娥的東西，當我們關係十分密切的時候，她對我沒有什麼秘密，她說，那盒子，是她的生命之屏。」羅開苦笑了一下，事情真的似乎越來越玄妙了，除了「時間大神」之外，還有「生命之屏」！他緩緩搖著頭：「我不是很明白。」

高達指著那盒子：「在寶娥活著的時候，她腦部活動所發射出來的一種波，可以被這副儀器所接收。」

高達的話，語調聽來十分平淡，可是羅開聽了之後，心頭所受的震撼，真是無可比擬的。他可以相信，那絕不是他的大驚小怪，而是任何人一聽，只要了解到這兩句話中的含義，都會這樣震驚的！

羅開陡然一怔之後，整個人直跳了起來，盯著高達，一句話也說不出來。

高達的反應很奇怪，他望著羅開，長長地吁了一口氣，像是放下了心頭的大石一樣：「看到你反應那樣吃驚，我很高興，我當時在聽到了這東西的作用之後，吃驚程度比你更甚，那甚至使我懷疑自己的應變能力，現在我知道，那是正常的反應。」

羅開的聲音有點苦澀，一時之間，仍然不知道說什麼才好，高達又道：「那也就是說，當寶娥在生的時候，螢光屏上，不斷有雜亂的線條活動著，閃耀著，代表了她的思想。我曾經做過試驗，當她情緒激動的時候，線條的波動幅度極大，而當她平靜的時候，線條也顯得平靜。」

羅開盯著螢光屏，卻看不到什麼線條，高達道：「不論她人在什麼地方，都可以在螢光屏上看到線條的波動，我甚至可以知道她什麼時候在想念我，可是突然之間，螢光屏上什麼也沒有了，這就等於我收到了她遭到了意外的信息一樣。她死了，腦子不再有任何活動，所以便不再有線條出現。」

羅開竭力使自己鎮定下來：「雖然腦部活動產生的電波，已被廣泛地運用在醫學上，可以做有系統的記錄，但是那需要通過極複雜的儀器裝置，像這樣輕巧的一只盒子，又可以不受距離的限制，就接收到微弱到幾乎不可測的腦電波——」

高達嘆了一聲：「衛斯理最喜歡說的一句話：那不是地球上的東西！」

羅開覺得自己的脖子有點僵硬，但是他還是努力地點了點頭，表示同意。

他又問：「這東西是——」

高達的聲音，聽來有極度的無奈：「她說過，那是時間大神給她的。」

羅開震動了一下，好一會兒，兩個人都不開口，然後，突然地，兩個人又一起開口：「應該可以肯定了！」

他們的話，在不明情由的人聽來，當然莫名其妙，但是他們相互之間，卻全然可以明白：可以肯定了！可以肯定的是，時間大神，是一個來自外星的高級生物！

在肯定了這一點之後，接下來的問題，不知有多少，那許多問題，令得他們兩人，又沉默了好一會兒。

好一會兒之後，羅開才道：「我們知道，『時間大神』曾經盤踞在美國國防部電腦中心，通過了若干活機械人，成立了一個組織，做了若干事。」

高達點頭，羅開在這時，不由自主，感到了一股寒意，自己在心中問自己：當時，如果自己知道要對抗的，是一個來自外星的高級生物，他是不是還會有勇氣與之抗爭？因為很明顯，地球人和外星生物相比較，強弱懸殊，相去實在太遠了！

而如今，又面對著同一問題，他自然而然，感到寒意流遍了全身！

十三 受時間大神控制的人

坐在羅開對面的高達，像是可以在羅開的神情變化之中，揣知他的心意一樣：「鷹，我知道你在想什麼，幾乎是不能對抗的，是不是？不但是普通人，連像我們這種出色的人，也無法抗拒，地球人註定了要做外星人的奴隸，你是不是在這樣想？」

羅開沒有直接回答，只是嘆了一聲。他正是在這樣想，這是令人極度沮喪的事實。

高達也嘆了一聲：「本來我起初想法也和你一樣，可是，你的行動，卻給我極大的鼓舞，我曾經沮喪得想投降——」

羅開道：「是，那兩個女郎曾敘述過你的情形，我甚至懷疑她們見到的是不是你！」

高達指著羅開：「你的行動，已經證明了就算時間大神是外星的高級生物，也不是全然不可對付的，至少，你就令它受到了挫折。」

羅開挺了挺胸：「這……只可以說是偶然！」

高達提高了聲音：「當然不是偶然，是你出色的努力的結果，鷹，不要妄自菲薄！」

羅開自然不是妄自菲薄的人，他微笑著，接受了高達的讚揚。

高達又道：「我們如今第一件要做的事，就是把那個『時間大神』找出來！它自己暴露了自己的缺點，它在受了挫折之後，就躲了起來，因此可以證明它是相當脆弱的！」

他頓了一頓，補充道：「至少，它不是那麼不能對付，我們不必太被動！」

羅開凝思著，高達的話是有道理的，主動去把那個神秘的「時間大神」找出來！可是，該如何著手呢？這個外星生物，可以躲藏在任何地方，因為它的外形，就是一只鐘，而像這樣的鐘，世界上可能有超過一億只！

他把手中的盒子合上：「這種儀器，如果可以隨意接收到每一個人腦電波活動的話，那就可以知道每一個人在想些什麼？」

高達表示同意：「理論上來說是這樣。」

羅開有點不明白地望向高達：「如果時間大神有這種能力，你為什麼還要詐死？」

高達攤了攤手：「從寶娥和活機械人的例子看來，時間大神本身的行動能力有限，看來，它必須通過受命於它的一些人，才能有所行動，我的目的，是想騙過那類人！」

羅開又問：「浪子，是不是你已經感到了受到這類人的威脅？」

高達略為遲疑了一下，但是他立時道：「對不起，我是不應該猶豫的，我們既然已經決定了合作，我就不該有任何隱瞞，只不過我還不能肯定，所以才在回答之前，想上一想！」

羅開坦然道：「你不必為了這種小事道歉。」

高達吸了一口氣：「我感到我在受監視，一種目的不明的監視，經過了反擊，發現監視是來自西方國家的一個高級情報組織！」

羅開的神情，表示了他心目中的訝異：「你……和西方國家的情報組織，應該是扯不上任何關連的！」

高達點頭：「本來就是，我生活糜爛，只知道追求享樂。當然，我也追求金錢，可是為什麼會和西方情報組織扯上了關係，連我自己也不明白！」

羅開猶豫地問：「或許是你的調查，有了什麼差錯？」

高達搖頭：「絕不會，我想，可能是我手中，有著那兩個玩偶，和這個儀器的原故。」

羅開倒不同意：「那更說不通了，如果是為了這個原故，要找你的應該是時間大神，不是西方陣營的情報組織！」

高達神情訝異：「鷹，你怎麼啦？我不相信你不知道我是在說：時間大神，通過了西方陣營的情報組織，在對付我？」

羅開的心境，十分苦澀，他當然不是不知道，以他的反應之敏銳，高達一提出來，他就已經想到了。可是他卻竭力想否定這一點。原因很簡單，他內心深處，不願意那是事實，是因為黛娜的原故。

黛娜，他內心深處，知道自己已經愛上了的女子，就是西方陣營高級情報組織中的重要人物，如果這個組織已被時間大神所控制，那麼黛娜的處境，就十分危險，羅開是為這個原因，才想否定高達的想法的。可是在高達直截了當的詢問之下，羅開無可回答，只好道：「可以作為一種設想來處理。」

高達用力一揮手：「不是設想，鷹，我已經有確實的證據，知道了主持這件事的人是什麼身分，要追查時間大神的下落，必須在這個人身上著手！」

羅開望向高達，發出無言的詢問。

高達道：「這個人本身絕不簡單，是西方陣營情報機構中的一張皇牌，有極輝煌的工作紀錄，有一個外號，叫作『烈性炸藥』——」

高達講到這裡，羅開發出了一下叫聲，整個人直跳了起來，他的行動是如此之怪異，以致高達不但突然停止了講話，而且身子向後，疾翻而出，在半空中轉了一個身，才站定在地上。

這兩個在冒險生活之中，如此出色的人物，就這樣對峙著，兩人之間，都明顯地可以感到在兩人之間，充滿了敵意。

兩個人都一動都不動，但是從高達剛才如此敏捷的反應看來，任何一方，只要先有任何動作，接下來的爭鬥，一定驚天動地！

時間在僵持之中，飛快地溜過去，足有三分鐘之久，高達才道：「好了，就算我們以後不能再做朋友，也讓我知道，我犯了什麼錯誤？」

羅開沒有立時回答，面肉抽搐著，樣子又怪又難看，高達陡地怪叫一聲，伸手指向羅開，羅開厲聲喝著：「別指著我！」

高達深深地吸了一口氣，剛才，他那種戒備的神情，使他看來像是一頭豹子，但立即地，他又恢復了那種滿不在乎的神態，甚至轉過了身去，以背對著羅開，用一種悠然的語調道：「烈性炸藥是一個十分美麗的女性，鷹，你愛她？」

羅開也慢慢把微彎著的身子挺直，可是他的神情卻絕不輕鬆，以致他在伸直身子之際，骨節發出一陣輕微的「格格」聲來。

他十分簡單地回答：「是。」

高達一點也沒有過份驚詫，甚至並不轉過身來，只是喃喃地道：「我早就說過，天下男人，都應該像我一樣，不被任何女人的感情牢籠所困！」

羅開又厲聲道：「證據是什麼？」

高達這才慢慢轉過身來，望定了羅開，又緩緩搖著頭：「算了，不論我提出什麼證據來，你都不會接受的——」

他做著手勢，表示一切都別再提了，然後，向門口走去：「真對不起，是我不好，我怎麼會不知道你和她之間的關係呢？應該知道的。」

他的行動十分快捷，在這兩句話之中，已經來到了門口，而就在他伸手去開門之際，羅開已經喝道：「別走！」

高達嘆了一聲：「鷹，與你為敵，是我最不願意做的事之一，別硬留我，我不會笨到認為和一個熱戀中的男人可以理智討論任何問題！」

羅開喘著氣：「證據！」

高達不加理會，仍然伸手去抓門柄，他的手才一碰到門柄，突然，是「拍拍拍拍」七下響，七枚看來藍殷殷的銅釘，全釘在門柄附近的門上。

這七枚小釘，如果射向他的手，或是射向他的身體任何部份，他是不是可以躲得開，實在一點把握也沒有，因為它們的來勢，是如此之快，如此主動。

高達真的感到了吃驚，他縮回手，在縮回手來的時候，他以極快的動作，在釘在門柄旁的七枚小釘上，各彈了一下。

然後，他才轉過身來，望著羅開，冷靜地道：「要不要手帕？你在冒汗！」

羅開是在冒汗，在高達提出了對黛娜的指責之後，羅開的心情起伏，精神緊張之極，所以他的行動，實在是失常的，當高達這樣問他之際，令他緊張的神情，得到了一個鬆弛的機會，他頹然坐了下來，用一種聽來微弱的聲音道：「證據呢？」

高達低嘆了一聲，羅開垂下頭片刻，當他再度抬起頭來時，看來已經完全恢復了正常：「浪子，發現活機械人的秘密，導致美國國防部電腦室的爆炸，也就是說，我和不可測的組織鬥爭，沒有她，是不會成功的。」

高達點頭：「我同意，雖然其中的經過我不知道，但只要你這樣說，我就同意。」

羅開又有一點激動，但迅速平復了情緒：「可是你剛才卻指責她受了時間大神的控制，正在為虎作倀！」

高達鎮定地道：「一點也不矛盾，從那次爆炸起到現在有多久了？在這段時間內，你們接觸了多少次？」

羅開用力揮了一下手，從那次之後，他見到黛娜的次數並不多，尤其是最近，他根本無法和黛娜聯絡，他每次企圖和黛娜聯絡，得到的答覆，都是她在從事重要任務。

所以，羅開無法回答高達的問題，他只好先道：「剛才我有點失常，真對不起！」

高達笑著：「不，我要多謝你，雖然你在極度失常的狀態之中，但是你仍然沒有傷害我的意圖。」

羅開的神情極度尷尬，高達又向前走來：「好，你要證據，我可以提供給你，你大約不知道現在，她在什麼地方？在幹什麼？」

羅開的神情，驚呆之極，因為他的確不知道！

十四　有關黛娜的一段記錄片

羅開和黛娜的聯絡，一直是通過電話來進行的，當羅開打電話到黛娜辦事機構，得到的回答是她有重要任務在執行，無法接聽電話之際，羅開就無法和黛娜聯絡了，最近的情形，就是這樣。

可是，那廣告，浪子高達刊載的那個廣告，刊出了之後，黛娜和他通過話，討論過，是不是從那時開始，黛娜已對高達加以特別注意，以致使高達誤會了？

他想到這裡，感到一陣輕鬆，忍不住「呵呵」笑了起來，直指高達：「你誤會了，我絕對可以肯定，你誤會了，她是在注意你，但完全是為了你登的那個廣告！」

高達以一種不置可否的神情望著他，羅開繼續說著：「所以，她開始注意你，多半在代我追查你會玩什麼花樣，那自然使你誤會了她在對付你！」

高達仍然不出聲，可是臉上卻現出了一種近乎哀憫的神色來，那令得羅開十分惱怒：「我說的是事實，你以為我是在替她辯護？」

高達做了一個手勢：「我要說的也是事實，雖然我是一直不願意說的，你愛她，我說什麼你都不會相信——」

羅開悶哼了一聲：「別說這種廢話，只要有事實，我不願相信，也得相信！」

高達又沉默了片刻，才道：「在我感到有人一直在注意我的行動之後，我展開反擊，知道了留意我的是那個情報機構，也查明了主事人是烈性炸藥——」

羅開不耐煩地打斷了他的話頭：「這，我已經有了我的解釋！」

高達緩緩搖著頭：「你聽我說下去，在我知道了事情和烈性炸藥有關之後，我就反跟蹤——當然，我有許多得力的手下，其中有一、兩個，是一流的跟蹤專家——」

羅開這時，又發出了一下不滿的悶哼聲，令得高達的話，頓了一頓。但高達像是胸有成竹一樣，心平氣和，繼續道：「當然，所謂一流專家，跟蹤的本領，與你，我是不能相比的！」

羅開悶哼：「這正是我的意思，就算像我親自跟蹤，想要不被黛娜覺察，也是十分困難的事！」

高達有點不安地挪了一下身子：「鷹，聽我說下去好不好？」

羅開半轉過頭去，顯得他對高達的話，十分反感。黛娜是受時間大神控制的？和已死的寶娥一樣？神秘的時間大神，將會通過黛娜和她服務的機構，做出一連串對地球不利的事情來？這一切，對深愛著黛娜，願意放棄一切，和黛娜去過隱居生活的羅開來說，都是全然不能接受的事！

高達的語氣仍然很平和：「在跟蹤的過程之中，我的一個手下，拍攝到了一個過程，時間是兩個月之前，請注意，那是我刊登廣告找尋你之前。」

羅開震動了一下，兩個月之前，那時，他在哪裡？他沉著地問：「請說出精確的日子！」

高達說了一個日子，羅開略為想了一下，那是他和黛娜在黃石公園渡過了畢生難忘的愉快假期之後的半個月，他已經離開了美國，黛娜留在她的工作崗位上……羅開一想到這裡，斷然揮了一下手：「你不必說下去了，如果你在那時就開始跟蹤她，就應該知道，她曾和我一起在黃石公園渡過愉快的假期！」

高達眨著眼：「誰說我不知道？」

羅開的身子又震動了一下，盯著高達，高達一翻手，像是魔術師在玩弄魔術一樣，手上突然多了一具微型錄音機。這種快速的手法，在羅開，亞洲之鷹的眼中，自然不算得什麼，所以他只是冷笑了一下，可是緊接著，當高達按下了微型錄音機中的一個掣鈕之後，羅開卻像是遭到電殛一樣，彈跳了起來！

錄音機中，清晰地傳出了他的聲音：「讓我們變回普通人！」然後，又是黛娜的聲音：「不可能，蝴蝶不能變回毛蟲……」

高達又按下了停止掣，用一種抱歉的神情，望著羅開，羅開的臉色，極其難看，高達攤了攤手：「對不起，鷹，我手下說那個男人是你，可是我不相信，我還罵我的手下，說如果是亞洲之鷹，你們這些人的腦袋早就被踏扁了。可是，別責怪自己，我一直說，男人要保持清醒，最大的要訣是別談戀愛，一旦被愛神纏上了，就會變得盲目、無能！」

羅開其實並沒有十分聽清楚高達的那番話，他耳際只是一陣嗡嗡作響，他竭力想記起當時遇到了一些什麼樣的可疑人物，以他的機警來說，是應該可以留意到的。但是這時，他回想起來，卻什麼也記不起，在記憶之中的，只是黛娜，黛娜的一顰一笑，黛娜的嬌嗔淺怒，黛娜晶瑩的身體，黛娜的一切……正如高達所說，在戀愛中的男人，是盲目的！

羅開咽下了一口口水，神情苦澀，喃喃地道：「是，你的手下很成功。」

高達的聲音十分誠懇：「我是一個沒有愛情，只知玩樂的浪子，所以我很不明白一個在戀愛中的人的心理，但是我認為，不論在什麼樣的情形下，人總是不能否認事實的！」

羅開挺了挺胸，他臉上那種堅強的線條，眼中那種接近嚴峻的眼神，又回復了原狀，顯然在那一剎間，他已經準備好接受任何打擊。

人總是有脆弱的一面的，連亞洲之鷹也不能例外，像浪子高達，難道沒有脆弱的一面嗎？當然也有，只要是人，就有。而像亞洲之鷹那樣，難能可貴的是，可以在極短的時間內，由脆弱回復堅強，堅強到可以接受任何打擊！

羅開的聲音也變回堅定：「拍攝到甚麼？」

高達身邊的小道具真多，他又取出了一只看來像煙盒大小的東西來，打開，那是一具微型放映機，銀幕只有三十五厘米，他把放映機放在几上：「你可以自己看。」羅開鎮定地微笑了一下：「一起看，或許我需要你的解釋。」高達點頭：「好，一起研究一下，事實上，我對於這一段紀錄，也還有不明白之處。」高達說著，按了掣鈕，一陣輕微的聲響過後，灰白色的銀幕上，出現了形象，先是一片黑暗，接著，有了一點光亮，但還是十分暗，幾乎什麼也看不到，只是模糊一片。

羅開「嗯」了一聲，表示什麼也看不到，高達道：「紅外線攝影的性能已經調到最高了，可是效果還是不好，我懷疑可能有什麼對抗紅外線的設備在起作用，但看下去，有點東西看。」

在高達說話間，銀幕上已可以看到一些朦朧的景象了，看得出，那是一間房間，一間全然是空的房間，沒有任何陳設。可是在房間中間，卻可以看到一個人，這個人以一種十分奇特的姿勢跪著，雖然不是看得很清楚，但是也可以辨認出，那是一個女人。這個女人跪著，雙手高舉，看起來是準備作五體投地式的膜拜。

羅開一看到了這樣姿勢的一個女人，就立時道：「那具玩偶！」

在高達送給他的那兩具玩偶之中，有一具和寶娥維妙維肖的，正是這樣的姿勢！

高達吸了一口氣：「看下去！」

羅開也陡地緊張了起來，儘管光線不足，而且在拍攝的時候，可能由於環境的惡劣，畫面在顫動，可是由於他對黛娜的極度熟悉，他依稀感到，那個跪在地上的女人，就是黛娜。

他心中起了一股莫名的恐懼之感，在小銀幕上看到的一切，實在太妖異了，妖異得使人不寒而慄，尤其這種妖異的景象，和自己所愛的人可能有關連之際，更是叫人不由自主，遍體生寒！

羅開不自覺地握緊了拳頭，他感到自己的手心中全是冷汗。他緊盯著小銀幕，連眨一眨眼都不敢。

那女人開始膜拜起來，從她的體態中可以看出來，她對於膜拜的對象，心中是如何地充滿了虔誠，即使是最忠誠的回教徒，在崇拜真神時，也不會給人如此萬分虔誠的感覺。

她膜拜了八次之多，才又跪直了身子。

由於在銀幕上現出來的，一直是這個女人的背影，看不見她的臉孔，所以，當她跪直了身子之後，儘管羅開感到這個女人，越來越像是黛娜，他心中還存在著萬一的希望，希望那是另一個人。

可是就在這時候，羅開看到了那女人的臉，那女人轉過頭來！

在剎那之間，羅開只感到自己胸口的肌肉在急速地收縮，像是要把他的心壓扁一樣。

毫無疑問了，這個女人是黛娜！

當這個女人一轉過臉來時，銀幕上的景象，劇烈地震動了一下。

高達在這時沉聲道：「她發覺了有人在窺伺，射出了一枚子彈，我竟看不出她是用什麼槍械，如何發射這枚子彈的，你和她那麼熟，你看得出嗎？」高達一面說著，一面按動了微型放映機上的一個掣，使銀幕上的景象倒回去，又重放了一遍，兩遍，三遍，看起來，只看到黛娜回了回頭，看不出她有別的任何動作。

羅開深深地吸了一口氣，搖了搖頭：「我也看不出她用什麼方法。」

高達的聲音低沉：「我那個手下被子彈射中，可是他還是堅持到了見到了聯絡人才死去，所以這段紀錄才會到我手中。」

羅開沒有表示什麼，這時，高達放開了手，銀幕上的景象繼續下去，羅開愈往下看去，愈是顯得震駭了，他所看到的，令他驚駭得張大了口，但是卻一點聲音也發不出來。

十五 時間大神的奴隸

能令得亞洲之鷹驚駭到這種程度的，一定是有極其可怖的景象出現在銀幕上了？

其實，一點也不，這時出現在銀幕上的景象，看在任何普通人的眼中，都不會引起什麼驚駭，因為那實在十分普通，不足為奇。

那只不過是一只鐘——當黛娜轉回頭去，畫面在劇烈的震盪之中，就在黛娜的身前，出現了一只鐘，有著閃光的、跳動的數字。

那只鐘的出現，只不過十分之一秒，紀錄便終止了，顯然是拍攝者在受了傷之後，急著要離開，所以那一段紀錄，就到此為止了。

一只鐘！

那只鐘，看起來像是浮在空中一樣，那和羅開上次在半昏迷狀態之中見到的情形是一樣的，而黛娜的膜拜對象，就是那只鐘！

羅開要過了好久，才能用聽來十分微弱的聲音問：「剛才，你……看到了什麼……最後的……那是什麼？」

高達的聲音苦澀：「一只鐘，看起來像是一只鐘，但是我假設，那……就是時間大神。」

羅開望向高達，面肉抽搐著，高達立時舉起一隻手來：「這是我一個得力手下，犧牲了性命換回來的，我絕不懷疑它的真實性。」

羅開喃喃地道：「可是……可是……」

他的思緒一片紊亂，實在不知道說什麼才好，高達又從口袋中取出了一枚又細又長的子彈來，放在几上：「你認得這鎗彈嗎？就是它令得拍攝這段紀錄片的人死亡的。這種子彈，好像是屬於一種巨大的軍用手鎗的。」

羅開無力地點著頭，想起他第一次和黛娜見面，黛娜就曾經用這樣的一柄鎗指著他，看來，她對於那種巨大的德國軍用手鎗，有著特殊的愛好。

高達伸出手來，在羅開的肩頭上，輕輕拍了一下，那自然是表示友好的一種動作，可是羅開卻敏感地震動了一下。高達沉聲：「現在，你應該知道我為什麼要把禮物送給你的原因了吧？」

羅開「嗯」地一聲：「因為我和她的關係？」

高達吸了一口氣：「我不能肯定她和你的關係，但既然有這個可能，我就想，通過你和烈性炸藥的關係，去追查時間大神的下落，是可行之道。可是我不知道原來你對她的感情那麼深！」

羅開感到了惱怒：「你在利用我和黛娜的感情，你……我代你感到悲哀，你根本不懂得感情！」

高達冷冷地道：「那是另外一回事，現在的事實是：你所愛的黛娜，已經完全被時間大神控制了，就像以前的寶娥一樣，會在那個外星怪物的指揮之下，做出任何可怕的事情來，我們一定要對付那個外星怪物，也就一定要從她的身上著手！」

高達的話，說得如此堅決，羅開是無法辯駁的，他伸手在自己的臉上，重重撫摸著，他的神色看來很疲倦，但是卻十分堅強。

他用極緩慢的速度點著頭：「好，我不怪你，但是，浪子，在這次事件之後，我實在不想再見你！」

高達聳聳肩，裝出一副毫不在乎的神情來：「不過在這件事上，我們需要充份的合作，我裝死的計劃，相當周詳，不會那麼容易被人識穿，所以在你見到了你的愛人之後，別提起我，我相信你有你的應付方法，但是有我在暗中協助你，總會有用得多，是不是？」

這一點，是羅開無法不承認的，他由衷地道：「有用得多了！」

高達微笑：「謝謝你的誇獎。鷹，真的，我們只知道那個鐘，可能是一個外星怪物，但是不知道它通過什麼方法來控制地球人，所以，黛娜如今的處境，我們也一無所知。或許，一種神秘的力量，已經侵入了她的腦部，改變了她的思想，使她變成了奴隸，也許是另外一種方式，總而言之，她現在是我們的敵人，敵人！」

高達連說了兩遍「敵人」，羅開揮著手：「你剛才說得對，我有我自己處事的方法，你似乎說得太多了！」

高達揚了揚手：「是，說得太多了。」

他用一種看來十分輕鬆的腳步，向門口走去，到了門口，他才轉過身來：「無論任何一個男人，對女人都有他們自己不同的態度，我一直以為我自己的態度是最正確的，沒有苦惱！」

羅開淡然一笑：「也沒有快樂。」

高達翻了一下手：「或許我應該是說，我是有生理上的快樂，但是沒有心理上的快樂吧！」

羅開沒有再說什麼，只是陷入了沉思之中，高達也沒有多逗留，打開門，吹著口哨，他吹的口哨音節豐富而變化靈活，十分動聽，在門關上之後，羅開還聽到口哨聲在漸漸地遠去了。

那具微型放映機還留在几上，羅開凝視著它，他一動也不動，看來就好像是一具石像一樣。

當他需要思考的時候，他總是這樣一動不動。這時，他的思緒極亂，黛娜，他首先肯定，黛娜是不幸的犧牲者，她再能幹，也只不過是一個普通的地球人。普通的地球人，在外星怪物面前，是不是有能力保護自己，實在是一大疑問。

羅開這時，倒感到剛才對高達太不客氣了。雖然高達帶給他的是一個如此不愉快的消息，但是早知道了這種情形，對他，對黛娜，對如何對付「時間大神」，都是有極大好處的。

當然，先要和黛娜接觸，見到她，才能有進一步的行動。羅開有了決定，他欠了欠身子，移過電話來，又按了他熟悉的號碼。

電話接通之後，他聽到的，仍是秘書的聲音：「對不起，黛娜中校正在執行重要任務，無法和她取得任何聯絡。」

羅開沉聲：「那麼，請接黛娜中校的上司。」

秘書的聲音更冷峻：「如果你真有事要找黛娜中校的上司，你應該有他的電話號碼！」

秘書甚至不等羅開再說什麼，就掛上了電話，羅開只好苦笑：正在執行重要任務，那是什麼任務？是替她工作的情報機構執行任務，還是替時間大神，那個鐘形的外星怪客在執行任務？

一想到這裡，他不由自主，感到一陣寒意。雖然極度不願意，但是他還是把那一段紀錄片，看了又看，直到閉著眼睛也能想出其中每一個細節來為止。然後，他又一動不動，手托著頭坐著，一直到天色漸漸黑了下來。當天色一片濃黑之後，他才有了開始行動的決定，黛娜不論在何處，一定會看報紙的，就用浪子高達找他的辦法，在世界各大城市的報紙上，刊登廣告，要黛娜和自己主動聯絡。

就在這時候，電話鈴突然響了起來，羅開拿起電話，聽到了熟悉的口哨聲，接著，便是一個聽來相當蒼老的聲音：「先生，我是高先生的手下，如果你有什麼事，自己不想去做，可以吩咐我去做。」

羅開想了幾秒鐘，就道：「好，請你幫我在全世界各地主要城市的報紙上，刊登一則廣告。」

那蒼老的聲音問：「請給我詳細的指示，世界各地主要城市，是那些城市？」

羅開道：「外蒙古的烏蘭巴托，和冰島的雷克雅未克，全部算是重要城市。」

對方的回答很恭敬：「是，請告訴我廣告內容，還有，羅先生如果要找我的話，我的電話號碼是……任何事，我只要做得到，我一定會盡力去做。」

羅開的心中苦笑了一下，多少年來，他喜歡獨來獨往，多困難的事，也是獨立應付的。可是這一次，他顯然不能獨立應付了，他感到這對自己「亞洲之鷹」的外號，是一種侵蝕，可是卻又無可奈何！

他把要刊登的廣告內容唸了一遍，對方又覆述了一遍，羅開才掛上了電話，然後整理了一下，提著一隻箱子，離開了那屋子，他在離開那屋子的時候，回頭看了一眼，心中很清楚，他再也不會到這裡來了。

他變得很不喜歡這屋子，因為安妮來過，浪子高達也來過，還有甚至浪子高達的手下，也打過電話來，使他感到在這屋子中沒有安全感。

放棄一間屋子，對羅開來說，當然是一件微不足道的小事，屋子中重要的東西，全部收拾在那隻箱子之中，其餘的，沒有什麼值得留戀。

他提著箱子，來到了車子旁邊，先打開了行李箱，把箱子放進去。

羅開所使用的每一輛車子，看起來都相當普通，但是卻都經過精心改裝，有著許多別的車子中所沒有的設備。有些，並不是什麼了不起的設備，可是卻有相當高的實用價值。

譬如說，在車子的行李箱蓋內，裝有小小的鏡子，可以使他在行李箱蓋打開的時候，面對著車子，卻可看到身後的情形。

這種小設備，全是羅開自己想出來的，這時，他放好了箱子，在合上行李箱蓋之前，自然而然向那面小鏡子望了一下，看到在他身後，約莫五十公尺處，有一輛車子停著。路邊有車子停著，當然是十分正常的事，可是羅開卻立時看到，那輛全熄了燈的車子，裡面至少有兩個人坐著，而且那兩個人，儘量在隱藏自己，不讓別人看到。

當然，那有可能是一雙借車廂在幽會的男女，但像羅開這樣，過慣了冒險生活的人，所想到的更大可能，是有人在窺伺跟蹤。

他連頭都不回一下，合上行李箱蓋，車子很快地駛上公路，很快地發現那輛車子，以近乎拙劣的跟蹤技巧，跟了上來。那種拙劣的跟蹤法，簡直令羅開感到受了侮辱！

十六　歐洲情報組織的跟蹤

羅開本來是準備到機場去的，他要離開這裡，因為在那段廣告上，他用了幾句和黛娜有默契的隱語，告訴黛娜如何和他聯絡，所以他必須到那個地點去，等候黛娜的信息。他要離開澳洲，到紐西蘭南部的一個城市去，那個城市叫英伐卡吉爾，在那裡，他希望可以等到黛娜的消息。

但是，既然有人用那麼拙劣的方法在跟蹤他，那令得他感到非要浪費一點時間不可。

他維持著普通的車速，後面的車子，保持著五十公尺左右的距離。然後，羅開突然轉進了一條彎路，在後面那輛車子，還未曾跟著轉進來之前，他已經飛快地掉了頭，而且，以極高的速度，開亮了車頭燈，向著那輛車子，疾撞了過去！

後面那輛車子的駕駛人，顯然慌了手腳，想逃，已經來不及了，只好停車，羅開的車子，已經攔腰撞了上去。

那令得那輛車子的車門，立時凹陷了進去，羅開自車中撲出來，到了那車子的另一面，那車子中有兩個人，一個顯然已撞昏了過去，另一個正打開門要衝出來，羅開一到，一伸手，已將他的手臂，反扭了過來。

羅開這一下反扭，十分有力，令得那人發出了一下慘嗥聲，身子不由自主，轉了過來，把背部完全暴露在羅開的面前。

羅開一隻手緊抓著那人的手腕，另一隻手，輕輕在那人的背上拍了兩下，令得那人又發出了兩下驚駭絕倫的抽噎聲來。

羅開的聲音冷峻：「別多浪費我的時間，我的脾氣不是太好！」

那人嘎著聲：「放開我，我是政府官員！」

羅開怔了一怔，這是他意料不到的一個答案，「政府官員」？那是什麼意思，他冷笑一下：「是公共環境計劃部的？」

那人又驚又怒：「當然不是，我是情報人員，你快放開我！」

羅開又怔了怔，略鬆了鬆手，那人的動作倒也很快，立時轉過身來，可是羅開也早有準備，一伸手，就在那人轉過身來，面對著他的一剎那間，右手的食指和拇指，已經捏住了那人喉間的軟骨。

羅開所用的力度，恰到好處，那人可以出聲，但是絕不敢亂動——因為羅開只要一使勁，就可以把他喉際的軟骨捏碎。

一個情報工作人員——如果他自稱的身分不假，那至少應該知道喉際軟骨被捏碎之後的結果，是如何之可怕。

那人瞪大了雙眼，望著羅開，驚駭莫名，羅開攤開左手來：「先生，身分證明文件？」

那人十分艱難地吞了一口口水，用極其小心的動作，自他的上衣袋中，取出了一隻小黑皮夾來，羅開一伸手接了過來，打開，就看到了一張工作證件。

要不是羅開曾在黛娜那裡，見過這種工作證件的話，儘管他見多識廣，一下子也不易辨認得出來，因為他畢竟不是慣和情報機構打交道的。

但這時，他卻一看就看了出來，這張看來十分普通的證件，卻表示著證件持有人的特殊身分，那是北大西洋組織中，情報機構的工作證，持有人是這個機構中的人員！

剎那之間，羅開想到的是高達的話：我發現西方情報機構在注意我……經過反擊……又發現那是一個外號叫烈性炸藥的出色情報人員主使的……

羅開緩緩地吸了一口氣，把那小皮夾還給了那個人，用他嚴峻之極的眼光盯著那人：「你們的行動，是受了誰的命令？」

那人的聲音有點模糊不清：「你以為……我會說出來？」

羅開冷笑一聲：「以你們兩人的這種跟蹤方法，我只要對你們的上司去說一說，只怕你們會立即被調走，專做清理辦公室垃圾的工作！」

那人的處境雖然不利，但是口倒還很硬：「上司？你怎能見到我們的上司？」

羅開悠然道：「或許能夠，譬如說，黛娜中校，就不會拒絕見我！」

那人的面色變得怪異莫名，羅開在這時候，鬆開了手，後退一步，那人像是立即要伸手去取武器，可是卻又猶豫了一下，終於沒有什麼異動。這時，車子中那個昏過去的人，也已醒過來，大聲呻吟著，羅開指著自己：「你們知道我是什麼人？」

那人又猶豫了一下，搖著頭：「不知道，我們只是奉命行事。」

羅開又問：「目的是什麼？」

那人的神情更古怪，羅開冷冷喝道：「說，別浪費時間！」

羅開的呼喝聲中，有一股說不出的威嚴，令得那人陡然震動了一下：「當你出賣情報的時候，把你拘捕，如果抗拒，格殺勿論！」羅開在一時之間，真不相信自己的耳朵！他，鼎鼎大名的亞洲之鷹，怎會給西方情報機構，當作是一個小特務了呢？

浪子高達的遭遇，是不是和自己一樣，這其中，究竟是有著什麼花樣？

這時，在車中的那個人，捧著被撞破了的頭，踉蹌走了出來，一面出來，一面已拔了槍在手，羅開陡然發出了一下嘯聲，整個人，疾逾鷹隼地跳起來，在半空之中，腳已飛踢而出，在那人還未明白發生什麼事情間，已經把他手中的槍，踢得飛了開去，飛出了至少有二十公尺遠！

兩個人都呆住了，羅開在半空中一挺身，穩穩站在地下，指著他們：「帶我去見你們的上司！」

兩個人互望著，羅開吸了一口氣：「如果你們在澳洲的上司不夠資格，那也就算了！」

那兩個人異口同聲：「黛娜中校是最出色的情報工作者，怎麼會不夠資格！」

羅開心中的疑惑，更是到了極點！

黛娜中校！黛娜在澳洲？這真是不可想像的事情，難道黛娜真成了外星怪客的奴隸？羅開感到事情可能比自己想像的更加複雜，更加嚴重，更加神祕！

他並沒有想了多久：「那更好了，我和她本來就是認識的，我叫羅開，她一定會見我！」

那兩個人一聽得羅開自己報出了名字，現出了訝異莫名的神情來：「羅開？亞洲之鷹？」

羅開點了點頭，其中有一人更是訝異，轉過頭去，和他的同伴道：「怎麼會？電腦資料顯示，我們要對付的，只是一個小角色！」

另一個道：「電腦資料是不會錯的！」

那個道：「當然，要是錯了，那還得了，北極星號的海對地導彈，就可能由於錯誤的資料而發射，把列寧格勒夷為平地！」

在那兩個人說話之間，羅開的心情也緊張之至！電腦！又是電腦，是不是那個外星怪客，在離開了美國國防部的電腦之後，又進據了北大西洋公約組織的電腦呢？如果外星人擾亂了這樣重要組織的電腦程序，那十分容易就可以引發一次毀滅性的世界大戰！

他陡然大聲道：「別再討論下去了，帶我去見黛娜中校！快！」

那兩個人急急應著，其中一個，做了一個手勢，令他稍等一下，另一個奔到車前，在儀表板上，取出了通訊儀，低聲講著，羅開和另一個人走近車去，那人已通完了話，神色遲疑：道：「中校說可以立時接見他！」

十七　大卡車內有電視機

羅開沒有說什麼，只是自顧自上了車，一上車之後，他就雙手抱膝，閉上了眼睛，那兩個情報人員又交換了一下眼色，那個未受傷的駕著車，以極高的速度，向前疾駛了出去。

羅開心中急速在轉著念：黛娜怎麼會在澳洲呢？她在幹什麼？如果她真的已被時間大神控制了，自己見了她，應該怎麼辦呢？

羅開感到緊張，手心在微微冒著汗，他沒有想到，那麼快就可以見到黛娜！當然那是好事，可是，電腦資料說他是一個小角色，那又是什麼意思？

一切似乎全是不可解釋的！羅開想在那兩個人的口中問出點什麼來，但是那兩個人卻又說不出所以然來。

車子一直向前駛著，不一會兒，就看到後面，有一輛大型的卡車，追了上來。

一看到了那輛大卡車，車子便停了下來，等那大卡車在車邊停下來，那兩個人道：

「你要見中校，我們帶路，只帶到這裡為止。」

羅開悶哼了一聲，下了車，大卡車密封的車廂，有一扇門自動打開，羅開一躍而上，進了車廂，門又自動關上，車廂中也亮起燈光。

羅開略為打量了一下，車廂中的陳設，十足是一個舒適的小客廳，羅開在一張沙發上坐了下來，順手打開身邊的酒櫥，取出了一瓶酒來，就著瓶口，喝了一大口。在他面前，一具電視機已亮了起來，使他可以看到駕駛室中的情形。

在駕駛室中，有兩個人，只是冷冷地對他說了一句：「中校在等你，很快就可以見到她了！」

在講了這一句話之後，電視又自動熄滅。羅開儘量使自己坐得舒適一些，他感到事情十分不合情理，除非黛娜知道她的身分已經暴露了，不然，以他和她之間的關係，何必採用這種見面的方式？

會不會黛娜已有了意外，還是這一切，根本全是一個圈套？

十八　奇異之極的現象

羅開一想到一切可能是一個圈套，心中不禁一凜，如果是圈套，那麼，從最初兩個人拙劣的跟蹤起，就已經是圈套的開始了。

圈套的目的是什麼？

一想到這一點，羅開不由自主，伸手在自己的頭上，打了一下。那還用問，如今他在一個密封的空間之中，這自然就是圈套的目的了，要不是有那兩個拙劣的跟蹤者，他怎會進入這個車廂之中？

一想到了這一點，羅開冷笑了一下，這個密封的車廂，當然是有著監視他行動的設備的，他坐著不動，只是向四周圍略看了一下，就發現了三處監視的設備，那是三支微型的電視攝像管。

羅開站了起來，走動了一下，裝成不經意地在車廂壁上，伸手扣了兩下，以他的經驗，發出的聲音這樣堅實，那是至少超過三公分厚的合金板鑄成的。要破壞這樣厚度的合金板，需要熱度高達攝氏五千度的燒焊火焰。

他又半轉過身來，看了一下車廂的門，門和門框之間的縫，緊密得幾乎覺察不出來，可知是高度工藝的結晶，羅開知道，這樣的門，甚至不必加上什麼精密的鎖，只要在門外，加上兩道堅固的橫栓，在裡面的人，就沒有什麼法子把它打開了！

羅開又坐回了沙發上，慢慢呷著酒，情勢已經十分明白了，他，亞洲之鷹，已經進了一個籠子裡面。

羅開靜默了極短的時間，就對著一個電視攝像管，冷冷地道：「好了！魔術應該玩完了，你們的目的是什麼，乾脆說罷！」

在最初的一分鐘，他沒有得到任何回答，只覺得車子還在向前駛著。在他把同樣的話，又說了一遍之後，才聽到一個聲音回答他：「我們的目的？先生，你大概弄錯了，是你有目的，你要見黛娜中校，現在我們就帶你去見她，這是你的目的！」

羅開習慣地揚了揚眉，他雖然已經覺察到自己的處境不是很好，但如今他是無法可施的——或者說，有法子，他也不必施出來，車子不能一直向前駛，總要停下來的，到時再看情形好了。

就算真是敵人佈下的圈套，羅開也不覺得有什麼大不了，敵人的一切是如此飄忽，有接近敵人的機會，都是好的，就算是中了圈套，被人愚弄了來，也是好的。

他冷笑了一下：「原來是這樣，那我真可以見到黛娜中校了？」

他得到的回答只有兩個字：「當然！」

羅開索性閉目養起神來。當然，他雖然閉著眼睛，可是還是保持著極度的警覺，他感覺得出車子已離開了平整的公路，而在崎嶇不平的地面上行駛著，而且車子的速度正在減慢之中。

羅開根據時間，和他估計的車速，約略計算了一下，車子這時，不是駛向近郊的山區，就是駛向海邊了。當他正在這樣想的時候，他感到車身陡然向下沉了沉，然後就劇烈地晃動起來。

羅開心中「啊」地一聲：車子是水陸兩用的，現在已經變成了一艘船，在海面上行駛了。

羅開暗笑了一下，喃喃地道：「其實不必玩這種把戲，只要告訴我，黛娜在什麼地方，就算她在海底，我也會去的！」

他自言自語的話，才一出口，心中又是一凜，他的感覺，整個車廂，就是在海底！這是一種十分奇妙的感覺，他人在密封的車廂之中，根本無法看到外面的任何情形，可是他就是有那種被密封的感覺更甚之感！

雖然那還不能使羅開感到害怕，但是也確實使他感到了不安，他甚至連換了三次坐著的姿勢！

那車子的性能，不但是能夠水陸兩用的，而且，它還能夠潛入海底中行駛！像潛水艇一樣。

以現代科技而論，要建造這樣一輛「車子」，甚至再加上可以噴射飛行的性能，也不是什麼困難的事。可是，他卻從來也沒有聽說過北大西洋公約組織的情報機構，有這樣的設備！

到了這一地步，圈套更明顯了！

他吸了一口氣，道：「希望途程不要太遠，我不以為這個交通工具是原子能發動的，而且，海底逃生的設備究竟在哪，可以告訴我嗎？」

這一次，他得到的回答，是一陣笑聲。笑聲聽來十分平板，不含任何感情，所以羅開也無法知道那一種笑聲的用意。

羅開苦笑了一下，又喝了一大口酒，去見黛娜，還要在海底航行，那真是出乎意料之外的事。羅開一生之中，曾經應付過不知多少出乎意料之外的事，但是身在密封的車廂中，又是在海底，他有什麼辦法？

這種處境自然令他十分不舒服，他站起來，走動了兩步，就在這時候，車廂忽然向前一傾，令他向前衝出了兩步，扶住了一張桌子，才穩住了身子。

他才一站定，就發覺速度更慢，那種在向下沉的感覺，極其明顯——這種感覺，別說敏銳如羅開，就算是普通人，置身於一架速度比較高的升降機之中，也可以感覺得出來的。

大約在十分鐘之後，是一下輕微的震盪，然後，一切都靜止了。

羅開站直了身子，屏氣靜息的等著，他沒有等了多久，就聽到了指令：「在那張半圓椅子之下，你可以找到一副潛水用具，帶著它，對你有用！」

羅開苦笑了一下，有點惱恨自己在悠長的歲月之中，為什麼總是喜歡親近山，而不喜歡親近水。他可以在海拔七千公尺的山上，在空氣稀薄的情形下，完全適應。當然他的泳術也十分精明，但是這時他自問：對深海的了解有多少？他卻答不上來，在深海中，遇到了意外，如何應變？在深海中，遇到了危險，如何脫險……種種問題，他沒有一個答得上來！意外吧？其實一點也不，人沒有十項全能的，他是亞洲之鷹，不是亞洲之鯨！

既然深海的環境對他來說是陌生的，他自然是聽從指令比較好，他來到了那張椅子前，掀開了椅墊，看到了一副十分精巧的潛水用具。

那是一個頭罩和一副水肺，水肺的大小，只有二十公分寬，五十公分長，拿了起來之後，份量也相當輕，水肺內當然是壓縮空氣，羅開自己問自己：這裡面的壓縮空氣，可以維持多久？

在深不可測的海底，不知會遇到什麼事，弄清楚這一點是十分重要的。可是在整副用具上，一個字都沒有，羅開無法明白這一點。

他把水肺配戴好，也戴上了頭盔，他才做好了這些事，車廂的門，就打了開來，羅開期待著車廂門一打開，就有海水湧進來。

可是事實上並不是如此，門打開之後，外面是一條甬道，緊銜接著車廂的門。情形和航機停下之後，乘客必須經過的那條甬道一樣。

甬道中，有著暗淡的燈光。羅開吸了一口氣，向前走去，走出不到五公尺，前面就是一道門，羅開輕而易舉地推開了那扇門，再向前走，前面又是另外一道門。

一直到羅開推開了五道門之後，他高山生活的經驗，還是有用的，他身上的感覺，使他知道，每進入了一道門之後，氣壓就在增加，每兩道門之間有空間，是一個增壓室。

人體對忍受壓力的能力是有限的，從海底升上來，要經過逐步減壓的步驟，相反，如果進入深海，也要經過逐步加壓的手續。

羅開心中嘀咕了一下，對方這樣做，那至少是不想在身體上傷害他的了？

他一面想著，一面在繼續向前走，第五道門被推開後，他看到了一個前所未見的奇景。

在他面前，是一堵水牆，或者說，在他面前，就是海水，看起來，那麼深邃，那麼幽黑，閃耀著像是幽靈一樣不可捉摸光芒的海水！

可是，在他和海水之間，卻一點阻隔也沒有，他伸手出去，可以插進海水之中，當他的手縮回來之際，帶進一點海水來，但是整堵看起來如牆一樣的海水，卻顫動著，並不倒下——並不以雷霆萬鈞之勢湧進來！

羅開一生之中遇到過的怪異環境再多，這種奇詭的情形，他卻未會見過，是以他在縮回手來之後，不由自主，後退了一步，盯著前面的海水。

亞洲之鷹並不想欺騙自己，當他乍一看到這種情景之際，他心中的確會有過短暫的慌亂，但當他後退了兩步之後，他已經完全明白這種奇異景象造成的原因了！

他站著的甬道中，是有空氣的，空氣形成的阻力，阻止了海水向前湧進來，把海水阻在一定的地方，再也難以前進一步！

空氣的阻力十分強大，可以做一個十分簡單的實驗：把一隻水桶，急速翻轉，倒插進水中，如果這個桶是透明的話，就可以看到，就算把整個桶都壓進了水去，還是有半桶。或小半桶的空氣，進不了水，空氣的阻力阻止了水浸進去。羅開這時的處境，就是那樣。

羅開弄明白了自己的處境之後，知道自己需要在這裡，進入水中了。

他把連結水肺的一個吸氣口，咬進口中，又整理了一下頭罩，向前走去，水牆顫動著，他已進入了水中，當他在這種情形之下走進水中去的時候，他有從一個空間步入到另一個空間的那種奇幻之感。

一進入海水之中，他的身子就浮了起來，他發現自己還是在一個甬道中，只不過這甬道中充滿了水而已。

十九　連血液都為之凝結

羅開向前游著，一面計算著向前游出的距離，一面在想：現在，全世界，除了敵方之外，沒有一個人知道他在什麼樣的處境之中。

本來，這一點對他來說，也不算什麼，因為他一直是獨來獨往慣了的。可是連日來，他和女俠安妮、浪子高達見過面，大家都感到，「時間大神」可能是來自外太空的一種高級生物，也都同意了要同心合力來對抗。羅開想到這裡，心情自然苦澀：同心合力，他現在的處境，誰能幫助他？

如果他從此在海底，不能再出去，那麼安妮也好，高達也好，一定以為他從此失蹤了，做夢也想不到他會在海底！羅開有一種極其不祥的預惑，他用力划著水，想把這種預感驅走，可是這種預感卻越來越沉重地壓向他的心頭，幾乎令他連呼吸都感困難！

這時候，他如果不是身在水中的話，他一定要大聲呼叫，以驅散心中這樣的感受。

他游出了兩百公尺左右，感到身子在向上升，已經游出了甬道。

他儘量控制著上升的速度，不使自己上升得太快。潛水人都知道，快速的上升是最危險的事。

可是他大約是上升了十公尺左右，出乎他意料之外，他已經冒出了水面！那令得羅開陡然一怔！這實在是不可能的事，他在深海之中，絕不止十公尺深，這一點，他可以絕對肯定的！

可是如今，他又確然冒出了水面！

由於他戴著頭罩的原故，一出了水面之後，他反倒看不清眼前的情形，他雙足蹬水，脫下了面罩來，才發現自己是在一個相當大的海底岩洞之中。

岩洞中十分幽黑，只有在右方，有一列昏黃的燈光，一直伸延向前。那一列昏黃的燈光，伸延出去相當遠，不見盡頭。

就是那些燈光，映得岩洞中嶙峋的岩石，發出奇形怪狀的陰影，再加上海水微弱的反光，令得整個岩洞之中，如同一個魔窟一樣。

羅開定了定神，游向一堆岩石，攀了上去。岩洞中的空氣，不知道是在幾千萬年之前，地殼變動之際，被密封在海底的，羅開解開了水肺之後，深深吸了幾口氣，未見有什麼異樣。

露在水面上的岩石，十分崎嶇不平，而且又滑又濕，在上面行走，要極度小心才行。羅開來到了那一列燈光之前，向前看去，看出那是海底岩洞中的一條天然甬道。

已經到了這種情形之下，當然不容他退縮了，他沿著燈光，向內走去。羅開在一開始的時候，已經留意了燈光的形成，燈光是嵌在岩石中的，看來像是電燈，但光芒卻相當昏黃，不如一般電燈明亮。

羅開這時，心中的疑惑，也真是到了極點，不論這種燈光是由什麼能量來發光的，那決不會是天然形成的現象，必然是由人工來做成的！

那麼，是什麼人，在這個深海的岩洞之中，做了那樣偉大的工程？

羅開第一個想到的自然是「時間大神」！它是一種具有高度智慧的外星生物，要在地球上某一處深海中的一個岩洞之內，添上了一些特別的裝備，那應該是再容易不過的事情了吧？他腳高腳低的向前走著，又走出了近兩百公尺，才看到前面是一扇門，他一到門前，門就自動打開，裡面是一間不算很大的房間——那真是一間房間，而不是一個山洞，房間的上下四面全是一種淺銀灰色，看起來像是一種金屬。

羅開一看到這種色澤，就感到十分眼熟，可是一時之間，又想不起這種色澤的金屬，有什麼特殊的意義。這間房間之內，並無一物，奇特的地方是，除了他走進來的那扇門之外，在房間中另外的三面牆上，也都是有著一扇門。

羅開才一進來，門就在他後面，無聲地關上，羅開轉回身，看了一下，心中就不禁苦笑，那門關上了之後，看來是沒有辦法打得開了的。

他四面看看，大聲道：「好了，我來了，黛娜在什麼地方？」

他叫了兩聲，沒有回答，在對面的一扇門，卻緩緩地向一旁，移了開去。羅開一個箭步，竄到了那扇門前，那扇門移開之後，有相當強烈的光芒，透了進來，所以羅開在向前竄去之際，一時之間，看不清門外是什麼。他來到門口時的速度相當快，在他自以為快可以竄出門去之際，他陡然感到，前面有什麼東西，阻住了去路。

他連忙伸出手來，向前按了一按，按到了一種又冷又硬的奇怪物體。

這時候，他的眼睛，已完全可以適應門外射進來的強光了。

也就在那一剎間，他不但看清楚了門外的情形，也弄清楚了自己的處境，他盯著外面，在接下來的一分鐘，他不但整個人都僵硬了，幾乎連體內的血液，也像是全身都凝固了一樣似的！

他，亞洲之鷹羅開，若不是在極度的震撼的打擊之下，是絕對不會有這樣的情形出現的！

羅開在一剎那之間所看到的事，那是他在瞬剎之間的感受。任何人，都可以在極短的時間內，同時看到和聽到許多事，弄明白許多事，但是敘述起來，文字卻沒有同樣的功能，必須一層一層來說。

羅開手一伸出去，按到又冷又硬的物體，接著，他的眼睛已經適應了強烈的光芒。他首先看到，自己手按著的，是一幅玻璃牆，或者說，是和玻璃一樣的，全透明的一種固體——由於處境實在太奇詭了，所以使羅開連玻璃這樣普通的東西，都不敢絕對肯定。

原來門移開之後，門後面是一幅透明牆，如果羅開不是在突然感到有東西阻住去路，而及時伸手按向前的話，那麼，他一定要重重撞上去了。

而當他在知道了有一道透明牆阻住去路之後，他也已看到了前面的情形。

由於他一眼就看到的情景，實在太奇特——比較起來，一堵顫動的，像是半凍體一樣的一幅水牆，簡直就不算什麼。所以，他只看了一眼，就一直盯著看下去，視線就集中在那一點上。

他看到的，是一個圓形的轉盤，那個轉盤的直徑，大約兩公尺，有一股強烈的光柱，照在那轉盤之上，情形就像是燈光射向舞台上的主角一樣。

在轉盤之上，羅開看到，有一具小小的塑像放著。那種塑像，羅開並不陌生，就是由於高達在寶娥處得到了這樣一具的塑像，所以，才和羅開聯絡的。

在羅開和高達的交談中，曾把這種維妙維肖的塑像，稱之為「妖偶」，因為那種小偶像，的確給人以一種十分妖異的感覺。

當時，看到了寶娥的偶像，看到了用跳字鐘來代替五官的「時間大神」偶像之際，為什麼會有妖異之感，兩個人都說不出究竟來。

但這時，羅開卻毫無疑問，可以說出眼前，在那圓形的轉盤之上的那具小偶像的妖異之處何在：那小偶像，羅開在才一看到它之際，和寶娥的偶像，同樣大小，可是那轉盤轉動著，每轉一圈之後，那偶像，竟然就在長高，在長大！

羅開是一個意志十分堅強的人，而且，對於如何控制自己的意志，他還曾有過十分深入的研究。這樣的人，一定是充滿了自信的。而一個自信心堅強到像羅開這樣的人，是絕不會認為自己眼花的！

可是在這一剎那間，他有生以來第一次，認為是自己眼花了，看到的只是幻象！

那真是幻象，羅開一面把眼睛睜得不能再大，一面心中還是這樣想著：那一定是幻象！怎麼可能是事實？一個看來明明是金屬鑄成的偶像，怎麼會長大呢？

但是眼前的事實是，那偶像確實在不斷地變大，圓形的轉盤，每轉一轉，它就變得大一點。當羅開目定口呆，看了大約一分鐘之後，那轉盤大約已轉了五六十轉，那具偶像，已變得將近有一公尺了！

當羅開才一看到那具偶像之際，由於距離相當遠，偶像又小，所以羅開還看不清楚偶像是什麼人，等到偶像漸漸變大之際，他可以看清楚那偶像的臉孔了，那更令得他震驚莫名，連血液都有凝結之感！

那偶像是他！

絕對是他！除非世上還有一個和他一模一樣的人，不然，那偶像就是他！

而當他處於極度震驚時，那圓形轉盤停止了轉動。當轉盤停止轉動時，那具和他一模一樣高矮肥瘦的塑像，就恰好面對著他。

羅開直到這時，才感到自己的心在跳，不但在跳著，而且跳得十分劇烈，至不可控制的劇烈。

可是，接下來再發生的事，更令得羅開像是跌進了一個充滿噩夢的深淵之中一樣！他感到自己，像是被無數惡夢在推來推去，終於被那些噩夢擠得連氣也喘不過來，要被那些噩夢活活擠死。

他連自己在大口地，急速地喘著氣也不知道，光是盯著前面看著。

在轉盤停止了轉動之後不久，籠罩在轉盤上的黃色光柱，光芒的顏色，在發生變化，忽明忽暗，變幻出來的顏色之奇特，有些顏色，羅開只能感覺到那是一種異樣的色彩，那是他未曾見過的一種顏色。

通常，人只有在大腦皮層受到某種麻醉——譬如說，在吸食了大麻之後，才會在感覺上出現這種現象的。而顏色的變幻，實在也不算什麼，那偶像的變化，才真要命！

二十　妖偶變成活人

在色彩的急劇變幻之中，羅開突然之間，看到了那具和他一模一樣的塑像，一具偶像，突然緩慢地，揚起了手來，揚起了雙手來。

羅開這時，張大了口，他實在是想用盡氣力大聲喊叫的，可是，卻一點聲音也發不出來。

那具偶像是活的。

他親眼看著它自小變大的一具塑像，竟然是活的！

那具偶像不但揚起了手，而且它的膚色，看來也像是活人一樣，剛才，由於不斷變幻的色彩，照射在它的身上，羅開還不是十分注意這一點，但這時，照射在偶像身上的光芒，已變成了一種暗黃的顏色，所以羅開可以看到它的膚色，是黝黑的，就像他的膚色一樣！

再接著，面對他的那具偶像，眼睛也慢慢睜了開來，眨動著。看那具偶像的動作，像是一個才睡醒的人，正在伸懶腰一樣。

羅開這時，心中的疑異，正是至於極點。他無法知道發生在眼前的是怎麼一回事，那是全然超乎人類知識範圍之外的事！

當那具偶像睜開眼來之後，像是也發現了他一樣，現出一種十分具挑戰性的神情，伸手指了羅開，又指了指它自己。

看它的那種動作，像是在問羅開：你看我像不像你？

羅開在那一剎間，真是到了忍受的極限，他大聲叫了起來：「你……你是誰？你是什麼東西？」

他那句「你是什麼東西」絕不是罵人的話，而是他真正在問對方，是什麼樣的東西，何以能在光芒的照耀之下，迅速變大而且還會動作！羅開不知道對方是不是可以聽到他的叫聲，他只是非這樣問不可。

他的話才一叫出口，就見到那具偶像，笑了起來，它笑得十分艷異，帶著一股妖氣，不但笑著，而且離開了那個圓形的轉盤，向前，向著他，走了過來！

羅開盯著它，剎那之間，遍體生寒，明知道兩者之間，有透明的物體隔著，可是他還是不由自主，向後退出了一步。

他只覺得，自己臉上的肌肉，在不住發著抖，他甚至可以聽到肌肉發抖時發出的一種怪聲音。他緊握著拳，手心在冒汗，看著那個和他一模一樣的偶像，一直來到了透明的牆前。

它來到了透明牆前之後，站定了身子，先是又向羅開發出了一個十分古怪的笑容，接著，整個臉，向著透明的牆上湊來，一直到鼻尖壓在上面，變成扁扁的，看來十分怪異的樣子為止。

然後，它就保持著這個姿勢，除了眼珠轉動之外，一動也不動。

在經歷了剛才那種極度的震驚，他在情緒上幾乎完全喪失了控制能力之後，這時，羅開連連喘著氣，已經漸漸鎮定了下來。

他迅速地轉著念：眼前看到的情形，有可能是一種什麼魔術嗎？現代魔術，在各種的聲光效果掩飾之下，的確也可以在人的視覺上造成諸如此類的幻象的！

然而，羅開立時否定了他這個想法，因為那甬道、海底岩洞，岩洞中的一切裝置，全不是魔術，是實實在在的存在。

儘管，海底岩洞中的一切，還是不可解釋的，但是那絕非虛象，是可以肯定的了！

那麼，眼前的情景，說明了什麼？說明了有某種力量，可以製造出一個人來，可以製造出一個和他一模一樣的人來！

這個「人」的製造過程，是將一具小玩偶，放在一個轉動的圓盤上，然後，用變幻的光線去照射，玩偶就會迅速長大，變成一個「人」！

是什麼力量可以造成這種不可思議的奇蹟呢？

羅開這時，已經完全鎮定了下來，在深深吸了一口氣之後，他非但不再後退，而且，還可以慢慢向前走去，一直來到那透明牆之前。

當他來到了透明牆前面時，那個「人」仍然維持著原來的姿勢不變，羅開再吸了一口氣，也把自己的鼻尖，向透明牆上，壓了上去！

那「人」的高度，和他一模一樣，所以當他把鼻尖也向透明牆上壓去之際，兩個被壓扁了的鼻尖，完全在同一高度之上。

那情形，就像他在一面大鏡子面前，把鼻尖壓向鏡面一樣。

而羅開卻又明明白白知道，自己面對著的，不是鏡子，是一堵透明牆，在牆後，是一個和他一模一樣，不知是用什麼方法製造出來的「人」！

當然，羅開做這樣的動作，是需要極大的勇氣，因為一切全是那樣妖異！

但羅開既然已經克服了內心深處的極度恐懼，這時他只是迷惑，知道自己正面對著一種不可測的力量，這反而激發起他爭鬥下去的堅強意志，他也一直維持著這樣的姿勢不動，視線一直盯著對方的雙眼，在下意識中，他要和那個「人」比試一下，看誰更能持久，看誰先退縮開去！

羅開這樣站著，由於極度的緊張，他根本無法知道自己站立了多久，他只覺得冷汗在他的背上慢慢淌下來。

終於，透明牆外的那個「人」，動了一下，慢慢後退，又站到了那個轉盤之上。

羅開直了直身子，他覺得頸骨有點僵硬，他轉動著頭部，又做了幾個可以令他全身保持充沛活力的動作，視線一直盯著那個「人」。

那「人」退到了那個圓形的轉盤之上，突然之間，雙手高舉，雙膝跪了下來，身子再俯向地，作出五體投地式的膜拜的動作來。

羅開一看到它做出這樣的動作，失聲「啊」地一下，叫了出來。

一時之間，他心中不知是難過好，還是高興好！

他在那一剎間，明白了浪子高達的手下，所拍攝到的那段影片的來由了！

在那段影片之中，向「時間大神」在膜拜的，不是黛娜本人，而是一個和黛娜一模一樣的假人！就像此際在轉盤上忽然膜拜起來的那個「人」，任何人看了，都會以為那是他，亞洲之鷹羅開，但是，那只不過是一個不知用什麼方法製造出來的假人！

黛娜並沒有被時間大神制服，向時間大神膜拜的，只是一個假人，這自然使羅開十分高興，但是，黛娜本人，在什麼地方呢？這又令得羅開極度擔憂！

就在羅開思潮起伏間，他又一次看到那只鐘了。

羅開不是第一次看到那只「鐘」，在美國國防部的電腦室中，當時他在半昏迷的狀態之下見過，在那段紀錄影片中，他見過。

這已是他第三次看到了，而這次，他又是在極清醒的狀態之下！

那只鐘，是在黑暗之中，在一種柔和的光芒環繞之下，載沉載浮，飛現出來的。鐘面上的數字，在不斷跳動著，變幻著。

而那個假人，在那只鐘一出現開始，就已經向之膜拜，情形和那段影片中，黛娜向時間大神膜拜一樣！

羅開屏住了氣息，看著那「鐘」出現的時間並不長，一下子就隱進了黑暗之中，消失不見了。那假人也站了起來，面向羅開，走下了轉盤，大踏步向前走了出去。

突然之間，羅開的眼前，變得一片黑暗，什麼也看不見了。透明牆的那邊，所有光芒，一起消失，只有他存身的房間中，還有昏黃的光芒射出來。

羅開呆了極短的時間，便開始用手掌拍向面前的透明牆，又用腳踢著。一面不住地叫：「你們是什麼？你們是什麼？」

他踢拍了沒有多久，門又迅速移上，羅開仍在大聲問：「你們是什麼？」

然後，他忽然聽到了自己的聲音。

（任何人，自己聽自己的聲音，並不是通過耳膜的震動來聽的，而是通過耳後一塊骨骼的振動，傳達到腦部的中樞神經中，專司聽覺的部位。）

（所以，一個人，聽到自己說話的聲音，和別人聽到這個人講話的聲音是有差別的。）

（用錄音機錄下自己的聲量，再放出來聽自己的聲音，任何人都可以發現這種明顯的分別。）

（羅開曾經訓練自己熟悉自己的聲音，所以，這時他一聽到自語聲，就可以肯定，那是他的聲音！）

（羅開甚至可以肯定，這聲音和他的聲音，如果一起用最精密的儀器來分析，聲波的頻率，一定也是一樣的！）

羅開聽到的，自己的聲音（和他聲音一樣的聲音），先發出了一下冷笑聲，然後道：「那還用問麼？剛才你已經看到了，時間大神是萬能的！」

羅開不由自主，打了一個寒噤。這時，他的處境，真可說是糟糕透了！他在海底深處，被困在一間房間中，全不知道如何可以離開，而且，又面對著那麼不可思議的神秘力量！尋常人，在這樣的處境之下，精神早已崩潰了！

可是，羅開不是尋常人，他有堅韌無比的意志力，雖然在事情才一開始之際，他也會驚惶失措，但這時，他卻一點也不氣餒。

他也冷笑一聲：「利用海底岩洞，製造一些假人，那有什麼大不了，不知多少電影小說之中，就曾有過這樣的情節，甚至不能算是新鮮！」

他故意使自己的語調，表現出他心中的輕視。

廿一　濃黑中另外有人

羅開這樣說，目的是想對方會激怒，會再現身出馬，那麼，他就有可能進一步弄清楚對方究竟是什麼？可是，他仍然只聽到他自己的聲音：「時間大神是萬能的，地球上所有的生物、生命全掌握在時間大神手裡，時間大神是統治一切的大神！」

羅開大聲叫：「胡說，什麼時間大神！我看只不過是一個鬼頭鬼腦，不知來自什麼地方的怪物！」

他又想出了許多表示輕視的話，一連串地叫了出來，可是卻再得不到任何反應。羅開深深地吸了一口氣，退到房間的一角，慢慢坐了下來。

到了如今這地步，他不能單和敵人鬥氣，他必須要好好想一想，如何擺脫目前的困境才好。

當然，最好是可以離開這間房間，可是儘管房間四面都有門，所有的門，顯然都是受機械力量控制的，他知道無法打開。

那麼，剩下來可以做的事，就是儘量節省體力來應變了。當他坐了下來之後，他估計這房間內的空氣，就算沒有新的供應，只要如今情形不起變化，大約可以供他維持八十小時。

在這八十小時之中，他就算完全沒有食物，沒有水，當然，體力會有某種程度的衰弱，但是距離死亡，還會有一大段距離。他苦練的密宗武術，有特殊的本領，在最艱苦的環境之下，維持生命。

不過，羅開卻無法不想到，八十小時之後，又怎麼樣？那時，他的體力會迅速減退，就算他憑著堅強的意志，和已經刻苦的鍛鍊再堅持下去，是不是能再支持八十小時也真成問題！

當他想到這裡的時候，他不禁苦笑起來，是的，剛才他聽到的話，在某種程度而言，是十分有道理的：時間大神控制著一切！

他現在的生命，不就是被時間控制著嗎？每過去一秒，生命就少了一秒！

一百六十小時，或是兩百小時之後，生命就會消失，不再存在！

羅開把雙手按在臉上，他有了決定：不能坐以待斃！

他慢慢放下了雙手，一躍而起。這時，他本來並沒有什麼確切的打算，只是想試圖去弄開門，或是看看有什麼可做的。

可是，他一躍而起之後，卻看到左首的那扇門，慢慢移了開來。

門移開了之後，門外一片漆黑，看不到什麼東西，但羅開卻還是立即來到了門前，當他肯定可以由這扇門中走出去，門外並沒有透明牆擋著的時候，他毫不猶豫，就向外走了出去。

走出去之後會發生什麼事，他全然不知，但是再壞，總也不會比留在這小房間中更壞的了！

他在黑暗中，急速向前走著，那是真正的黑暗，什麼也看不見，羅開儘量使自己的眼睛適應黑暗，希望看清一下四周圍的情形。

本來，羅開是有著在黑暗中看東西的特殊本領的，這種本領，也是密宗武術中的一環，叫作「夜眼」。可是，所謂能在黑暗中視物的本領，是相對比較而言的。

練過夜眼功夫的人，比起普通人來，可以在更暗的環境之中看到東西。

「更暗的環境」，就是光線十分微弱的環境，甚至微弱到了普通人無法感覺到的程度，像羅開那樣，仍然可以依稀看到一點形象的。

可是，若是在完全沒有光線，百分之一百黑暗的環境中，羅開也就沒有辦法了！

這時，羅開就是在這樣的一個環境之中。

所以，不論他如何努力，他還是什麼都看不見，他只好摸索著，小心地向前走著。大約走出了一百步左右，他伸向前面的手，就摸到了一個平滑的表面。

他的手才一按上那平滑的表面，他就感到那表面在移動，他又可以向前走出去——看來，那像是一扇門！

他跨向前，再反手按出去時，門已在他的身後關上。

羅開屏住了氣息，四周圍靜得出奇，也黑得出奇，他又向前走，但不到二十步，就碰到了平滑的表面，這一次，平滑的表面，並沒有移動。

他手摸著，沿著那平滑的表面向前走，又是二十步，他又被阻擋，於是他轉彎。很快地，他就知道，四面平滑的表面是牆，他是在一間四面各有二十步左右的一個空間之內。

情況似乎更糟了，剛才，還有光芒，現在，卻是被濃漆一樣的黑暗包圍著！

羅開在一個角落處，停了下來。

一個密封的、漆黑的空間，人被困在其中，真有被活埋了的感覺，又像是已經墮入到了無邊的黑暗地獄之中，永世不得超生了！

羅開緩緩吸著氣，呼著氣，憤然之間，他又屏住了氣息，在那一剎那，他陡然感到，在這個密封的空間之中，除了他之外，另外還有一個人在！

他根本沒有聽到任何聲響，只是有了這種感覺。羅開是一個感覺十分敏銳的人，尤其在黑暗之中，其他的官能無法發揮之際，感覺也就更加敏銳。

他屏住了氣息之後，一動也不動。他知道，如果這裡另外還有人的話，這個人不能不呼吸，一個受過訓練的人，可以屏住呼吸幾分鐘，像他自己，甚至可以持續到將近五分鐘之久。

他不以為有人可以比他更長久不呼吸，這時他只是感到有人在，當然是對方也屏住了氣息之故，但對方一定要再開始呼吸，不論對方多麼小心，只要一開始呼吸，他就一定可以肯定有人在了！

羅開耐著性子等著，果然，在大約兩分鐘之後，他聽到了極其細微的呼氣聲，是從他的左邊傳出來的。

羅開轉向左，用十分低的聲音問：「誰？」

他已經儘量使自己的聲音減低，可是由於四周圍實在太靜了，一開口，他自己也不禁心中一凜。

他問了一聲之後，等了一會兒，沒有得到回答。他吸了一口氣，又道：「我已肯定你的存在，你是誰？是這裡的主人，還是被害人？」

這幾句話，他說得十分誠懇，在講完之後，在他的眼前，突然出現了一團光芒。那團光芒，實在是極其微弱的，而且那種暗綠色的光芒，明顯地是一種冷光，多半是燐光。不過，在極度的黑暗之中，突然有了這樣一團光芒，已經足可以使羅開看到東西了！

他看到，那團光，是從一個人的手中發出來的，綠幽幽的光芒照映之中，他看清了那個人！

剎那之間，羅開心跳得十分劇烈，那個人，是黛娜！是他日思夜想的黛娜！

羅開陡然叫了起來：「黛娜！」

他一面叫：一面急速向前走去，可是，當他來到黛娜的面前，張開雙臂。要把黛娜緊緊擁在懷中之際，他卻陡然停了下來，非但停下，而且又後退了一步！

在那一剎間，令得他改變了動作的原因是他突然想到：在眼前的，怎知她是不是黛娜本人呢？還是一個和黛娜一樣的假人？

而就在他後退之際，眼前的黛娜，也做出一個拒絕的動作來。

然後，他們兩人，就在那團幽暗微弱的光芒互相注視下，凝視著對方。

過了好一會兒，才聽得黛娜開口，她的聲音十分低，聽來極甜膩動人，她臉上也現出一種十分動人，又甜蜜又略帶羞澀的神情來，她道：「不……不要那樣，我……不懂得如何……應付……」

羅開陡然震動了一下，他連想都沒有想，就立時道：「寶貝，我告訴妳該怎麼應付！」

兩個人的視線再度接觸，黛娜的神情激動莫名，口唇顫抖著：「鷹！」

羅開也叫著：「黛娜！」

他們兩人，立時緊緊擁在一起，擁得那麼緊，像是他們兩人都在努力，企圖通過擁抱，使兩個人融成一個人一樣！

黛娜剛才的那句話，是羅開和她，在經過了那次催眠之後，她在清醒的情形下，在他們之間最熾熱、瘋狂的時刻講過的。而羅開的回答，也就是他當時的回答。這絕對是他們兩個人之間的秘密，不會有第三者知道！

剛才，黛娜顯然也在懷疑，眼前的羅開是不是羅開本人，所以她才用那句話來試探的。而羅開在一聽得她這樣說時，自然也知道那是黛娜本人了！

他們兩人緊擁著，兩人的身子，都在微微發著抖，他們抱了好一會兒，那團綠幽幽的光芒，已經漸漸微弱，但那不要緊，即使是在完全的濃黑之中，他們的唇，還是互相可以找到對方的。

這裡的環境，自然不是情人熱吻的好環境，但是他們隨即四唇相接，吻得那麼熱烈，吻得近乎窒息！

好久，那發出燐光的物體已經只剩下了暗綠色的一點了，他們才分了開來。羅開一面輕輕咬著黛娜的耳垂，一面低聲問：「妳是怎麼來的？來了多久了？」

黛娜並沒有回答羅開的問題，身子抖得更劇烈，喘著氣：「鷹，太可怕了，他們……有能力製造人……把一個小玩偶……變成一個活人……一個和我一模一樣的活人！」

羅開沉聲道：「我也看到了這一幕！」

黛娜問：「製造了一個替身，我們……就永遠在海底，替身替代了我們？」

羅開怔了一怔，沒有立即回答。

廿二　一個最最特別的人物

羅開沒有立即回答黛娜這個問題的原因是，在那一剎間，他想到了許多令他心寒的問題。

製造出一個假人來，這個假人會動，甚至會說話，當然那已是匪夷所思的可怕事件了。可是，若是這個假人，可以替代真人去活動，那就更可怕一萬倍。

那意味著，這個被製造出來的假人有思想！

一個有思想的假人！羅開甚至在思緒上，造成了一種混淆：一個有思想的假人，那和一個真人，有什麼分別呢？

黛娜在這時，顯然也想到了這個問題，她把自己的身子，向羅開貼得更緊：「鷹，不會是這樣，是不是？不會是這樣！」

羅開沒有說什麼，他知道，真是那樣，黛娜的恐懼，已經是事實！至少，有一個假的黛娜，在對時間大神做膜拜之際，被人偷拍下來過，這個假的黛娜，甚至還會殺人！

羅開暫時不把這件事說出來，反問：「寶貝，妳來了多久了？我們先說說自己的遭遇！」

他一面說，一面拉著黛娜，在角落處坐了下來。羅開仍然擁著黛娜，黛娜就坐在他的懷中。

黛娜把臉偎在羅開的胸前：「已經七天了！」

羅開「啊」地一聲：「七天？妳……靠什麼維持的？」

黛娜把臉貼得更緊：「有……一種不知是什麼東西……他們給我吃的。」

這時，最後的一絲燐光消失，四周圍又是一片濃黑，正當黛娜講到這裡時，另一團昏黃的光芒，很快地自上而下跌下來，那是一只會發光的小盒子。黛娜苦笑了一下：「就是這種東西！」羅開一伸手，把那小盒子取了過來，打開，裡面是兩個好像藥丸一樣的膠囊。

盒子上發出的光芒，在打開之後，已經消失，只在羅開的眼前，留下了一團光芒的虛影。

黛娜道：「我才來的時候，有聲音告訴我，每天吞一顆……這個，就可以維持生命。」

羅開又把她擁在懷中：「妳……有沒有看到那……那只鐘？」

黛娜的聲音有點顫澀：「看到了，我一看到，就想到你曾提及過的情形，鷹，那……是什麼？」

羅開聲音也同樣乾澀：「我的假設是，那是一個生物，來自地球之外，它的目的，自然是要在地球上製造混亂，而且，它有著非凡的力量，到目前為止，它最大的力量，是侵入大型電腦之中，控制大型電腦，去做它要做的事，它並且自稱時間大神，要所有人承認它是一切生命的主宰的地位！」

黛娜的聲音發顫：「這一切，聽來完全是一個虛幻的故事一樣！」

羅開舐了舐口唇：「對別人來說，也許是，但是對我們來說，卻是實實在在的事實！我們……我們現在──」

他講到這裡，頓了一頓，深深地吸了一口氣：「我們先要設法，離開這裡，我只知道這是一個海底岩洞，可能是時間大神建造的！」

黛娜的身子略為挪動了一下：「不，這個岩洞，是第二次世界大戰後期，盟軍海軍發現的，曾在這裡建立了一些設施，作為潛艇的秘密基地，這裡一切，全是最高的軍事機密，世人知道的極少！」

羅開嘆了一聲：「那鬼鐘既然曾侵入過美國國防部的電腦，現在又可能佔據了北約組織的電腦，對它來說，自然沒有什麼是稱得上秘密──」

羅開講到這裡，心中陡然一動，一時之間，連呼吸也為之急促起來，他在黑暗之中，緊握住了黛娜的手，由於興奮，他的手心在隱隱冒汗，他道：「黛娜，妳是早知道這個岩洞的？那麼，妳是不是有它的結構圖？知道如何可以離開？」

黛娜也緊握著羅開的手：「我知道如何可以離開，就是循進來的那個甬道，可是甬道有許多閘門，全是由中央控制室控制的，進不了中央控制室，無法打開那些門，就出不去了。」

黛娜沉靜了片刻，羅開在黑暗中，用手指輕柔地撫摸著她的臉，黛娜按住了他的手，親吻著他的手指，過了半晌，才道：「事情的起因很怪，我在看到了高達的廣告之後，和你聯絡，之後，事情就開始了。」

她講到這裡，頓了一頓，雖然在黑暗之中，羅開也可感到她微微地昂起了臉來，羅開俯首吻了一下，卻吻在她的鼻尖上。

黛娜問：「高達給你的禮物是什麼？」

羅開以最簡短的語句，把他和浪子高達之間的事，以及天使俠女安妮相見的經過，向黛娜說了一遍，說話間，他還是故意省略了那一段記錄影片的事。

黛娜緩緩吸了一口氣：「那……玩偶，難道到了這裡，就會變成……一個人……能活動？」

羅開道：「還不知道，妳說事情是怎麼開始的？」

黛娜嘆了一聲：「一開始的時候，我還以為那是一樁普通的任務——」

黛娜走進她上司的辦公室，她的上司，北約組織情報機構的首長，是世界情報人員中的一個富有傳奇性的人物，幾乎沒人知道他的姓名、來歷，大家都只知他的代號：水銀。

一個看來已有六十多歲，一頭銀髮，面目莊嚴的男人，而有這樣一個代號，看起來有點奇特，這個代號是怎麼來的，也沒有人知道，只聽得幾個老資格的情報人員說起，那是由於水銀本身是金屬，但是卻又以液體狀態存在，是金屬之中最奇特的金屬，也是液體之中最奇特的液體。由於奇特，所以才用「水銀」作為代號。

除了真正老資格的人之外，其餘人都不會直呼水銀為水銀，而一定在代號之後，加上他的職銜——一致稱他為水銀將軍。

當黛娜走進去的時候，水銀將軍正在翻閱一疊文件，黛娜立正，行禮之後，水銀將軍又翻閱了片刻，才道：「中校，聽說過澳洲西南岸的海底岩洞沒有？」

黛娜立時道：「去年，在整理檔案資料時，曾經看到過一些資料。」

將軍把面前的文件推向前：「這裡是全部資料，妳要立即啟程到澳洲西南岸去，在路上，妳再詳細看這些資料。」

黛娜答應了一聲，問：「我去那裡的目的是甚麼？」

水銀將軍皺了皺眉：「據報告，最近在那岩洞的附近，有一些怪現象出現，有一艘魚船，和兩個駕艇出遊的人說，看到有形狀十分奇特的物體，一次自海底浮上水面，兩次自水面沉進海底去！」

黛娜不禁笑了起來：「將軍，若是根據這所謂目擊報告，組織就要派人去調查，那麼，豈不是要多招募十倍人手？」

水銀將軍用他深邃的目光，望了黛娜一下：「說得對，別人的報告。我可以不理，但是有一個人的報告，我非重視不可。」

黛娜用揚了揚眉的動作，代替了詢問。

水銀將軍的身子向後仰，望著天花板，神情陷入了沉思之中，過了好一會兒，才道：「這個人是我的一個舊相識，在第二次世界大戰期間，因為一項特殊的任務而認識這個人的。這個人，可以說是我一生之中所見過的人之中，最最奇特的一個人！」

聽得水銀將軍這樣講，而且講得如此鄭重，黛娜也不禁大感興趣。

因為將軍本身，已經是一個充滿傳奇的人物，一生之中，不知道有多少怪異、精采的經歷，也不知曾遇到過多少古古怪怪的人，他說那個人，是他一生之中遇見過最最奇特的一個人，那麼，這個人的奇特程度，一定是十分之特出的了。

她沒有插口，等著將軍講下去。將軍繼續道：「戰後，我們經常有聯絡，那個大岩洞，最早就是由他發現的，盟軍在他發現之後，再加以利用。」

黛娜微笑著，問：「將軍，說了半天，這個人是什麼人？」

水銀將軍深深吸了一口氣：「你可能聽說過這個人，這個人的名字是都加連農！」

黛娜攤了攤手：「好古怪的名字，聽起來，像是印度名字？」

將軍點頭：「是的，他是印度南部出生的，他的名字都加連農，在當地的土語之中，就是大海之神的意思，都加連農他是在大海之中長大的，他——」

將軍講到這裡，黛娜便「啊」地一聲，叫了起來，她一面揮著手：「都加連農，就是那個都加連農，那個……據說自小在一次海嘯之中被海水捲走，在茫茫大海之中，由一群章魚養大的那個海神。」

水銀將軍輕輕鼓掌：「中校，妳的見聞真廣！」

黛娜的神情充滿了疑惑：「將軍，真的有這樣的一個人？我一直以為……那只不過是一種傳說，一個有關什麼『非人協會』的傳說！」

將軍吸了一口氣：「非人協會，是地球上最神秘的組織，每一個成員都是出類拔萃的人物，都加連農是其中之一，他由於自小在海中長大，在海裡，他簡直就是一條魚，而且，他有特殊的能力，能和海中許多高級生物溝通，使那些海中生物聽他的命令！」

黛娜感到異常興奮，這樣的一個人物，她一直以為是不存在的，是虛構的。她只是想：如果能和這樣的一個人見面，那真是令人高興的事！

廿三　一次奇妙的海底經歷

黛娜當時就問：「他說了些什麼？關於那岩洞，他說了些什麼？」

（當黛娜講到這裡時，羅開也「啊」地一聲：「都加連農！我也聽人說起過這樣的一個人呢？我也以為這是人們的虛構！」）

將軍又皺了皺眉：「都加連農不喜歡管閒事，他只喜歡自由自在，和各種海中生物在海洋中生活，偶然露一下面，大多數是幫助他家鄉的窮苦人。他和地球上所有人不同，簡直是一個生活在海中的人，大海是他的家鄉，大海之中，有什麼異象，他自然也最清楚……」

將軍說到這裡，遲疑了一下：「他一直聲稱，他可以和海洋生物溝通，甚至在水母的擴張和收縮之中找到韻律，知道水母要告訴他什麼！」

黛娜搖搖頭：「這……好像不怎麼可能吧？」

將軍攤了攤手：「他這樣說，所以，發生在大海中的事，他知道最多，他來告訴我，說是有一群海豚，在那岩洞附近無故死亡，他去察看的時候，發現岩洞之中，有一些他不能了解的東西在，他附了拍下的照片來，你可以看一看！」

黛娜打開了文件夾，找出了一疊攝影技巧十分拙劣的相片來，看上去，像是一些十分特別的裝置。將軍繼續道：「各方面的專家都研究過那些照片，說不上是什麼東西，所以要派人去看一看。」

黛娜高興地站直了身子：「是，我一定可以完成這個任務，我曾是世界性的潛水運動員！」

將軍呵呵笑了起來：「要是妳見到了都加連農，可千萬別這樣說，這個怪人，簡直是一條魚！」

黛娜更是高興：「我可以和這位怪人……見面？」

將軍點頭：「是的，他會在澳洲西南岸，一個叫培克的小鎮的海邊等妳，他十分容易辨認，個子不高，腳特別大，有點像是鴨蹼。」

黛娜立正行禮，離開了將軍的辦公室之後，立時啟程。

從那一刻起，羅開就和她失去了聯絡，每次羅開打電話去找她，得到的答覆就是「中校在執行重要任務。」

黛娜在途中，又詳細閱讀了有關岩洞的資料，這時，她心中已經有了一個判斷，這個在海底的岩洞，被不知什麼人佔據了在利用，一定是的！

當時，她雖然已經有了這樣的概念，但也絕想不到岩洞是給什麼人利用的。

當她來到那個小鎮的海邊時，看到一個膚色黝黑，說不上有多大年紀的人，向她走了過來，那人的樣子，看起來，十足是一個普通的印度南部土人，他的腳特別大，就像是普通人穿了蛙鞋一樣，在沙灘中走過來之際，甚至是蹣跚難行的。

可是黛娜一看到了他，就肅然起敬，筆直地站在他的身前，問：「都加連農先生？」

都加連農笑了起來，他的笑容，看來純真得如同嬰兒一樣，用聽來十分不正的口音說著英語：「是！妳……是水銀派來的？那岩洞附近……更怪了，我們要快一點去看看，妳準備好了沒有？」

黛娜是攜帶著普通潛水人員用的簡單設備來的，她遲疑了一下：「我是不是要再去準備一下……例如船隻什麼的？」

都加連農「呵呵」笑著：「不必了，我在海中的朋友會幫助我們！」

在接下來的兩小時之中，黛娜度過了她畢生難忘的奇異經歷。

都加連農真正不愧是大海之神！

當他們踏進海水之後不久，就有一隻大海龜，把黛娜帶向海水較深之處，黛娜完全不必出力，只是雙手接著海龜的硬殼。而都加連農則和海龜一起游著。他那畸型的大腳，使得他在海水中游動之際，簡直就是一條魚。

到了海水較深之處，海龜的職責，由兩條海豚來替代。兩條海豚的口中，咬住了一根約有一公尺長的大魚骨的兩端，黛娜雙手握住了魚骨的中間，兩條海豚便帶著她乘風破浪，向前游出去。

海豚游得雖然快，可是都加連農游得更快，他一下潛進水中，一下又浮了起來，在有一次浮起來之時，他手中多了一根極美麗的珊瑚，送給了黛娜。而在他們的周圍，海中各種各樣的生物，真的包括了水母在內，都在載沉載浮，看起來，牠們全是都加連農的朋友！

給海豚帶著前進，是一種極其愉快的享受，又快又平穩，黛娜甚至不必用氧氣筒，一直等到游出了相當遠，都加連農看了看她，道：「妳別害怕，我的朋友之中，除了海豚之外，就是牠們最聰明——」

他講到這裡，現出一種十分自傲的神情來：「我是牠們養大的！」

黛娜在一時之間，還未曾明白他這樣說法是什麼意思時，一蓬水花濺飛，在水花飛濺中，黛娜看到一條粗大的，花紋斑駁的，像是海鰻一樣的東西，裂波而出，一下子就搭到了她的身上。

儘管黛娜是一個出類拔萃的情報工作人員，這一下子，也把她嚇了一大跳，不由自主，「啊」地一聲，叫了出來。那東西一搭了上來，她身上就有一種被裹緊了的感覺，而且有一股相當大的力道，要把她向水下拋去！

黛娜又發出了另一下呼叫聲，這時，她已經看清，那是一條巨大的觸鬚，在花紋斑駁的觸鬚上，有著大大小小無數的吸盤，那些吸盤，有許多已經緊貼在她的肌膚之上。雖然在感覺上來說，毫無苦楚，但是那決不是令人舒服的事！

黛娜知道，那是一條章魚的觸鬚，而章魚是都加連農的朋友，都加連農甚至是章魚養大的，那條章魚雖然大得驚人，也不會害她，可是她還是立時向都加連農望去，一副求助的神色。

都加連農呵呵笑著：「別怕，牠會帶妳到海底去，阿花，妳來得太突然，嚇了人了！」

隨著都加連農的話，又是一陣水花，那被都加連農稱著「阿花」的章魚，從海水中冒出了頭來，形狀猙獰可怖，但是當牠向黛娜眨了眨牠那足有排球大小的眼睛之際，驚魂甫定的黛娜，也只好向她打了一個招呼：「阿花，謝謝你幫助。」

（當黛娜敘述到這裡的時候，羅開忍不住叫了起來：「不可能，章魚在海洋生物之中，智力自然是高的，但智力再高，也不會高到可以聽得懂人類的語言！妳向她使用什麼語言？英語還是德語？」）

（黛娜遲疑了一下：「我不記得了，我只是衷心向牠道謝，而牠的樣子，真的是懂的，懂得我是在向牠道謝！」）

（羅開搖了搖頭，仍然一副不相信的神色，不過他沒有再說什麼。）

都加連農在這時，向黛娜做了一個手勢，示意她戴上氧氣筒，她才一戴好面罩，兩條海豚就仰高著身子，游了開去，那大章魚向下一沉，就把她帶進了海水之中。都加連農也跟著潛了下來。

在潛水的過程中，黛娜連心中最後的一點疑問也消失了。本來她的疑問是，不論怎樣，都加連農是人，是靈長類的哺乳動物，是用肺來呼吸的，而且呼吸的方法是通過器官，直接自空氣中吸取氧氣。他不是海洋生物，不可能有海洋生物的呼吸器官和呼吸方式，那麼，在長時期的潛水過程之中，他如何取得身體維持生命所必須的氧氣呢？

然而，當章魚拉著她潛進了水中之後不久，她就看到，一大群桶形水母，迅速地游近來，桶形水母的形狀，十足是一隻倒轉的桶，當那些水母游近都加連農時，他就著桶形水母的下端，呼吸著，每吸一口氣之後，過相當久，才又再用同樣的方式呼吸著，而那群桶形水母，就一直環繞著。

海水清澈，黛娜仰頭望去，可以看到桶形水母有的一浮上海面，一個翻騰，又沉了下來。當然是就在那一個翻騰之際，利用了牠們桶形的身體，帶了若干空氣下來，供都加連農呼吸之用！

黛娜真的難以相信世上會有一個如此和各種海洋生物結為一體的人，但這個人又活生生地在她的身邊！

章魚帶著黛娜，一直到了那個岩洞之中，才任由她自己浮上了水面，都加連農也浮了上來。

都加連農浮了上來之後，指著甬道的入口處，道：「就在這裡面，有點古怪，我不進去了，在陸地上，我行動十分不方便！」

黛娜和他握手道別之後，就進入了那個甬道之中。接下來，她的遭遇，和羅開是完全一樣的，眼看著在一種奇異的光芒照耀之下，小小的一具偶像，在極短的時間之中，竟然變成了一個活生生的假人出來！

（「活生生的假人」一詞，好像有點語病，既然是活生生的，就不會是假人，但是，那又的確是活生生的假人！這種情形，由於是超越了人類的智力的，所以人類的語言文字之中，也找不出十足貼切的稱謂來。）

當黛娜講完了她的遭遇之後。兩個人都靜了很久。羅開才道：「這裡，是時間大神製造假人的總部！」

黛娜靠得羅開極緊：「是，只要我們可以出去，一定可以派強大的海軍來將這裡的一切，徹底破壞，問題是——」

她講到這裡，就停了下來：問題是他們怎麼出得去呢？這裡的一切全是那麼不可測，又深在海底，他們怎麼出得去呢？羅開迅速地轉著念，突然想到了都加連農！

廿四 苦苦思索關鍵中心

羅開在突然之間，想到了都加連農，他道：「都加連農送妳來，沒有理由不在附近等妳，要是他不見妳出來，可能會設法救我們！」

黛娜苦笑了一下：「我早想過了，但如果有一個和我酷肖的假人已經離開，都加連農是一個十分純真的人，他絕想不到那不是我，只是一個假人！」

羅開緩緩地吸了一口氣，是的，黛娜的假人已經離開了岩洞，他的假人，也離開了岩洞，那也就是說，再也沒有人知道他們被困在這裡！

當羅開想到了這一點之際，他感到了一股極度的寒意，令得他遍體生寒的，倒並不是他現在的處境，而是他想到：黛娜的假人，他的假人，這時正在做什麼呢？

不論那些假人在幹什麼，所有的人，都會認為那是他們幹的，就像浪子高達認為他的手下，是被黛娜所殺一樣！羅開更進一步想到，「時間大神」既然有製造假人的能力，又怎知是不是另外還有假人在活動？他遇到過的人之中，有沒有假人在？浪子高達是真的嗎？天使俠女安妮是真的嗎？

羅開這時，不但遍體生寒，而且身子忍不住發起顫來。這種因為恐懼而引起的正常生理反應，對普通人來說，自然是很正常的，但是對亞洲之鷹羅開來說，卻是太不尋常了！可是，不論羅開怎麼堅強，怎樣冷靜，他始終是人，當真的恐懼襲上心頭之際，他的身體，也會做出和普通人一樣的反應！

他勉強控制著，緩慢而深長地吸著氣，這時，他感到偎依在他懷中的黛娜，也在劇烈地發著抖，黛娜一定是仰著頭，因為他可以感到黛娜呼吸出來，急促的氣息。黛娜用發顫的聲音在道：「太……可怕了……太可怕了！」

羅開再深深地吸了一口氣，伸手緩緩地，輕柔地撫摸著黛娜的臉頰。他的手是冰涼的，黛娜在他的輕撫之下，比較鎮定了一些。羅開知道黛娜也想到了同一個問題，所以才會那樣害怕。

這時，黛娜忽然用十分苦澀的聲音問：「鷹，如果我們……能離開這裡——」

羅開是一個很實在的人，從來也不對什麼事做不可能的預測或幻想，可是這時他忍不住道：「不是如果，我們一定可以離開這裡的！」

在他講這句話之際，他心中不禁苦笑：一定可以離開，如何離開？

不過，他儘管心中一點把握也沒有，他講這句話時的語氣，還是堅定和充滿信心的，可以使聽他講話的人毫無保留地相信他的話。

黛娜在略停了一停之後，顯然因為羅開的話，而鎮定了不少，她甚至笑了一下：

「我忽然想到，我們離開之後，如果面對了我們的假人，如何才能分辨真偽？」

羅開一聽得黛娜這樣講，先是發出了一下苦澀的乾笑聲，但接著，心頭陡然怔了一怔，在那一剎間，他模模糊糊地感到，自己應該可以抓住一個關鍵性的問題，可是關鍵在什麼地方呢？

他又無法確切地抓得住！他必須集中精神，努力向前去想，不然，就可能離那關鍵，越來越遠！

一時之間，他也忘了自己是在一片黑暗之中，他向黛娜做了一個手勢，示意黛娜不要出聲，以免打擾他的思緒。在黑暗之中，黛娜當然看不到他的手勢，所以還在繼續說著話。

可是，羅開由於太集中精神思索了，以致黛娜在接下來，說了一些什麼話，他根本沒有聽進去。

羅開在想：剛才，因為黛娜的那句話，究竟使自己想起了什麼？可以解決問題的關鍵，好像就在前面了，可是又那麼遙遠和不可捉摸！

黛娜說：要是離開這裡之後，面對著自己的假人，怎麼分辨真偽？假人自然也力稱是真的，那麼，怎麼分辨呢？

這種情形，當然詭異之極，但卻也帶有可笑的喜劇成份在內，面對一個和自己一模一樣的假人，自己當然知道對方是假的，可是別人，怎麼分辨呢？

這簡直是神話式的場面，要不是羅開已面對過，而且只是隔著一層透明體，那麼接近地凝視過那個和他一模一樣的假人，這種情形，還真有點超乎想像力之外，但如今，他卻可以知道，這種神話式的情形，是存在的。

羅開的思緒極紊亂，神話，是的，他想。

在神話和傳說中，倒還真不乏這樣的例子，連神通廣大，會七十二種變化的孫悟空，也曾有過這樣的困擾——忽然出現了一個假的孫悟空，真的孫悟空無法在別人面前證明自己是真的，上到天庭，下落黃泉，一直到了有大智慧的菩薩面前，才弄清楚了假的孫悟空，原來是六耳獼猴所變化的！

以神話中孫悟空的通天徹地的本領，尚且遭到了如此的困境，如果他對和自己一樣的假人，那該用什麼方法去分辨呢？

羅開還是想不到關鍵的中心問題，就在這時，他感到懷中的黛娜，忽然震動了一下，氣息也急促了起來，拉過了他的手，放在她自己豐滿挺秀的胸脯之上。

羅開想要移開手，可是他手所碰觸到的肌膚，是這樣柔軟豐腴，對於一個異性來說，這種感受，具有異樣的力量，大到幾乎不能抗拒的吸引力，儘管是羅開，是意志剛強如鐵的亞洲之鷹，他也無法使自己有力量去離開它！

黛娜的氣息更急促：「鷹……這裡……我們……」

她看來不知道該如何表達，說的話是呢喃的，不連貫的，而她的身子，偎依得更緊，羅開感到一股灼熱，黛娜的臉頰是灼熱的，貼向他的臉頰，他的臉略一側轉，更灼熱的兩片唇，已迎了上來。

羅開不能再去想別的了，他們深深地吻著，那樣的熱吻，足可以把他們兩人融為一體。

很久，黛娜才仰了仰頭，羅開感到她的呼吸，和她那種甜膩無比的聲音，聽來使人感到處身於極度美麗的夢境之中一樣。

黛娜的聲音，聽來還是呢喃和模糊的：「鷹……我要為你……生一個……孩子！」

儘管身處的環境是如此不妙，而且一片漆黑，種種詭異，可怖的事，一定還會接踵而來，可是聽到了自己心愛的人兒這樣講，那還是極其醉人的！

羅開將她摟得更緊，黛娜完全陶醉在這種愛情的情懷之中：「我們的孩子，鷹，會不會……像我們？還是只像我們中的一個？」

羅開沒有回答，只是又去吻黛娜，當他們的唇才一接觸到之際，羅開陡然一震，就在那一剎間，他覺得自己又想到了什麼，距離關鍵中心，又近了一步！

為什麼？為什麼黛娜的話，竟會使他有這種感覺？黛娜如今的情緒，分明是在極度的困境之中的一種異常的發洩——反正沒有希望了，何不趁還能尋求歡娛之際，再竭力追尋歡娛！

這種情形，和能解決困境的關鍵，是毫無關連的，可是為什麼他又能在這樣的話中，感到了可以解開困境的關鍵呢？

當羅開想到這點時，他努力在思索，以致黛娜的唇又貼了上來，他甚至沒有反應。黛娜的身子扭動著，她吮吸著羅開的唇，喉際發出令人蕩魂蝕魄的低吟聲，羅開輕輕推開了她，雙手捧住了她的臉，問：「妳剛才說什麼？」

黛娜膩聲答：「剛才，我說我們的孩子……」

羅開陡然吸了一口氣：「我們的孩子……」

這時，他的思緒仍然十分紊亂，他無法打破那個障礙，所以，他只好順著黛娜的話說下去：「我們的孩子，他不會像什麼人，他是一個獨立的人，一個活生生的人，他不是一個假人，是——」

當他說到這裡的時候，他陡然停住了！

在那一剎間，他甚至屏注了氣息。他和黛娜，本來是面對面，距離極近，雙方都可以感到對方的氣息的，當他突然屏住了氣息時，黛娜由於感不到他的呼吸，也陡然震動了一下，用十分惶急的聲音問：「鷹，你怎麼了？你怎麼了？」

羅開的聲音聽來十分鎮定：「妳鎮靜點，有一些事，我還是十分模糊，希望能和妳討論一下！」

他一面說，一面把黛娜誘人的身子，推開了些。當然，他的動作十分輕柔，可以使對方十分明確地感到，那決不是拒絕。

過了好一會兒，黛娜才「唔」了一聲，同時吸著氣。羅開也開始問：「假人，形體上是和我們完全一樣的，可是黛娜，它們有思想嗎？」

黛娜又靜了一會兒，才道：「當然有，沒有思想，怎麼行動？」

羅開的語氣有點急促：「它們的思想，如果和它們相似的人完全不同的話，那麼真和假，就十分容易區分。」黛娜「啊」地一聲：「你是說，我們將不會有和假人見面的機會？」

羅開沉聲道：「這還不是問題的關鍵，妳設想一下，如果假人的思想和我們不同，行為當然也不同，熟悉我們的人，也一下就能分辨出來——」

他說到這裡，略頓了一頓：「我在看了高達給我的紀錄片段之後，就絕不相信妳會向時間大神膜拜！」

黛娜「唔」地一聲：「可是一個思想行為如果和我完全不同的假人，是全然不能替代我的，那就沒有作用了！」

羅開緊握著黛娜的手：「所以關鍵就在這裡，假人的思想行為，要有一方面，至少當它在人前出現之際，和我們十分接近，假定假人的思想，受時間大神控制，時間大神就需要先取得我們思想的形態！」

當羅開講到這裡時，黛娜也明白他的意思了，那令得她發出了一下又驚又喜的低呼聲來。

廿五　只有自己救自己

黛娜在發出了一下低呼聲之後，羅開感到她的手心，有點潤濕，那自然是她心情極度興奮的原故，羅開低聲道：「妳……想到了？」

黛娜深深吸著氣：「還不……完全，只是一個……概念，這……就是我們為什麼會在這裡的原因？」

聽得黛娜這樣說，羅開真是高興莫名，他知道，黛娜已經知道了自己的設想，那麼詭異，不可捉摸的設想，黛娜居然不必解釋就可以明白，兩個人之間心意相通到這種程度，那真是人生中一大快意之事！

他立時道：「當然，這也只不過是我的設想，妳和我，都目擊在不可測的情形下，一個小小的玩偶，變成一個和我們一模一樣的假人的過程！」

黛娜道：「是……要我們在場的目的是——」

羅開挺了挺身子：「我進一步的假設是，要我們在場的原因，並不是要我們看到時間大神的神通廣大，力量無邊，而是有一個十分重要的目的，那目的是，在假人的製造過程之中，必須有我們在，才可以把我們的一些思想，轉移到假人的身體中去，使假人更像我們！」

黛娜打了一個冷戰：「是……可是我又不覺得……我思想少了……什麼！」

羅開乾澀地笑了一下：「人的思想是無窮無盡的，就像數學上的無窮大一樣，減去任何數字，無窮大的數值不變！」

黛娜靜了片刻，聲音之中，充滿了疑惑和恐懼：「時間大神竟然有這樣的力量，可以攫取一個人的思想！」

羅開遲疑了一下：「這是我的假設，那種假人，不是一般的機器人，它製造假人的目的，是要替代我們，那就必須不被別人識穿，當然，它或者有辦法通過電腦來指揮假人——或許現在，它正是那樣在做著，但是我們的思想，一定也在起作用！」

黛娜的語音，仍然遲疑：「你的意思是，我們的思想，先進入由它控制的電腦，再通過電腦去指揮假人？」

羅開強調了一下：「這是我的假設。」

在羅開說了這句話之後，他們兩人都靜了下來。由於羅開提出的假設，實在太匪夷所思了，黛娜雖然明白了，但是在思路上，還需要一定的時間來消化一下。而甚至連羅開自己，也需要再作一番整理。

過了一會兒，羅開才道：「我有這樣的假設，全是由於妳的話的啟發。」

黛娜大感愕然：「我說了些什麼？」

羅開壓低聲音，把黛娜的話重複了一次，黑暗之中，雖然看不見她的神情，但是她的甜膩的聲音，還是令得人心曠神怡。

她靠著羅開，低聲問：「就算事實正如你的假設，那對我們現在的處境，又有什麼幫助呢？」

這正是最重要的一點！羅開沉默了片刻，才道：「如果我的假設接近事實，我們可以叫我們的假人來救我們！」

黛娜怔了一怔，一時之間，實在不明白羅開這樣說，是什麼意思！

因為，照如今的情形來看，他們最大的敵人，自然是「時間大神」，而「時間大神」不露面的話，他們的敵人就是那兩個假人！

如何可以叫最大的敵人來救自己？

雖然在黑暗之中，根本看不到東西，但由於驚愕，黛娜還是不由自主，張大了眼睛，她喃喃地道：「我……不明白——」

羅開把聲音壓得極低，他這樣做的目的，倒並不是怕說的話被什麼人聽了去，他知道，「時間大神」的能力遠在他的想像之上，連思想也可以攫取，講話聲音的高低，和秘密能否保持，毫無關係。

他之所以壓低了聲音來說話，完全是由於他心情的極度緊張！

他們被困在海底的岩洞之中，能否脫困，全靠他的設想，是不是接近事實！而甚至連他自己，對這一點，也絕沒有把握！

他沉緩而低聲地道：「別忘了，我的假設如果成立，假人之中，有我們的思想在！」

黛娜又怔了一怔，她明白了羅開所表達的意思。

羅開的假設是：他們的思想，被時間大神利用神秘的方法，紀錄了下來，傳到了假人的身上，使假人的行動更加逼真。

當她想到了這一點之後，她自然而然地點了點頭。

羅開一字一頓，講出了他心中所想的：「黛娜，在極度的困境之中，當沒有人可以解救你的時候，就只有自己才能解救自己了！」

黛娜低聲道：「聽來……很有點哲學意境！」

羅開道：「也是很多情形下的實際可行的辦法，黛娜，集中精神，什麼也不要想，把我們所有的思想，集中在一點之上，就是：我們要離開這裡！」

黛娜沉聲道：「利用我們的思想，去影響假人的活動？」

羅開苦笑了一下：「聽來雖然虛幻一點，可是這是我們唯一可行的辦法了！」

黛娜又想問一個問題，可是一開口，沒有說出來，就改變了主意。

她想問的是：「難道受時間大神所控制的電腦，知道我們有這樣的想法，他不會截斷我們的思想麼？」

黛娜沒有問出這個問題的原因是，她知道這種集中思想，利用一個人堅強意志力去進行的過程之中，極重要的是對這種行動，有極度的信心。她也知道，羅開是這方面的專家，他的精神意志，曾受過嚴格的控制訓練，他精通催眠術，就是一個證明。

想到了羅開的精通催眠術，黛娜又不禁一陣臉紅心熱。

黛娜對自己有沒有這種集中意志的力量，本來就有懷疑，再加上這個疑問，也不算什麼，但如果羅開沒有想到這一點，忽然提醒了他的話，使他對信心有動搖，本來可以成功的，也會因之而失敗了！

所以，黛娜並沒有把這個問題問出來。

這時，羅開已用一種十分低沉的聲音道：「照我這樣的姿勢來坐！」黑暗中，是看不見羅開的坐姿的，黛娜雙手摸索著，才明白了羅開盤腿而坐，雙手放在靠近雙腳處，手指擺出了一個相當奇特的姿勢，那是佛教中密宗僧人入定時的一種坐姿。一個人，精神意志的高度集中，和一個人的肉體是不是有直接的聯繫，這是玄學上一門極其高深的課題，各有各的說法，道家的和佛家的不同，佛家之中，各種不同的門派，也各有各的不同的鍛鍊方式。

羅開採用了密宗的方式，那是他長期受過這一種方式的訓練之故。

黛娜連忙也照著他的坐姿，坐了下來，她一坐下來之後，就集中精神，只想一點：

離開這裡，最要緊的，是離開這裡！

對於不是習慣於這樣做的黛娜來說，這並不是一件容易的事。講起來，摒除雜念，只想一件事，是再簡單不過的，但是做起來，卻實在不是那麼容易。

過了沒有多久，黛娜就忍不住，低聲叫著羅開，可是在叫了幾聲，得不到羅開的回答之後，她就吃了一驚，儘管自己還是無法去集中精神，但是再也不敢去騷擾羅開了。

在黑暗之中，時間似乎是無窮無盡的，黛娜甚至覺得，羅開的設想是毫無根據的，什麼自己救自己，只不過是一種虛幻的假想！

她寧願緊靠著羅開，和羅開肌膚相接，男歡女愛，享受肉體和精神上的極度歡愉，就算接踵而來的是巨大凶險，生命的消失，也要使生命在快樂中消失！

她的思緒越來越亂，她緊咬著牙關，好幾次想去摟抱羅開，可是還是強忍了下來。

這種違反她心意的強忍，甚至於令得她汗水涔涔而下，這時，她根本已不能再集中什麼意志力去想了，她只是集中力量在克制著自己。她想到的只是，羅開能不能成功，絕無把握，但可以肯定的是，只要她一不能克制，去擾亂羅開，羅開就絕不會成功！

黛娜低低地嘆著氣，手心出了汗，就在身上輕輕地抹拭著，而羅開，始終沒有再說一句話，黛娜在自己越來越急促的氣息之中，聽到羅開的呼吸，越來越是緩慢，越來越是細長……

高達接到了手下的報告，羅開在和兩個人有了小小的接觸之後，就進入了一個貨卡車的車廂之中，然後，整個卡車，在一個小鎮的海邊消失之後不久，就覺得事情有點不是很對勁，他決定立時啟程到那處海邊去看看究竟。就在他離開之前，他接到了安妮打來的電話，電話是從北歐打來的，雲氏家族在北歐有著世界公認，最先進的精密儀器製造工廠和設備完善的實驗室。

安妮在電話中的聲音，充滿了激動，這使得高達十分奇訝，因為在他的印象之中，安妮和木蘭花一樣，都是泰山崩於前而色不變的人。安妮在電話中道：「我是不想和你聯絡的，但羅開把你當朋友，我又無法找到羅開，所以和你聯絡，高先生，要和你聯絡，真不容易。」

高達無改他的輕佻，笑著：「美麗的女孩子要找我，總找得到的！」

安妮的聲音之中，立時充滿了怒意：「高先生，我們要討論一件極嚴肅的事！」

高達還是忍不住喃喃說了一句：「女孩子要來找我，有什麼不嚴肅？」

廿六　研究玩偶的結果

安妮有半分鐘之久，沒有出聲，顯然她是在考慮，是不是要和高達這樣的浪子再講下去，可是由於她的發現，實在太嚴重，所以她還是用極不願意的聲音道：「高先生，那兩具玩偶——由你轉交給羅開，羅開又交給我去研究的那兩具！」

高達「嗯」地一聲：「我知道，其中過程，我是目擊的。」

安妮又停了片刻，她當然也感到訝異，但那也不值得太奇怪，當她會晤羅開時，高達已躲在那屋子中，也不算是什麼大不了的事。

安妮繼續說：「那兩具玩偶，不是金屬的。」

高達「哦」地一聲：「那是什麼質地？」

安妮的聲音有點急促：「不是物質。」

高達怔了一下：「不是物質？那是什麼意思？不是地球上的物質？還是——」

安妮的聲音鎮定了一點：「不是物質，那是一種生命的組合，是有生命的，由一種組織十分奇特的細小生命——類似細胞的形體組成的。」

高達在剎那之間，感到十分迷惑。他是一個浪子，但不是普通的浪子，他有著各方面豐富無比的常識，在各種科學領域之中，他都可以成為一個傑出的人物，可是這時安妮的話，真的使他感到了迷惑，一時之間，完全無法理解！

高達在遲疑間，安妮又道：「那是一種十分奇妙的生命形式，勉強要舉例的話，只有海洋中的珊瑚，可以略作說明。」

高達吸了一口氣，只怕他一輩子也沒有用那麼正經的語調說過話：「妳的意思是，那兩具玩偶，是由無數細小的生命聚集而成的？」

安妮道：「是，但是和常見的生物，是由無數細胞構成的方式有所不同，幾乎所有的生物，雖然由細胞組成，但卻是一個整體，譬如說一隻狗，丟掉了一半，就不能活下去了。」

高達「嗯」地一聲：「植物倒不同，一株樹，砍掉了一半，還是可以活下去的。」

安妮道：「可是植物的本身，也是一個整體，將一株樹的根全部除去，樹也死亡了。」

高達道：「我明白，那兩具玩偶的情形，像是珊瑚，無數細小的個體集中在一起，但是它們的每一個，都是獨立的，只不過聚在一起，所形成的形狀，恰好像是一個人，甚至於像某一個獨特的人！」

安妮緩緩吸了一口氣：「我們還認為像人，或是像某一個獨特的人，是故意製造成那樣的。也就是說，用許多細小、獨立的生命，製成的一個玩偶。」

高達更感到迷惑：「真奇特……那有什麼作用呢？這玩偶看來是死物，不會動。」

安妮沉默了一會兒，才再開口，她的語音聽起來有一種莫名的虛幻，顯然那是她心中充滿了疑惑之故：「研究又發現，這種組成的小個體，在某種情形下，是處在一種類似冬眠的狀態之中，可是在某種因素的刺激下，卻會迅速復甦，例如在超聲波的刺激下，就會復甦，而且，還會迅速變大，變得能活動。」

她講到這裡，頓了一頓，才又道：「我們是把玩偶切成了許多部份來做各種不同試驗的，其中有一隻手，在激光的照射下，變得和真人的手一樣大……連膚色也是一樣的，而且……它還會動……和一隻真的人手一樣！」

即使是天使女俠安妮，在講到這一點之際，她的聲音之中，也不禁充滿了驚恐，而即使是天不怕地不怕的浪子高達，在聽了之後，也不由得感到了一股寒意！

他怔了一怔：「這……是說……」

安妮吁了一口氣：「蘭花姐的意見是說，這兩具玩偶，如果在某種特殊的因素下，會變成和真人一樣大小，也會活動——」

高達不由自主叫了起來：「天！如果真是那樣，那麼它們算是什麼生物？」

安妮道：「蘭花姐說，可以算是仿製人。高達，這種仿製人，和地球人所能設想的仿製人完全不同，它們由結構……在我們的知識範疇之外，亞洲之鷹的設想是對的，那……具鐘……是外星怪物，這種仿製人，是由它製造出來的。」

高達不由自主，吞了一口口水：「羅開在海邊消失，我正準備去找他，如果我找到了他，妳，或是木蘭花小姐，有什麼提議？」

安妮沉默了片刻，才道：「哪裡的海邊？我會用最快的速度趕來！」

高達說了地點，安妮答應了一聲，就放下了電話。高達呆了半晌，安妮在電話中告訴他的事，實在令人心悸，幾乎是不可思議的！

他知道，木蘭花她們，早就有一樣超時代的交通工具，平時看來像是一艘遊艇，但是卻可以在極短的時間內，變成超音速的噴射機，也可以變為超速的深水潛艇，那遊艇的名字是「兄弟姐妹號」，而且在不斷改良，性能超卓，世界第一，如果有安妮趕來相助，那自然再好也沒有了。

高達雖然不像羅開那樣，一直是獨來獨往的，但是他也並不喜歡和他人合作，可是這時，面對的敵人實在太可怕，太不可測了，使他感到，必須有許多力量聯合起來，才能有成功的希望！

他深深地吸了一口氣，再不耽擱，立時出發。

高達到了海邊，他到的時候，正是天剛亮的時候，朝陽自海面上冉冉浮起，金霞萬道，耀目生花，整個海面上，都反射出耀目的金光。

在來的時候，他和他的手下聯絡過，知道了羅開在這裡進入了海中的詳細情形——一輛卡車，直駛入海中，這種先進的設備，不是普通人能有的，但如果對方是外星人的話，那自然不足為奇了。

高達自己並沒有可以潛進海中的設備，當然，他可以有，但是那需要一定時間去準備，安妮既然答應了儘快趕來，他還是在這裡等她好。

高達在海邊上，揀了一塊平整的大石坐了下來。這是一個極其靜僻的海邊，當他抱膝極目向前望去之際，海水的濤聲，一陣陣傳入耳際，一直沉醉在燈紅酒綠的城市繁華生活中的高達，感到了異樣的清靜。

只不過他的平靜，也只不過是表面的，他的內心，由於一切奇詭的事而思潮起伏，他想到了奇詭莫測的時間大神，想到了羅開，想到了寶娥，想到了許多不能解答的問題，又盤算著，當安妮來到的時候，應該如何採取行動。

一直到太陽漸漸升高，高達感到陽光的灼熱之際，他陡然聽到，天空上傳來了一下尖銳刺耳的聲響，他抬頭看去，一架純白的小型噴射機，正以極高的速度，刺空而來，來勢快猛，而且正在向著海面，俯衝下來！

高達一看到這樣清形，就知道安妮來了！

從他抬頭看去，到那架噴射機的雙翼收起，直衝進海水之中，不過兩三分鐘時間，聲勢之駭人，從未曾見，要是不明情由的人，看到這種情形，一定會以為那架噴射機失事了！

噴射機一衝進海水之後，海水下面，激起了一股翻翻滾滾的白色水花，形成了極度壯觀的景象。

高達的心中不禁讚嘆！這真是了不起的設計！飛行的速度如此之高，衝進水中，利用海水的阻力，使速度減低！

當然，高達也知道，在理論上，設計這一點是十分容易的，但實際上要做到，卻絕不簡單，首先，要有可以抵抗那股巨大的衝力的金屬，這種金屬的硬度，要達到什麼程度才行？只怕要求和太空船一樣了。

在海水中那道滾滾向前的白色「水龍」，迅速接近海邊，雖然速度已經減低，但是看來還是十分驚人。

高達早已站了起來，海水漸漸變得平靜。然後，是一陣水花，「兄弟姐妹號」已經自海中冒了出來。它仍然是一艘潛艇的形態。

高達揮著手，直到它完全冒出了水面，靜止不動。然後，在它的船首部份，射出了一艘小艇來，小艇是密封的，大約有三公尺長，就像是一顆巨大的子彈一樣，一直滑上了海灘，才停了下來，頂上的蓋揭開，安妮自那艘小艇中，站了起來。

高達由衷地道：「真是嘆為觀止，安妮小姐，你們使用的一切，至少超越了時代一百年！」

安妮做了一個禮貌的微笑：「高先生，可是我們要面對的力量，可能超越時代一千年！」

高達聳了聳肩：「不管怎樣，已經拚上了，也就只好一直拚下去！」

安妮側著頭，打量著高達，心中在想，這個聲名狼籍的浪子，單從外形上來看，倒並不叫人討厭，雖然他的動作，處處都顯著輕佻，但或許在沒有深度的女人看來，那正是一種瀟灑！

至少，他的談吐也不叫人討厭，那句話，就叫人有好感！

高達也直視著安妮，當安妮的眼光和他接觸之際，安妮連忙避了過去，可是心中又不禁在想：甚至他的眼光，也不能算是無禮的！

高達走過去，站在小艇邊，把羅開在這裡消失的情形，詳細說了一遍，又道：「我手下捉住了那兩個帶羅開到這裡來的人，可是還沒有逼問，那兩個人已經咬破了在口中的毒藥囊，毒發身亡，在他們的身邊，有歐洲情報組織的證件，但已經證明是假的。羅開有一個……密友，是那個組織中的重要人物，所以我判斷，羅開可能是被騙來的。至於那位女士，她的外號叫烈性炸藥。」

安妮用心聽著，神態十分安詳。

廿七　人腦和電腦的決戰

海邊的陽光十分燦爛，安妮在陽光下看來，更有著一股天使一般的安詳。她點著頭：「我知道，聽說她十分能幹！」

高達欲語又止，終於嘆了一聲：「可是我已有確鑿的證據，證明她是受時間大神控制的！」

安妮略皺了一下眉：「你的結論是，羅開在進入海中之後，可能有危險？」

高達吸了一口氣：「是，我也認為，時間大神的總部，可能就在海底！」

安妮又想了一想，她沒有說什麼，只是向那小艇，做了一個「請」的手勢。高達早已注意到，這艘小艇，可以坐得下四個人，安妮自然是在邀請他上艇，再一起利用「兄弟姐妹號」去探索海底了。

高達也沒有說什麼，只是道：「謝謝妳！」

他和安妮，都是聰明絕頂的人，自然安妮也知道了他的意思，是表示能和她一起去進行一件事，對他來說，是一種真正的光榮！

安妮微微一笑，兩人一起上了小艇，由安妮駕駛著，進入了「兄弟姐妹號」的駕駛艙中。

安妮熟練地按下許多按鈕，那些按鈕的作用，高達至多只能明白一半，他看到許多螢光屏亮了起來，船身也在開始移動。

安妮指著一幅螢光屏道：「這是聲波探測裝置，可以測到兩千公尺的深海中的異物，請你留意上面的變化，我們可以利用它來找到海底的建築物。」

高達點著頭，和安妮一起坐了下來，面對著控制台。可是就在這時。安妮「喔」地一聲：「海中有潛艇，正在迅速上升！」

她在這樣講的時候，神情相當緊張，又按下了幾個鈕，一幅最大的螢光屏亮起，可以清楚地看到，有一艘形狀相當奇特的潛艇，正斜斜向上，迅速駛來，看樣子，像是想升上水面。

高達忙道：「攻擊它！」

安妮搖頭：「不急，等它先攻擊，兄弟姐妹號可以反擊！」

就在那兩句話之間，不必通過螢光屏，已經可以從駕駛艙的小窗口，看到那潛艇浮上水面。那潛艇看起來，形狀上更像是一輛車子。一升上水面，一扇門打開，一個人半探出身來，向他們揮著手。

高達和安妮齊聲叫了起來：「羅開！」

一點也不錯，那人是「亞洲之鷹」羅開！

等羅開也進了駕駛艙，安妮和高達都用疑惑的眼光望向他之際，羅開一面稱讚著船上設備的完善，一面道：「海底有一個大岩洞，本來是二次世界大戰末期，盟軍發現的，可是早已廢棄了，什麼也沒有！」

高達立時問：「你和她——黛娜見面了？」

羅開點頭道：「是，她是完全可以信任的，你手下拍攝到的那段紀錄片，只是她故意這樣做，希望引起那神秘的時間大神的注意，可以探索它的行蹤，以便對付而已！」

高達和安妮齊聲道：「事情就那麼簡單？」

羅開呵呵笑了起來：「就是那麼簡單！照我的推測，時間大神，哈哈，並不存在……你們要是有興趣，我大可以帶你們到那個岩洞去看看。」

高達和安妮互望了一眼，他們心中都覺得沒有理由不相信羅開的話，但也覺得事情不會那麼簡單。所以，他們在想了一想之後，不約而同地點了點頭：「好，去看看也好！」

安妮道：「請你指示方位！」

羅開說出了方位，「兄弟姐妹號」在安妮的操作下，向海中沉下去，在將近八百公尺的深處，照羅開指示的方位潛航。

羅開看來很輕鬆，當高達轉述了安妮研究的結果時，他也表現了一定程度的訝異。在航行了大約半小時之後，高達和羅開正在閒談著，羅開的身子，陡然震動了一下，剎那之間，他的神情突然轉變，真是怪異到了極點！

高達和安妮陡然一怔，羅開這時，雙眼發直，面肉不住發著抖，雙手緊握著，喉際發出咯咯的聲響來，在兩人還未及問他發生了什麼事之際，他已經陡然站了起來，仍然雙眼發直，口中用顫抖的聲音道：「怎麼辦？應該怎麼辦？」一面說，一面身子搖晃著欲倒。

高達伸過手去，想去扶住他，可是他手背一揮，力道極大，把高達揮了開去，陡然叫了起來：「快！快提高速度，去救人，去救人！」

高達和安妮都莫名奇妙，高達大聲問：「救人？救什麼人？」

羅開的回答，更令得他們吃驚：「救黛娜，救我！」

「救黛娜」是容易明白的，可是什麼叫「救我」呢？安妮怔了一怔，先問：「救你？你是誰？」

羅開叫了起來：「羅開！羅開！」

安妮和高達還是不能明白發生了什麼事，但是安妮已把速度提得更高，不一會兒，在羅開不斷的叫嚷聲中，已經可以看到了那個岩洞。

羅開又在催促：「快使我離開這裡，我要進去救人，不，不要你們幫助，你們等著就是！」

安妮按下了幾個掣，羅開在椅子上坐下來，椅子向前滑出去，滑到了小艇之中。

直到這時，他們還是不知道發生了什麼事，但安妮還是按下了按鈕，把小艇向岩洞中直射了出去。

在黑暗之中，黛娜實在無法再忍下去了，羅開一直一動也不敢動地坐著，伸手輕輕摸上去，感覺上像是摸在一尊石像上一樣。黛娜伸手輕碰著他的額角，更是嚇了一大跳，羅開的額上全是汗。

就在黛娜忍不住要去推醒羅開之際，黑暗之中，一個聲音忽然響了起來，聲音之中，充滿了憤怒：「沒有用的，羅開，沒有用，你企圖利用你的思想，通過電腦，去影響你的複製人？我可以把電腦操作停止！我是時間大神，我控制著一切，我的力量！遠叫你想像中來得大，我……」

聲音講到這裡，陡然停了下來，黛娜在驚駭莫名之中，已經聽到了一連串聲響，自遠而近，迅速傳了過來，有的是金屬的撞擊聲，有的是爆炸聲。

那聲音又響了起來，聲音在憤怒之中，還有著一定程度的驚惶：「停止！停止！你只受電腦的控制，人腦發射電波那麼弱，絕不可能控制你的，停止！」

緊接著，是一下十分巨大的爆炸聲，黛娜只覺得陡然間有了光亮，一道門打了開來，光亮就從門外射進來，也就在這時，羅開陡然站了起來，大叫著：「我成功了，快走，快！」

他拉住了黛娜的手，便向外奔去，當他奔進了那條甬道之際，聽到一連串的爆炸聲，自身後傳來，他們回頭看去，只見爆炸引起一陣陣火花，在火花之中，有一個鐘形物體，正在急速地上下飛舞，給人以一種它看起來極其憤怒的感覺。

羅開和黛娜奔出甬道，在水底潛泳了不多久，就看到一艘白色小潛艇，向他們駛來，在小潛艇的圓窗內，他們看到了高達焦急的臉！

在「兄弟姐妹號」的駕駛艙中，安妮是應羅開之請，向著岩洞，射出了三枚爆炸力極強的魚雷，然後才聽羅開的敘述。

那三枚魚雷，估計可以把岩洞中的一切全化為烏有，附近一帶海中因強烈爆炸而引起的暗浪，令得船身也搖晃不已。

當羅開的敘述告一段落後，安妮和高達才失聲道：「我們先前見到的是……」

羅開道：「是一個假人，受時間大神控制，可是我利用了自己高度的意志力，通過電腦，反轉影響了他！」他直到這時，才吁了一口氣：「這可以說是一場人腦和電腦的激戰！」

高達道：「人腦戰勝了！」

羅開苦笑了一下：「也不能這樣說，恰好時間大神為了使假人更像真的，要把我的思想注入去，如果不是這樣，誰勝誰負，還真難說！」

安妮的聲音很低：「時間大神已經被消滅了！」

這時，船已升上了水面，在平靜的海面上，看不出任何曾發生過異樣的跡象來。

羅開苦笑：「我不知道，但願是，至少它又遭到了一次挫敗。」

黛娜嘆了一聲，望著羅開：「你的假人自然消滅了，可是我的假人呢？」

這個問題，在這時，自然沒有人回答得出來。直到黛娜回到了工作崗位，一進辦公室的門，就看到了自己的桌上，放著一具玩偶，看起來和自己維妙維肖，具體而微！黛娜吃了一驚，她的上司，水銀將軍走了過來：「這是都加連農送來的，他說，妳和他好好說著話，忽然身子縮小了，變成這樣子，不知道是什麼妖怪，我只當他胡說八道，那會有這樣的事！」

黛娜卻知道都加連農不是胡說八道，那一定是岩洞遭到破壞之後，迅速脹大的玩偶又縮小，回復了原來的形狀，它還是活的玩偶，隨時可以變成她的假人！她有點神經質地叫了起來：「把它毀掉，用任何可能的方法，把它毀掉！」

那具妖偶也被毀掉了。

至於時間大神是不是已經毀滅了呢？那要在另一部書——《魔像》中去尋求答案，《妖偶》到此告一段落了。

〈完〉

倪匡奇幻精品集 01

非常人傳奇之妖偶

作者：倪匡
發行人：陳曉林
出版所：風雲時代出版股份有限公司
地址：10576台北市民生東路五段178號7樓之3
電話：(02) 2756-0949
傳真：(02) 2765-3799
執行主編：劉宇青
美術設計：許惠芳
行銷企劃：林安莉
業務總監：張瑋鳳

出版日期：2019年3月
版權授權：倪匡
ISBN ：978-986-352-684-1
風雲書網：http://www.eastbooks.com.tw
官方部落格：http://eastbooks.pixnet.net/blog
Facebook：http://www.facebook.com/h7560949
E-mail：h7560949@ms15.hinet.net
劃撥帳號：12043291
戶名：風雲時代出版股份有限公司

風雲發行所：33373桃園市龜山區公西村2鄰復興街304巷96號
電話：(03) 318-1378
傳真：(03) 318-1378
法律顧問：永然法律事務所 李永然律師
北辰著作權事務所 蕭雄淋律師

行政院新聞局局版台業字第3595號 營利事業統一編號22759935

定價：240元

國家圖書館出版品預行編目資料

非常人傳奇之妖偶／倪匡著.
臺北市：風雲時代，2019.02- 面；公分

ISBN 978-986-352-684-1 （平裝）

857.83 107022575